LE MASQUE
Collection de romans d'aventures
créée par
ALBERT PIGASSE

L'ARME À GAUCHE

Maître des problèmes de chambre close, John Dickson Carr est né en Pennsylvanie en 1906. Après des études peu brillantes et un séjour d'un an à Paris, il écrit son premier roman policier, publié en 1930, *Le Marié perd la tête*. Il crée en 1933 et 1934 ses deux héros, le Dr Gideon Fell et sir Henry Merrivale (sous le pseudonyme de Carter Dickson), respectivement inspirés de G. K. Chesterton et Winston Churchill.
Président des Mystery Writers of America en 1949, il obtient la même année un Edgar spécial pour sa biographie de Conan Doyle. Ses œuvres *(La Chambre ardente, Hier, vous tuerez, Le Secret du gibet, etc.)* oscillent toujours entre le fantastique et l'énigme pure – domaines contradictoires s'il en est – et l'art avec lequel il jongle entre les deux a fait de lui l'un des plus grands de la littérature policière. Il est mort le 27 février 1977.

DU MÊME AUTEUR

DANS LE MASQUE :

SUICIDE À L'ÉCOSSAISE
LE SPHINX ENDORMI
LE JUGE IRETON EST ACCUSÉ
ON N'EN CROIT PAS SES YEUX
LE MARIÉ PERD LA TÊTE
IMPOSSIBLE N'EST PAS ANGLAIS
LES YEUX EN BANDOULIÈRE
SATAN VAUT BIEN UNE MESSE
LA MAISON DU BOURREAU
LA MORT EN PANTALON ROUGE
JE PRÉFÈRE MOURIR
LE NAUFRAGÉ DU TITANIC
UN FANTÔME PEUT EN CACHER UN AUTRE
MEURTRE APRÈS LA PLUIE
LA MAISON DE LA TERREUR
L'HOMME EN OR
SERVICE DES AFFAIRES INCLASSABLES
PATRICK BUTLER À LA BARRE
TROIS CERCUEILS SE REFERMERONT...
LA FLÈCHE PEINTE
LE LECTEUR EST PRÉVENU
LE GOUFFRE AUX SORCIÈRES
LA POLICE EST INVITÉE
MORT DANS L'ASCENSEUR
LES MEURTRES DE BOWSTRING
LE RETOUR DE BENCOLIN
LE MEURTRE DES MILLE ET UNE NUITS
PASSE-PASSE
EH BIEN, TUEZ MAINTENANT !
ARSENIC ET BOUTONS DE MANCHETTE
À RÉVEILLER LES MORTS
LUNE SOMBRE
LA CHAMBRE ARDENTE
HIER, VOUS TUEREZ
CAPITAINE COUPE-GORGE
LE MORT FRAPPE À LA PORTE
IL N'AURAIT PAS TUÉ PATIENCE
CELUI QUI MURMURE
LE SECRET DU GIBET
L'HABIT FAIT LE MOINE
ILS ÉTAIENT QUATRE À TABLE
À LA VIE À LA MORT
UN COUP SUR LA TABATIÈRE
LES MEURTRES DE LA LICORNE
LES DÉMONIAQUES
LE MANOIR DE LA MORT
LES NEUF MAUVAISES RÉPONSES
LA MORT SOUS UN CRÂNE
LA FIANCÉE DU PENDU
LA MAISON DE LA PESTE
LA MORT DANS LE MIROIR
LE CHAPELIER FOU
LE BARBIER AVEUGLE
FEU SUR LE JUGE !
LE FANTÔME DU CAVALIER
PAPA LÀ-BAS

John Dickson Carr

L'ARME À GAUCHE

Traduit de l'américain par Jean-Noël Chatain

Librairie des Champs-Élysées

Ce roman a paru sous le titre original :

DEATH-WATCH

1

UNE PORTE OUVERTE DANS LINCOLN'S INN FIELDS

– Des crimes insolites ? dit le Dr Fell, tandis que nous évoquions l'affaire des chapeaux et du carreau d'arbalète, et celle, encore plus étrange, de la pièce à l'envers à Waterfall Manor. Pas du tout, poursuivit-il. Leur étrangeté vient de ce que nous les coupons de leur contexte. Prenons un exemple, grogna-t-il en cherchant son argumentation. Un voleur s'introduit chez un horloger et commet un larcin : il dérobe les aiguilles d'une horloge sans grande valeur... Quelle réaction auriez-vous à la place de l'agent chargé du constat ? Dans quelle catégorie classeriez-vous ce crime ?

Je songeai que Fell donnait libre cours à sa fantaisie, comme chaque fois que les chopes étaient pleines et les fauteuils confortables. Aussi répondis-je mollement que je le classerais dans les actes servant à tuer le temps et attendis-je qu'il se remette à grogner. En vain. Fell tira longuement sur son cigare et sa large figure rougeaude aux multiples mentons se fit méditative, ses petits yeux se plissèrent derrière son lorgnon d'où pendait un épais cordon noir. Je l'entendis grommeler tout en caressant ses moustaches de bandit :

– Harrumph ! Vous avez mis le doigt dessus ! En plein dans le mille, ajouta-t-il en brandissant son cigare. C'est ce qui rendit le meurtre si horrible lorsqu'il se produisit, car il y eut meurtre. Quand on pense que Boscombe a appuyé sur la détente simplement pour tuer le temps !...

– Boscombe ? Le meurtrier ?

– Disons l'individu qui a admis avoir eu l'intention de commettre un meurtre. Quant au véritable meurtrier... Une sale affaire, en vérité. Je n'ai pas les nerfs fragiles, dit Fell en reniflant bruyamment. Ma vieille carcasse est bien trop rembourrée ! Mais vous pouvez me croire : cette satanée enquête m'a donné la chair de poule, et si mes souvenirs sont exacts, c'est bien la seule jusqu'ici. Rappelez-moi de vous en toucher deux mots, un de ces jours.

Il ne m'en a jamais plus parlé car, ce soir-là, nous devions accompagner Mrs Fell au théâtre, et je quittais Londres le lendemain. Mais je doute qu'il ait jamais narré en détail la façon pour le moins curieuse dont il vint à bout de l'affaire, sauvant ainsi l'honneur du C.I.D. Reste qu'il faillit être pris en défaut, ce qui mériterait déjà d'être raconté. Finalement, l'histoire me fut relatée par le professeur Melson, qui l'avait accompagné tout au long de l'enquête. Celle-ci se déroula en automne, l'année précédant l'installation du Dr Fell à Londres, en qualité de conseiller auprès de Scotland Yard. Et ce fut la dernière enquête officiellement conduite par l'inspecteur-chef David Hadley, avant son départ à la retraite, retraite qu'il ne prit pas, puisqu'il fut nommé ensuite superintendant, comme on le verra bientôt. L'un des protagonistes étant mort voilà quatre mois, il n'y a plus lieu de garder le silence sur les faits. Lorsqu'il eut achevé son récit, je compris pourquoi le placide Melson allait néanmoins conserver une aversion presque phobique pour les lucarnes et la peinture dorée, pourquoi le mobile était si diabolique et l'arme tellement exceptionnelle, pourquoi Hadley aurait souhaité appeler le cas « l'Affaire du gant voyageur », et pourquoi, en résumé, bon nombre d'entre nous considérerions bientôt l'énigme de l'horloge comme la plus grande enquête du Dr Fell.

C'était la nuit du 4 septembre – Melson s'en souvient, car il devait prendre le bateau une semaine plus tard, pour la rentrée du 15. Il était fatigué, ayant passé ses vacances à se livrer à l'exercice vague, quoique fort utile, consistant à « publier quelque chose », afin d'améliorer sa condition d'universitaire. *L'Evêque Burnet raconte son époque*, « version dirigée et annotée par Walter S. Melson, Ph.D. », s'éternisait, et Melson désapprouvait en tout ce vieux colporteur de ragots ; à la fin, le plaisir qu'il trouvait à le prendre en défaut ne parvenait même plus à stimuler son enthousiasme. Par bonheur, il avait gardé le sourire grâce à son vieil ami qui, marchant pesamment à son côté, coiffé, comme à son habitude, d'un chapeau informe et enveloppé dans une vaste cape noire, trouvait toujours prétexte à ergoter, et martelait de sa canne les trottoirs déserts.

Il était presque minuit, il faisait frais et une légère brise soufflait quand ils atteignirent le quartier de Holborn. Bloomsbury étant complet, le meilleur logement que Melson avait pu trouver était un studio sans confort au quatrième étage, dans Lincoln's Inn Fields. Ils revenaient du cinéma. Sensible aux charmes de Miriam Hopkins, le Dr Fell avait tenu à voir le film deux fois de suite, mais il ne voulait pas rentrer chez lui avant d'avoir admiré un certain dictionnaire de latin médiéval, dont le professeur Melson avait fait l'acquisition chez *Foyle's*, l'après-midi même.

– Vous n'allez tout de même pas me dire que vous souhaitez vous coucher de si bonne heure ? Allons, mon garçon ! C'est décourageant. Si j'avais votre jeunesse et votre vigueur...

– J'ai quarante-deux ans, déclara Melson.

– L'homme..., énonça Fell d'un ton féroce, qui a dépassé la trentaine et qui fait allusion à son âge a d'ores et déjà un pied dans la tombe. Je vous observe. (Il fit un clin d'œil derrière son lorgnon.) De quoi avez-vous l'air ?

D'une sorte de Sherlock Holmes indifférent et blasé. Où sont votre esprit d'aventure et votre ardente curiosité de l'homme ?

– Great Turnstile, dit Melson, en lisant le panneau familier. À droite, je vous prie. Justement..., poursuivit-il en tapotant sa pipe dans la paume de sa main, j'allais vous interroger sur ce sujet. Pas d'affaire criminelle en vue ?

– C'est possible, bougonna Fell. Il se peut qu'on découvre quelque chose sur le meurtre du chef de rayon, mais j'en doute.

– Que s'est-il passé ?

– J'ai dîné avec Hadley, hier soir. Il m'a avoué n'avoir pas lu le rapport, mais un de ses meilleurs éléments a pris les choses en main. À l'en croire, cela aurait commencé par une série de vols à l'étalage, accomplis par une femme mystérieuse.

– Le vol à l'étalage ne semble pas très...

– Je sais. Mais il y aurait quelque chose de diablement étrange dans ces larcins. Et la suite ne me dit rien qui vaille. Bon sang, Melson ! Cela me tracasse ! (Il ronchonna, poussif et le lorgnon de travers.) La suite s'est produite chez *Gambridge*. Vous ne lisez donc jamais les journaux ? Ils faisaient des rabais au rayon bijouterie. Le magasin était bondé. Notre chef de rayon se trouvait à son poste, un type inoffensif, arborant la classique jaquette et les cheveux gominés. Soudain, il empoigne un client par le bras ; panique, remous dans la foule, cris... Un présentoir de bijoux en strass est renversé et, au beau milieu de ce boucan, et avant même que quiconque n'ait compris de quoi il retourne, notre chef de rayon s'effondre. Les gens hurlent. Une flaque de sang s'élargit sous la victime. On le retourne pour le découvrir éventré par une sorte de couteau. Il est mort peu après.

Le froid et l'humidité ne facilitaient pas le franchissement de Great Turnstile. Les pas des deux hommes résonnaient sur les pavés, les boutiques étaient fermées, les enseignes grinçaient, inquiétantes, tandis qu'ici ou là, un bec de gaz projetait une lueur anémique sur les lettres dorées. Quelque chose dans ce concert de bruits nocturnes et barbares, venant troubler le sourd grondement de Londres, poussa Melson à regarder par-dessus son épaule.

– Fichtre ! s'exclama-t-il. Vous voulez dire qu'un meurtre a été commis uniquement pour masquer un vol à l'étalage ?

– Oui. Et de cette façon, mon garçon. Humpff ! Je vous ai dit que c'était une sale affaire. Aucun indice, aucun signalement, rien, sinon qu'il s'agit d'une femme. Une bonne cinquantaine de personnes ont dû la voir, mais toutes les descriptions sont contradictoires. Elle a disparu ; c'est tout. Et c'est le pire, voyez-vous. Aucune piste...

– A-t-on dérobé quelque chose de valeur ?

– Une montre, exposée sur un présentoir d'objets rares où se trouvaient des modèles montrant les progrès de l'horlogerie depuis Peter Hele. (La voix du Dr Fell prit une tonalité singulière.) Au fait, Melson, quel numéro dans Lincoln's Inn Fields ?

Malgré lui, Melson s'était arrêté pour allumer sa pipe, et parce qu'un souvenir affleurait à sa mémoire, le faisant sursauter, comme si l'on avait soudain posé la main sur son épaule. Il frotta son allumette. Était-ce une expression dans les yeux vifs du Dr Fell, illuminés fugitivement par la flamme de l'allumette, ou le timbre sourd d'une horloge qui sonnait minuit dans Lincoln's Inn qui raviva ce souvenir ? Dans l'esprit fantasque de Melson, l'imposante silhouette noire du Dr Fell évoquait quelque démon portant lorgnon. Horloge égrenant les heures, superstition... Melson éteignit son allumette en l'agitant, puis leurs pas résonnèrent de nouveau dans l'obscurité.

– Au n° 15, précisa le professeur. Pourquoi ?

– Eh bien, vous devez être le voisin d'un individu qui

m'intéresse. Un certain Carver, plutôt bizarre, horloger de son état et très réputé dans la profession. Harrumph ! Au fait, vous y connaissez-vous en horlogerie ? C'est un domaine fascinant. Carver a prêté au magasin *Gambridge* plusieurs de ses pièces parmi les moins précieuses – l'une d'elles se trouve être la montre volée – et je crois qu'à force de persuasion, ils en ont même emprunté quelques-unes au *Guildhall Museum*. Je me demandais si...

– Sacré vieux renard ! explosa Melson. (Puis son sourire se fendit jusqu'aux oreilles.) Ce n'est pas mon dictionnaire de latin qui vous a attiré ici... (Il hésita avant d'enchaîner.) À vrai dire, je n'y pensais plus, mais il s'est passé aujourd'hui une chose étrange.

– Quelle « chose étrange » ?

Le regard de Melson se perdit entre les murs sombres, sur le halo de lumière vert pâle que formaient les réverbères sur les arbres de Lincoln's Inn Fields.

– Une plaisanterie, répondit-il lentement. Une sorte de blague dont je n'ai pas saisi tout le sens. Ce matin avant 9 heures, je suis sorti fumer et faire une promenade après mon petit déjeuner ; toutes les maisons du quartier possèdent une véranda en hauteur, dotée d'un porche étroit soutenu par deux colonnes blanches, et flanquée de deux bancs. Il n'y avait pas grand monde dans les parages, mais un agent de police marchait dans ma direction. J'étais assis, occupé à fumer et à paresser... Enfin, disons que je regardais la maison voisine. Elle m'intéressait, car votre horloger a fixé une plaque sur sa fenêtre, où l'on peut lire « Johannus Carver ». J'étais intrigué et curieux de savoir qui, de nos jours, pouvait avoir le toupet de se faire appeler « Johannus ».

– Eh bien ?

– Eh bien... c'est là que nous tombons dans le ridicule, avoua Melson, mal à l'aise. La porte s'ouvre à la volée, et une vieille femme à la mine sévère dégringole les escaliers et se rue, tête baissée, sur l'agent. A ce que je comprends, elle veut porter plainte pour cambriolage, et faire envoyer quelques gamins du voisinage en maison de redressement. Sapristi ! Elle hurle et gesticule comme un beau diable ! C'est alors que survient une autre femme plus jeune et plus jolie, blonde et séduisante, ma foi... (Bien faite de sa personne, songea-t-il, sa chevelure brillant au soleil, et très légèrement vêtue.) Je fais comme si je n'entendais rien et reste assis sous le porche. La femme au visage sévère n'est autre que la gouvernante de Johannus Carver. Elle explique que celui-ci vient de passer plusieurs semaines à fabriquer une horloge, destinée, à ce qu'il me semble, à meubler la gentilhommière d'un sir Quelque Chose, ami intime de l'horloger... aux dires de la dame. L'horloge en question est donc achevée depuis la veille ; Johannus l'a peinte et mise à sécher dans son arrière-boutique. C'est alors que quelqu'un s'est introduit dans la maison, a saccagé l'instrument et dérobé les aiguilles. Serait-ce une mauvaise farce ?

– Je n'aime pas cela, dit le Dr Fell après une pause. Je n'aime pas cela du tout. (Il fit un moulinet avec sa canne.) Et qu'a fait l'agent de ville ?

– Il m'a paru plutôt agité et a pris des notes, sans plus. La blonde s'évertuait à calmer la vieille. Selon elle, il ne pouvait s'agir que d'une farce de mauvais goût. Certes, puisque l'horloge était fichue. Puis elles sont rentrées chez elles et je n'ai pu apercevoir Johannus.

– Hummpff ! La jeune fille est-elle de la famille ?

– Tout porte à le croire.

– Mince alors ! grommela le Dr Fell. Si seulement j'avais questionné Hadley davantage. Savez-vous combien de personnes vivent dans cette maison ?

– Non, mais c'est une vaste demeure et on dirait qu'il y a plusieurs occupants. Je crois avoir vu la plaque d'un avocat sur la porte. Pensez-vous qu'il pourrait y avoir un rapport avec... ?

Ils débouchèrent au nord de Lincoln's Inn Fields. La

place elle-même paraissait plus vaste qu'en plein jour, les façades plus éloignées, plus calmes ; seuls quelques rais de lumière filtraient par les rideaux bien tirés. Les arbres eux-mêmes étaient à l'alignement. La lune pâle était à la pluie.

– Prenons à droite, indiqua Melson. C'est le Soane Museum, là-bas. Deux maisons plus loin... (Il laissa courir sa main sur la rampe en fer forgé humide qui ceignait la place, et leva les yeux sur les demeures aux façades lisses.) J'habite à côté de chez Johannus Carver. Inutile que nous restions là, à contempler la maison...

– Regardez ! s'exclama le Dr Fell. La porte est ouverte.

Ils s'arrêtèrent de concert. Melson resta saisi, d'autant que tout était éteint au n° 16. A la clarté de la lune et des réverbères, on devinait une bâtisse aux contours flous, haute et étroite, en brique rouge presque noire, avec des châssis de fenêtres d'un blanc immaculé. Une volée d'escalier de pierre menait au porche à colonnes, pareil au chapiteau d'une horloge. La porte d'entrée était en effet grande ouverte et Melson crut l'entendre grincer.

– Qu'en pensez-vous... ? s'enquit-il, un ton trop haut.

Il s'interrompit, car sous un arbre, juste devant la maison, il avait aperçu la silhouette d'un guetteur. La demeure n'était plus tout à fait silencieuse. A l'intérieur, un gémissement s'élevait, et ils surprirent quelques mots indistincts qui ressemblaient à une accusation. C'est alors que la silhouette sortit du couvert des arbres. Melson sursauta, soulagé, en voyant le casque d'un agent de police dont le pas régulier se rapprocha en même temps que le faisceau lumineux d'une lanterne. L'homme gravit le perron du n° 16.

2

MORT SUR L'HEURE

Ahanant et soufflant, le Dr Fell monta pesamment sur le trottoir, pointa sa canne et toucha le bras de l'agent de police. L'autre lui braqua sa lampe en pleine figure.

– Qu'est-ce qui vous prend ? Cessez de m'éblouir ainsi, voulez-vous !

– Du calme ! maugréa le flic, bonhomme mais un peu agacé. Enfin, Monsieur... !

– Soit ! Regardez-moi bien. Que se passe-t-il, Pierce ? Vous ne me remettez pas ? Moi, je vous reconnais, pourtant. D'ordinaire, vous montez la garde au poste de police. Hé ! Hum ! N'étiez-vous pas devant le bureau de Hadley ?

Le flic supposa que le Dr Fell ne se trouvait pas là par hasard.

– Moi, j'en sais rien, Monsieur. Suivez-moi, s'il vous plaît.

Faisant signe à un Melson qui manquait d'enthousiasme, le Dr Fell emboîta le pas à Pierce.

Le hall d'entrée n'était pas si sombre. Tout au fond, on devinait un escalier éclairé par le palier. Les gémissements s'étaient tus, comme si quelqu'un attendait, l'oreille aux aguets. Sur la gauche, derrière l'une des portes closes, Melson crut percevoir des murmures énervés et insistants, puis il reconnut le tic-tac confus d'un grand nombre d'horloges. Au même instant, à l'étage, une voix féminine demanda :

– Qui est là ? (On entendit remuer, puis la voix cria encore :) Je ne peux pas passer devant lui, je ne peux pas passer devant lui, je vous dis ! Il est en sang.

La voix se remit à gémir.

Pierce proféra un juron et s'élança dans l'escalier, ouvrant la marche avec sa torche : ses deux compagnons le suivaient de près. L'escalier était bien entretenu et la rampe robuste ; un tapis à fleurs aux teintes fondues était fixé par des tringles en cuivre, symbole des solides maisons anglaises où la violence n'a pas droit de cité et où les marches ne grincent pas sous les pas.

Une porte à deux battants était ouverte sur le palier, éclairé par la lumière diffuse qui provenait de la pièce ; sur le seuil, deux personnes regardaient fixement à leurs pieds, tandis qu'une troisième, assise sur une chaise, dans la pièce, se tenait la tête entre les mains.

Un homme était étendu en travers de la porte, couché sur le flanc droit. La lumière jaune de la torche l'éclaira distinctement, projetant des ombres sur son visage et ses mains qui se contractaient encore. Il battait des paupières et le blanc de ses yeux apparaissait par intermittence. Il avait la bouche ouverte et se courbait, comme sous l'effet de la douleur. Melson aurait juré qu'il avait égratigné le tapis de ses ongles ; sans doute cela avait-il été un réflexe d'agonisant, le sang ne sourdait plus aux commissures de ses lèvres. Ses talons eurent un dernier soubresaut convulsif et raclèrent le parquet ; ses yeux s'écarquillèrent puis demeurèrent fixes.

Melson éprouva une légère nausée, recula d'un pas et faillit manquer la première marche. Ajouté à la vision du cadavre, son faux mouvement grotesque fut à deux doigts de lui faire perdre son sang-froid.

Une des deux personnes sur le pas de la porte était la femme qui avait crié. Il n'en distinguait que la silhouette, ainsi qu'un reflet dans ses cheveux blonds. Elle contourna le mort d'un mouvement brusque, perdit au passage une mule qui tomba ridiculement sur le plancher, et agrippa l'agent de police.

– Il est mort ! Regardez-le ! (Sa voix montait dans les aigus.) Eh bien ! N'allez-vous pas l'arrêter ? (Elle désignait l'homme sur le seuil, morne et les yeux fixés sur le sol.) C'est lui qui l'a tué. Regardez ! L'arme, dans sa main...

L'autre se ressaisit, conscient qu'il tenait à la main, un doigt dans le pontet, un pistolet automatique au canon long et peu maniable. Il faillit le lâcher mais l'enfourna dans sa poche, tandis que l'agent s'avançait vers lui. Il fit volte-face et tous virent que sa tête était secouée d'un tremblement de paralytique. De profil, à la lumière, c'était un petit homme impeccablement vêtu et rasé de près, arborant un pince-nez, dont la chaîne en or passait derrière l'oreille et frémissait en rythme. Sa mâchoire proéminente indiquait la détermination, il avait la bouche dure, les sourcils broussailleux, un grand nez et les cheveux d'une couleur indéfinissable. Mais à présent, le visage semblait flasque et ratatiné, sans doute sous l'effet du choc, de la lâcheté ou de la terreur à l'état brut. Il parut encore plus ridicule lorsqu'il tenta de se donner un air digne. Était-ce l'avocat de la famille ? Il leva une main désapprobatrice et alla jusqu'à grimacer une caricature de sourire.

– Ma chère Eleanor..., dit-il d'une voix mal assurée.

– Éloignez-le de moi, dit la jeune fille. N'allez-vous pas l'arrêter ? Il a tiré sur cet homme. Ne voyez-vous pas son arme ?

Une grosse voix bourrue, pleine de bon sens et presque chaleureuse, coupa court à ces accents d'hystérie. Le chapeau à la main et la mèche rebelle, le Dr Fell se rengorgea et s'avança, bienveillant.

– Harrumph ! fit-il en se grattant le nez. En êtes-vous bien sûre ? Et le coup de feu ? Nous étions tous les trois dehors et nous n'avons rien entendu.

– Mais n'avez-vous rien vu ? Il le tenait, là, dans sa main ? Il y avait comme un silencieux au bout...

Elle se retourna vivement, car le policier s'était penché sur le corps. Impassible, il se releva et marcha sur le petit homme, fasciné.

– Très bien, Monsieur, dit-il d'un ton neutre. Ce pistolet, donnez-le-moi, je vous prie.

L'autre baissa les bras et se mit à parler à toute vitesse :

– Vous ne pouvez pas faire cela, Monsieur l'agent. Vous ne devez pas. Aidez-moi, je vous en prie. Bon sang ! Je n'ai rien à voir avec cette affaire.

– Calmez-vous ! Allons, donnez-moi cette arme. Tendez-la-moi, la crosse en avant, s'il vous plaît. Bien. Votre nom, maintenant ?

– Ce... c'est une affreuse méprise. Calvin Boscombe. Je...

– Et qui est cette personne, là, par terre ?

– Je l'ignore.

– Allons, allons ! fit Pierce en faisant claquer son calepin d'un air las.

– Je vous dis que je l'ignore.

Boscombe s'était raidi. Il croisa les bras et s'adossa à la porte, sur la défensive. Il portait une irréprochable robe de chambre en laine grise dont la ceinture était soigneusement nouée. Pierce se retourna vers la jeune fille.

– Connaissez-vous l'homme qui est à terre, miss ?

– Je... je ne le connais pas. Je ne l'ai jamais vu.

Melson lui jeta un coup d'œil et compara l'impression qu'elle lui donnait avec celle qu'il avait éprouvée le matin même, lorsqu'elle était sortie en courant dans la rue. Elle avait dans les vingt-sept, vingt-huit ans. Elle était jolie, c'était indéniable, mais d'une beauté plutôt conventionnelle, calquée sur les critères en vogue au cinéma, positivement néanmoins, de taille moyenne, mince et sensuelle. Quelque chose, dans son apparence, frappa Melson, mais il fut quelques secondes avant de comprendre de quoi il s'agissait. De toute évidence, on l'avait tirée du lit, car ses cheveux longs étaient ébouriffés, une de ses mules gisait non loin du mort, et elle portait un pyjama rouge et noir, sur lequel elle avait passé un manteau d'automobiliste en cuir bleu poussiéreux, dont elle avait relevé le col. La fraîcheur de son fard à joues et de son rouge à lèvres offraient un contraste saisissant avec la pâleur de son visage. Ses yeux bleus reflétaient l'effroi quand elle les posa sur Pierce. Elle resserra son manteau.

– Je vous dis que je ne l'ai jamais vu ! répéta-t-elle. Ne me regardez pas comme cela ! (Elle prit l'air perplexe.) Il... il a l'air d'un clochard, non ? Je me demande comment il a pu entrer ici, à moins que ce ne soit lui qui l'ait fait entrer, ajouta-t-elle en montrant Boscombe de la tête. Chaque soir, on pousse le verrou et on met la chaîne à la porte.

Pierce marmonna dans sa barbe et prit note :

– Hum !... Je vois... Votre nom, miss ?

– Eleanor. (Elle hésita.) C'est-à-dire... euh... Eleanor Carver.

– Voyons ! miss... Vous connaissez tout de même votre nom !

– Très bien... Pourquoi monter sur vos grands chevaux ? demanda-t-elle, grognon. (Puis elle changea de ton.) Je suis désolée mais tout cela m'a bouleversée. Je m'appelle Eleanor Smith, en réalité ; Mr Carver est mon tuteur, pour ainsi dire, et il souhaite que j'utilise son nom...

– Et selon vous, ce monsieur aurait tiré...

– Oh ! je ne sais plus ce que j'ai dit !

– Merci, Eleanor, déclara subitement Boscombe d'un ton ému. (Sa poitrine étroite se souleva dans un soupir.) Voudriez-vous – vous tous, j'entends – voudriez-vous, je vous prie, venir vous asseoir un moment dans mon appartement et fermer la porte sur cette chose macabre ?

– Pas encore, Monsieur. A présent, miss, reprit l'agent dont la patience commençait à s'émousser, voudriez-vous enfin nous dire ce qui s'est passé ?

– Mais je n'en sais rien !... Je dormais. Je couche au rez-de-chaussée, côté cour. C'est là où mon tuteur a son atelier. Un courant d'air faisait claquer ma porte, je me suis levée pour la fermer ; c'est alors que j'ai regardé dans le couloir et que j'ai vu la porte d'entrée grande ouverte. J'ai pris peur ; j'ai fait quelques pas dans le hall et j'ai aperçu de la lumière au premier et entendu des voix. C'est lui que j'entendais. (Elle désigna Boscombe d'un coup de menton. Ses traits reflétaient encore le choc qu'elle avait subi, la terreur qui s'était emparée d'elle – encore que ce ne soit guère justifié – ainsi qu'une lueur de méchanceté. Elle haletait.) Je l'ai entendu dire : « Mon Dieu ! Il est mort... »

– Si vous me laissiez m'expliquer..., intervint Boscombe, désespéré.

Le Dr Fell qui avait écouté la jeune fille en clignant des yeux, l'air vaguement ennuyé, fut sur le point d'intervenir mais elle poursuivit :

– J'étais terrifiée. Je suis montée à pas de loup – la moquette étouffe tous les bruits –, je l'ai vu, lui, debout sur le seuil, penché sur lui, et l'autre se tenait au fond de la pièce, la tête tournée de l'autre côté.

Tandis qu'elle ponctuait ses « lui » de signes de tête éloquents, ils constatèrent qu'un troisième homme était présent. Il était assis dans la chambre de Boscombe, à côté d'un guéridon qui supportait une lampe à abat-jour. Un coude sur la table, il se passait la main sur le front. Arborant un calme exemplaire, il se leva avec raideur et s'avança vers les autres, les mains dans les poches. C'était un grand type aux oreilles décollées ; son visage resta dans l'ombre et il hocha la tête à plusieurs reprises en guise de salut. Il ne regarda pas le cadavre.

– C'est tout ce que je sais, dit Eleanor. Mais je me demande pourquoi lui... (Elle fixa le mort.) a eu l'idée de venir ici et... et de faire peur à... Enfin, on dirait un vagabond, non ? Quoique... en y réfléchissant, une fois lavé et vêtu correctement, il pourrait passer pour...

Son regard sauta du cadavre à Boscombe, mais elle

n'ajouta rien tandis qu'ils examinaient la forme gisant sur le plancher. Même en vie, le sujet ne devait guère être agréable à regarder. Melson s'en fit la réflexion tandis que des détails singuliers s'imposaient à lui. Le costume en lambeaux, d'une couleur indéfinissable, retenu ça et là par des épingles de sûreté, était raide de crasse. L'inconnu devait avoir la cinquantaine et semblait à la fois décharné et bouffi. Son bouton de col en cuivre saillait sur son cou de dindon, et sa barbe de trois jours encadrait une bouche béante et ensanglantée plantée de chicots. Néanmoins, il n'évoquait pas un clochard. Fort de cette impression et s'efforçant d'établir une ressemblance quelconque, Melson nota l'unique détail vestimentaire incongru : l'homme était chaussé de tennis presque neufs.

Soudain, Pierce se tourna vers Boscombe.

– Le mort aurait-il par hasard un lien de parenté avec vous, Monsieur ?

Boscombe parut sincèrement ahuri, voire un tantinet choqué.

– Fichtre, non ! Un de mes parents ? Que... D'où sortez-vous une pareille idée ? (Il hésita, s'agita, et Melson sentit que cette pensée bouleversait Mr Calvin Boscombe autant que si on le soupçonnait de meurtre.) Monsieur l'agent, cette histoire prend une tournure invraisemblable ! Je vous affirme que je ne connais pas cet homme. Il ne s'est rien passé, rien ! Ou, pour être exact, mon ami et moi... (Il fit un signe en direction de l'homme qui se tenait debout, immobile.) Mon ami et moi bavardions, assis dans mon salon, devant un dernier verre, et il allait justement prendre son chapeau et s'en aller...

– Un instant, Monsieur. Votre nom, je vous prie ?

– Peter Stanley, répondit le grand gaillard. (Il parlait d'une voix sourde et caverneuse, comme si quelque souvenir étrange lui revenait en mémoire.) Peter E. Stanley. (Il écarquilla les yeux, et récita, sur un ton à la fois amusé et acide :) 211, Valley Edge Road, à Hampstead. Je... euh... je ne réside pas ici, et je ne connais pas le mort.

– Poursuivez, Monsieur.

Boscombe lança un coup d'œil nerveux sur ses compagnons avant de reprendre :

– Je le répète, nous étions assis comme... deux braves citoyens respectueux des lois. (L'aspect incongru et absurde de ce petit discours surprit Boscombe lui-même et il esquissa un pâle sourire.) Les deux battants de cette porte étaient fermés, quant à mon pistolet, que vous semblez trouver suspect, je ne l'ai pas utilisé. Je montrais simplement à Mr Stanley à quoi ressemble un silencieux *Grott*. Il n'en avait jamais vu.

Stanley éclata d'un rire irrépressible et se frappa la poitrine, avec un air de souffrance. Penché sur le côté, une main vigoureuse plaquée sur le chambranle, il les dévisageait tour à tour, tournant sa figure cadavérique, dont la chair molle et le teint jaune semblaient un masque d'argile. Secoué de spasmes, le masque se fendit, tandis qu'il s'étranglait en éructant d'horribles cris stridents et en battant des paupières. Le rire qui s'échappa de sa gorge se révéla pire encore. Eleanor recula et fondit en larmes.

– Désolé, mon vieux, s'écria Stanley entre deux hoquets de son rire gras, tandis qu'il flanquait une bourrade dans le dos de Boscombe. Dé... désolé, Monsieur l'agent. Je vous demande pardon, à tous... mais c'est... tellement drôle. Ho, ho ! C'est ma foi vrai : il était en train de me le montrer à moi.

Il s'essuya les yeux d'un geste grotesque. Pierce fit un pas en avant, mais le Dr Fell posa une main sur son bras :

– Du calme..., dit-il posément. Mr Boscombe ?...

– J'ignore qui vous êtes, Monsieur, répondit Boscombe sur le même ton, et pourquoi vous vous trouvez ici. Mais vous êtes, semble-t-il, un phénomène rare : un homme qui a les pieds sur terre. Je répète donc que Mr Stanley et moi nous trouvions assis chez moi, en train d'examiner le pistolet, lorsque – sans crier gare – quelqu'un s'est mis à frapper et à gratter à cette porte. (Il posa la main sur l'un des deux battants, puis la retira aussitôt et baissa les yeux.) Elle s'est ouverte à la volée et cet homme est tombé sur le dos, tel que vous le voyez maintenant. Je vous jure que c'est absolument tout ce que je sais. J'ignore ce qu'il faisait ici et comment il s'y est introduit. Nous ne l'avons pas touché.

– Mais vous auriez dû, dit le Dr Fell. (Il marqua une pause, fit un signe de tête à Pierce et pointa sa canne vers le corps.) Vous avez regardé cette arme et constaté qu'elle n'avait pas été utilisée. Retournez le corps, à présent.

– Impossible, Monsieur, rétorqua Pierce. Faut que je téléphone au poste et que je demande au légiste...

– Mettez-le sur le ventre, intima le Dr Fell d'une voix cassante. J'en prends la responsabilité.

Pierce fourra l'arme dans sa poche avec son carnet, et se pencha avec précaution. La main gauche du mort retomba mollement sur le tapis lorsqu'il le retourna ; les genoux et le menton s'affaissèrent. L'agent se releva en se frottant les mains. Un morceau de métal de la longueur d'une main sortait au-dessus de la première vertèbre. L'étrange couteau mince et pointu, qui avait dû suivre une trajectoire oblique perforant la gorge et se fichant dans la poitrine, ne ressemblait à rien de ce que les personnes présentes avaient pu voir jusque-là. Malgré le sang qui le souillait, on voyait luire la dorure de la tige de métal qui mesurait dans les quatre centimètres de large à son extrémité ; l'acier en était très fin et présentait une perforation rectangulaire, telle ces clefs que l'on utilise en mécanique automobile.

Eleanor Carver poussa un cri.

– On l'a surpris par derrière, déclara le Dr Fell. Avant qu'il n'atteigne l'étage. Et cette chose-là... (Il regarda ce que désignait le doigt pointé de la jeune fille.)... Je ne serais guère surpris d'apprendre qu'il s'agit de l'aiguille des minutes d'une grosse horloge prévue pour l'extérieur, un instrument solide et durable, doté d'une armature ouvragée en acier... Comme celle que Carver était en train de fabriquer pour sir Je-ne-sais-qui...

3

LA VITRE BRISÉE

– Voyez-vous, poursuivit le Dr Fell, de l'air de s'excuser, je craignais que cela ne s'avère encore plus démoniaque qu'il n'y paraît. Et, malgré mon aversion pour les démarches officielles, j'ai bien peur de devoir me charger de l'affaire jusqu'à l'arrivée de Hadley.

Stanley, qui s'était essuyé les yeux d'un revers de manche, presque machinalement, fit volte-face, montrant son masque sombre ravagé de rides.

– Vous ? lança-t-il avec hargne en se redressant. Vous allez vous charger de l'affaire ? Et qu'est-ce que vous y connaissez, hein ?

– J'y suis ! marmonna le Dr Fell d'un air inspiré. J'y suis enfin ! C'était ce timbre si particulier. Je me posais des questions sur vous, Mr Stanley. Humpff ! Au fait, Mr Boscombe, avez-vous le téléphone ? Pierce, voulez-vous appeler directement le 27 ? Je sais que vous devez d'abord en référer à votre commissariat de quartier, mais assurons-nous d'appeler le Yard, au préalable. Vous aurez l'inspecteur-chef Hadley. Il viendra avec le médecin légiste, ne serait-ce que pour le plaisir de se disputer avec moi. Ne vous en faites pas s'il vous envoie sur les roses. Humpff ! Attendez ! Demandez-lui qui s'occupe de l'affaire du magasin *Gambridge* et dites-lui de l'amener avec lui. Je pense qu'il trouvera quelque chose d'intéressant... Miss Carver ?

Descendant quelques marches, elle avait reculé dans la pénombre et se frottait le visage à l'aide d'un mouchoir. Lorsqu'elle l'enfouit dans la poche et revint vers eux, Melson s'aperçut que son maquillage avait disparu. La pâleur de son visage en était encore accentuée et ses yeux bleus avaient viré au noir. Elle regarda Boscombe à la dérobée, mais demeura parfaitement calme.

– Je ne vous avais pas faussé compagnie, observa-t-elle. Peut-être devrais-je réveiller ma tante et J., mon tuteur. (Elle s'appuya fortement sur la rampe et ajouta :) Je ne sais comment vous l'avez deviné, mais c'est bien l'aiguille de l'horloge. Ne pouvez-vous pas recouvrir le corps ? insista-t-elle avec un tressaillement.

Boscombe ne se fit pas prier ; il disparut et revint avec un dessus-de-lit poussiéreux que, sur un signe du Dr Fell, il déploya sur le cadavre.

– Qu'est-ce que cela signifie ? s'écria subitement la jeune fille. Vous êtes au courant, non ? Vous ne le saviez pas ? Ce pauvre homme était un cambrioleur.

– Vous savez bien que non, déclara gentiment le Dr Fell. (Il cligna des yeux et scruta le couloir, appuyé sur sa canne, le dos voûté, considérant la mine blafarde de Boscombe et le visage de Stanley qui avait perdu de son entrain.) Je crois savoir ce qu'il faisait ici mais j'espère me tromper.

– Quelqu'un, marmonna Stanley d'une voix monocorde et bourrue, l'a suivi dans la rue et...

– Pas nécessairement dans la rue. Miss Carver, pourrions-nous avoir de la lumière, je vous prie ?

Ce fut Boscombe qui s'avança et actionna un interrupteur, placé à côté de la double porte. Un plafonnier éclaira un vaste palier de dix-huit mètres de long sur six de large, uniformément recouvert d'une moquette dans les rouges. L'escalier, qui mesurait dans les deux mètres cinquante de large, grimpait le long du mur de droite. Le mur d'en face, côté rue, était percé de deux fenêtres, dont les rideaux à motifs bruns étaient soigneusement tirés. Deux portes s'ouvraient dans le mur, plus une, presque dans l'angle, à côté de celle de l'appartement de Boscombe. Le mur de gauche comportait encore trois autres portes, toutes fermées, peintes en blanc, à l'instar des lambris, tandis que le plafond tirait sur le brun. Une haute horloge en bois, à une seule aiguille, constituait l'unique décoration entre les deux fenêtres. Aux yeux de Melson, l'objet était dépourvu de tout intérêt. Le regard vague, le Dr Fell clignait des paupières et marmonnait dans sa barbe.

– Eh bien, déclara-t-il. Voilà une grande maison, ma foi. Admirable. Combien de personnes vivent sous ce toit, miss Carver ?

Elle s'avança avec précaution et ramassa sa pantoufle d'un geste vif, avant que Boscombe n'ait eu le temps de la lui tendre.

– Eh bien... J. en est le propriétaire. Il y a donc J., ma tante, Mrs Steffins, qui n'est pas vraiment ma tante, Mr Boscombe, Mr Paull, et Mrs Gorson, qui supervise la bonne marche de la maison. Mr Paull est absent, en ce moment. (Sa lèvre supérieure esquissa une petite moue.) Et enfin, il y a notre avocat...

– Comment s'appelle-t-il ?

– C'est une avocate, précisa Eleanor. (Son regard plongea dans l'escalier, indifférent.) Ce n'est pas vraiment notre avocate, vous comprenez, mais elle fait la fierté de la maison.

– Une femme très brillante, confirma Boscombe.

– L. M. Handreth. Vous avez probablement remarqué sa plaque, au rez-de-chaussée. « L » pour Lucia. Et je vais vous confier un secret. (En proie à une nervosité grandissante, elle parlait vite, tandis qu'une lueur diabolique passait dans ses yeux bleu pâle.) « M » pour Mitzi.

N'est-il pas incroyable qu'elle continue à dormir malgré ce tapage ? Elle occupe une partie du rez-de-chaussée.

– Il est en effet étonnant que personne ne se soit réveillé, renchérit le Dr Fell. Je crains que nous n'ayons à les sortir de leur lit, sinon, mon ami Hadley tirera des conclusions négatives sous prétexte que les gens ont la conscience tranquille. Hum ! Où dorment tous ces braves gens, miss Carver ?

– Je vous ai dit que Lucia occupait une partie du rez-de-chaussée. Les deux pièces donnant sur la rue sont les salles d'exposition de J. Vous n'ignorez pas qu'il fabrique des horloges ? Il y a un petit salon, derrière, ainsi que la chambre de ma tante. La mienne est côté cour. Mrs Gorson et la bonne occupent le sous-sol. A l'étage... Cette porte sur la droite, au fond, est celle de la chambre à coucher de J. Celle d'à côté est celle d'un débarras où il travaille quand il fait froid. D'ordinaire, il s'isole dans une remise de l'arrière-cour, car il y a parfois du bruit. De l'autre côté se trouve l'appartement de Mr Paull. Je vous ai dit qu'il était absent. C'est tout.

– Je vois... mais quelque chose m'aura échappé, dit le Dr Fell. (Il regarda autour de lui en clignant des yeux et désigna la petite porte du fond.) Et celle-ci ? Encore un débarras ?

– Oh ! ça ? Elle communique avec le toit, c'est-à-dire qu'elle donne sur un corridor, puis sur une autre porte, un escalier, un petit débarras... et enfin le toit. (L'air distrait, Fell fit un pas en avant, mais elle s'interposa en souriant, le dos à la porte.) Elle est fermée à clef. Euh... nous la fermons toujours à clef.

– Hein ? Oh ! je ne pensais pas à cela, dit le Dr Fell en faisant volte-face, posant çà et là son regard distrait. Mais à autre chose. Pourriez-vous me montrer sur quelle marche vous vous trouviez, au moment où vous avez jeté un coup d'œil sur le palier et aperçu notre visiteur tardif étendu à terre ? Je vous remercie de bien vouloir éteindre le lustre, Mr Boscombe. Prenez votre temps, miss Carver. Vous étiez donc sur la sixième... la cinquième marche, vous êtes sûre ?... La cinquième en partant du haut, et vous regardiez, comme vous le faites en ce moment, c'est bien cela ?

L'horrible lumière jaune provenant du salon de Boscombe troublait l'obscurité et Melson se sentit de nouveau mal à l'aise. Ses yeux s'attardèrent sur le large escalier où la jeune fille, les mains jointes, se tenait immobile, le regard levé vers eux dans son visage blême. L'obscurité du rez-de-chaussée ne laissait deviner que sa tête et ses épaules à la lueur d'un réverbère, dans la rue. La silhouette trembla tandis que le Dr Fell se penchait.

Derrière lui, une voix féroce s'éleva, faisant chanceler la jeune fille.

– Bon sang ! A quoi rime cette mise en scène ? s'écria Stanley.

Il se rua en avant et Fell se tourna lentement vers lui. Melson ne put voir son visage, mais Stanley et Boscombe s'arrêtèrent net.

– Lequel de vous deux, s'enquit le Dr Fell, a poussé le battant de droite ?

– Je... je vous demande pardon ? demanda Boscombe.

– Celui-ci. (Le docteur s'avança lourdement et toucha le battant presque complètement rabattu contre le mur, à l'intérieur de la pièce. Il le tira à lui, de sorte qu'une ombre tomba sur la silhouette tordue sur le sol, drapée dans le dessus-de-lit.) On l'a poussé, n'est-ce pas ? Était-il dans cette position lorsque vous avez découvert le corps ?

– Eh bien... moi, je n'y ai pas touché, dit Stanley. Je n'étais pas près de ce pauvre... Je ne m'en suis pas approché. Demandez à Boscombe.

Boscombe hasarda une main nerveuse sur son pince-nez qu'il réajusta :

– C'est moi qui l'ai poussé, Monsieur, répondit-il avec

une certaine dignité. Je..., excusez-moi... mais je ne pensais pas mal agir. J'ai ouvert pour y voir plus clair.

– Oh ! mais vous n'avez rien fait de mal, convint le Dr Fell, affable. (Il gloussa et reprit :) A présent, si vous n'y voyez pas d'inconvénient, nous serions ravis d'accepter votre hospitalité, Mr Boscombe. Miss Carver, voulez-vous réveiller votre tuteur et votre tante, et leur demander de se tenir prêts ?

Lorsque Boscombe les fit entrer en s'excusant maladroitement pour le désordre (comme s'il faisait fi du cadavre, sur le seuil, et comme si la pièce était sens dessus dessous), Melson se sentit encore plus perplexe et plus troublé. Perplexe, car Boscombe ne semblait pas homme à s'intéresser aux silencieux. Un petit gabarit, mais finaud, ce Boscombe ; finaud et moins sensible qu'il voulait le faire croire sous ses mines doucereuses. Il devait aimer les livres, à en juger par ceux qui garnissaient les rayons sur les murs ; il s'exprimait comme un valet de chambre dans une comédie de boulevard. Bon nombre de gens nerveux et timides parlent ainsi ; un autre indice sur sa personnalité, en l'occurrence. Impeccable dans son pyjama noir, sa robe de chambre de laine grise et ses pantoufles confortables ; à qui diable faisait-il penser ? A une sorte de Jeeves, peut-être.

Ce qui troublait Melson, c'est que les deux hommes mentaient, il en avait le pressentiment, il l'aurait juré ; cela se sentait dans l'hostilité de Peter Stanley, cela empoisonnait l'atmosphère. Son malaise s'accrut encore lorsqu'il regarda l'homme en pleine lumière. Stanley ne se révélait pas seulement hostile, il était malade, et sa maladie ne datait pas d'hier. Une sacrée carcasse, dont les nerfs, qui faisaient tressauter les paupières, semblaient actionner, tels les fils d'une marionnette, sa lourde mâchoire en un lent mouvement de mastication. Ses vêtements trop grands étaient de bonne facture quoique tout élimés ; quant à sa cravate, elle était nouée de guingois, sous un col démodé et trop haut. Il prit place dans un fauteuil, à côté de la table, et sortit une cigarette.

– Eh bien ? dit-il. (Ses yeux injectés de sang suivaient le Dr Fell, tandis que ce dernier inspectait la pièce du regard.) Il faut dire que l'endroit est assez confortable... pour commettre un meurtre. Cela éclaire-t-il votre lanterne ?

Pour l'heure, cela n'éclairait guère celle de Melson. La pièce était vaste et haute de plafond ; le mur du fond, légèrement mansardé, était percé d'une lucarne masquée par un rideau de velours noir, coulissant sur un rail et permettant d'entrevoir deux vitres prévues pour la ventilation. Les rideaux étaient également tirés devant les deux fenêtres, au fond. Dans le mur de gauche, une porte donnait probablement sur la chambre à coucher. Des rayonnages tapissaient tout ce qui restait de murs, jusqu'à hauteur d'homme ; au-dessus étaient accrochés çà et là une série de gravures, que Melson, à son grand étonnement, identifia comme de fidèles reproductions du *Rake's Progress*, de Hogarth. On notait certaines anomalies dans l'ordre de la pièce... Une lampe de bureau était placée exactement au milieu de la table ronde, elle-même au centre de la pièce. Elle était flanquée d'un sablier et d'un vieux coffret en cuivre, dont le dessin en filigrane figurait d'étranges croix verdâtres entrelacées. A gauche de la table, juste en face de celui où Stanley était assis, trônait un imposant fauteuil capitonné à oreilles.

Une odeur de tabac flottait dans la pièce mais Melson nota – fait pour le moins étrange – que les cendriers étaient soigneusement vidés et nettoyés, et qu'aucun verre n'était sorti, en dépit du remarquable alignement de bouteilles sur le buffet...

Nom d'un chien, quelque chose ne collait pas dans cette mise en scène ! Ou alors, songea Melson, je ne suis qu'un pauvre imbécile qui cherche la petite bête. Pierce était au téléphone, dans la chambre à coucher. Melson reporta son regard sur les étranges croix verdâtres du coffret de cuivre. Contre le mur, près de la porte par où ils étaient entrés, on avait déployé un monumental paravent espagnol en cuir repoussé, comme pour isoler un petit espace clos. Les panneaux cloutés de cuivre étaient soit noirs avec des flammes dorées, soit jaunes avec des croix rouges ou safran.

Un souvenir vague titilla l'esprit de Melson ; le mot *san-benito*. Qu'était-ce qu'un *san-benito* ? Le paravent ne laissait pas Fell indifférent, lui non plus. Le tic-tac de la pendule égrenait les secondes ; un silence pesant tomba tandis que le docteur, tel un hibou, fixait les panneaux de cuir. Chacun entendait son souffle asthmatique et un inexplicable courant d'air faisait claquer le rideau d'une fenêtre. Il s'avança d'un pas pesant, tapota le paravent du bout de sa canne et se pencha pour regarder derrière...

– Excusez-moi, Monsieur, dit Boscombe d'une voix aiguë, puis il fit quelques pas comme pour détendre l'atmosphère. Vous avez sûrement mieux à faire que de voir mes petits aménagements culinaires, à savoir le réchaud à gaz où il m'arrive de préparer mon petit déjeuner. Un objet bien laid, je le crains...

– Hum ! En effet. Dites-moi, Mr Boscombe, quelle négligence ! Vous avez renversé un paquet de café, et il y a une flaque de lait sur le plancher. (Il se retourna et fit un signe de la main, tandis que Boscombe s'approchait, en proie à une soudaine agitation domestique.) Non ! Ce n'est pas le moment de faire le ménage. Il est trop tard, à présent. Ce qui est fait est fait, hein ?

– J'ai peur de ne pas bien saisir.

– Et il y a de la craie sur le tapis, là ! grogna le Dr Fell en désignant le trône capitonné. Pourquoi diable y a-t-il des marques à la craie sur le tapis ? Messieurs, tout cela m'inquiète et n'a aucun sens.

Comme s'il craignait que le Dr Fell ne s'octroyât son

siège, Boscombe alla s'y asseoir, croisa ses bras maigres et dévisagea le docteur d'un air sardonique.

– Qui que vous soyez, Monsieur, déclara-t-il, et quelles que soient vos responsabilités, je suis prêt à répondre à vos questions. Je m'attendais à... ce genre d'épreuve. Mais le caractère non officiel ne m'en déplaît pas. J'ai la faiblesse de ne pas saisir en quoi le fait de renverser un pot à lait n'a pas de sens. De même pour le vieux morceau de craie qui traîne sur le tapis. Vous voyez cet objet plat, derrière le canapé ? C'est une table de billard pliante... Je ne voudrais pas vous presser, Monsieur, mais auriez-vous l'obligeance de me dire ce que vous souhaitez savoir ?

– Pardon, Monsieur, risqua une voix sur le seuil de la chambre à coucher. (Flegmatique, quoique troublé, Pierce s'adressait au Dr Fell.) Vous pourriez leur poser deux ou trois petites questions, si je peux me permettre... (Boscombe se redressa.) Je suis rentré ici pour téléphoner, poursuivit le policier en bombant le torse, comme sur un ring. C'était avant que Monsieur ne vienne prendre le dessus-de-lit pour recouvrir le corps. Il y avait des choses sur ce sofa, Monsieur. Il les a planquées là, derrière.

Boscombe se leva d'un bond. Pierce le poussa, marcha droit sur le canapé et tâtonna pour en extraire une paire de chaussures éculées, au bout troué, et dont la semelle, usée jusqu'à la corde, bâillait ; les lacets étaient noués sur les œillets restants et de la boue encore fraîche les maculait. Dans l'un des souliers, on avait glissé une paire de gants de coton crasseux.

– J'ai cru bon de vous en informer, Monsieur, insista-t-il en balançant les chaussures au bout de leurs lacets. Regardez les gants ! (Ils étaient tailladés au niveau des articulations et de petits morceaux de verre y étaient plantés çà et là.) Bien ! Et maintenant, la fenêtre ! (Il s'avança vers celle dont le rideau battait.) J'ai d'abord pensé qu'il y avait quelqu'un caché derrière. Je n'ai vu personne, mais il y avait des morceaux de verre par terre ; j'ai soulevé le rideau, comme ça...

La fenêtre n'était pas complètement fermée ; une des vitres, juste sous le loquet qui aurait dû la bloquer, était brisée. Et même de loin, on pouvait apercevoir des traces de boue sur le rebord blanc, où une chaussure avait glissé.

– Eh bien, Monsieur ? s'enquit Pierce, ça m'a tout l'air d'être la trace des godillots que le mort était censé porter, non ? Plutôt que ces tennis blancs qu'il a aux pieds ? Vous devriez demander à ces messieurs s'il n'est pas rentré par la fenêtre, tout compte fait... Surtout que... Regardez ! Cet arbre, dehors... même un marmot pourrait grimper les yeux fermés.

Après un long silence, Melson se retourna d'un mouvement brusque.

Stanley s'était remis à rire de son rire atroce, et flanquait de grandes claques au dossier du fauteuil.

4

L'HOMME SUR LE SEUIL

– Mon ami est souffrant, observa Boscombe, très calme.

Sous son masque dur et impénétrable, tous ses sens étaient en alerte ; non pas à cause de sa culpabilité implicite, mais parce qu'un événement imprévisible venait de se produire, pour son malheur.

Ce qui, songea Melson, ne faisait qu'aggraver son cas. L'homme qui néglige une vitre brisée et des traces de boue sur le rebord de sa fenêtre n'est pas un criminel étourdi mais un imbécile ou un fou.

– Mon ami est souffrant, répéta Boscombe en s'éclaircissant la voix. Permettez-moi de lui servir un peu de cognac... Allons, du nerf ! lança-t-il d'un ton sec.

– Bon sang ! Tu cherches à m'excuser, hein ? s'enquit l'autre, cessant aussitôt de rire. Alors, je suis malade ? Et, bien entendu, incapable de me prendre en charge ! Il vaut mieux cracher le morceau, ajouta-t-il, un sourire jusqu'aux oreilles. Hadley va arriver, il appréciera... Robert, mon garçon, lança-t-il à l'agent, bravache en dépit de ses frénétiques battements de paupières, allez vous faire voir, vous et tous ceux de votre espèce ! Tous dans le même sac... Des jean-foutre et des saligauds ! (Il haussa le ton et sa voix s'étrangla.) Savez-vous qui je suis ? Savez-vous à qui vous parlez ?

– Je me demandais combien de temps vous mettriez avant de nous le dire, intervint le Dr Fell. Si mes souvenirs sont exacts, vous étiez autrefois inspecteur-chef du C.I.D.

Stanley balaya lentement la pièce du regard :

– Aujourd'hui en retraite, dit-il. Avec les honneurs.

– N'allez-vous pas les interroger ? protesta l'agent.

Le Dr Fell fit la sourde oreille.

– L'Arbre de la Croix ! gronda-t-il soudain. Par Dieu ! Par Bacchus ! Par mon chapeau ! Bien sûr. Mais c'est terrible, dites-moi... Mon garçon, poursuivit-il avec bienveillance à l'adresse de Pierce, vous avez fait du bon travail. Je vais de ce pas interroger ces messieurs. Mais avant, j'ai un service à vous demander. (Il avait sorti son carnet et son crayon et griffonnait tout en parlant.) Avez-vous eu Hadley ?

– Il arrive, Monsieur.

– Et le type sur l'affaire du grand magasin ?

– C'est l'inspecteur Ames, Monsieur. Mr Hadley a dit qu'il l'amenait avec lui s'il le trouvait.

– Bien. Prenez ça, dit le Dr Fell en déchirant la feuille du calepin, et surtout, pas de questions. C'est la voie royale pour une promotion. Filez ! (Il considéra Stanley d'un œil sombre, tandis que Boscombe apportait à ce dernier un gobelet de cognac à moitié plein.) A présent, Messieurs, je ne voudrais pas vous presser, mais je crains fort que mon ami l'inspecteur ne se mette dans tous ses états lorsqu'il découvrira ces souliers. Ne pensez-vous pas qu'il est temps de me fournir une explication ? Et à votre place, j'avalerais ce cognac.

– Allez au diable ! tonna Stanley qui vida le gobelet d'un trait.

– Du calme, dit le Dr Fell. Il vaudrait mieux l'envoyer à la salle de bains. Je ne tiens pas à ce que... Voilà ! (Il attendit que Boscombe eût poussé Stanley, qui ne tenait pas sur ses jambes, dans la pièce voisine, et fût revenu en se frottant les mains, la démarche aussi peu assurée que son compagnon.) Cet homme est au bord de la crise de nerfs. Si vous me disiez... ce qui s'est passé cette nuit ?

– Si..., répliqua Boscombe, l'œil torve, vous tentiez de le découvrir par vous-même ? (Il alla sans bruit vers le buffet, la mine sournoise, déboucha une carafe et se retourna.) Je n'ai qu'un seul indice à vous donner. Je ne tiens pas à me faire étrangler par ce fou furieux quand il saura que j'ai voulu lui jouer un tour... Admettons que la vitre brisée soit un fait bizarre...

– Vous pourriez être pendu pour cela.

Boscombe agita la main :

– Foutaises ! Un étranger, un cambrioleur, rentre par la fenêtre. Nous l'assassinons à l'aide d'une aiguille d'horloge. Nous poussons le raffinement jusqu'à troquer ses chaussures contre une paire de tennis neufs et nous nous débarrassons du corps sur le palier. Curieux procédé, non ? D'ordinaire, on n'hésite pas à tirer sur les cambrioleurs.

– A ce propos, je crois me souvenir que vous possédez une arme à feu.

Boscombe pencha la tête d'un air méditatif et répondit :

– Il n'y a rien d'illégal à casser ses propres carreaux

et à posséder de vieilles chaussures, que je sache. Celles-ci m'appartiennent. Et c'est moi qui ai cassé la vitre.

– Je sais que c'est vous, répondit tranquillement le Dr Fell.

« Sont-ils tous devenus fous ? », se demanda Melson. Il les contempla tour à tour ; le petit homme était visiblement troublé par ces dernières paroles. Fell éleva la voix.

– Je veux éclaircir les causes et les raisons d'un certain nombre de choses. Je veux savoir pourquoi Stanley se cachait derrière le paravent, tandis que vous étiez assis dans le grand fauteuil et que Mr X. montait au premier, ce soir ; je veux savoir pourquoi vous avez préparé ces gants et ces souliers, et pourquoi vous avez méticuleusement nettoyé les cendriers et lavé les verres. Je veux savoir qui Eleanor Carver a cru blessé lorsqu'elle a vu Mr X. sur le seuil. En clair, conclut Fell avec un geste désinvolte, en lorgnant le paravent espagnol, je veux connaître la vérité. Et dans cette maison où le monde tourne à l'envers, cette quête m'a l'air bien tortueuse...Hé, hé !... je ne serais pas surpris de voir quelqu'un marcher au plafond. A vrai dire, j'ai tout lieu de croire que cela s'est produit, en effet.

– Je vous demande pardon ?

– On a bel et bien marché au plafond, répéta Fell. Suis-je assez clair ? On dirait que non. Oh ! et puis zut ! ajouta-t-il, l'air affable. La vieille baderne a bien le droit d'avoir son petit grain de folie, de temps en temps !... Bonsoir, Monsieur... Johannus Carver ?

Melson fit volte-face. Il n'avait rien entendu, car le tapis assourdissait les pas et conférait à quiconque le don d'apparaître de façon subite et pour le moins troublante. L'homme sur le seuil ne ressemblait pas au portrait que Melson s'était fait de Johannus Carver. Il s'était imaginé un grand-père petit et poussiéreux, au lieu de quoi Johannus était grand et fort avec son mètre quatre-vingts, malgré son dos voûté. Il avait les yeux fixés sur le corps recouvert du dessus-de-lit, et se frottait le front du revers de la manche, affichant un air plus perplexe et inquiet que véritablement horrifié. Il avait le crâne rond coiffé de cheveux courts et drus, encore blonds malgré les mèches grises ; une paire d'yeux bleu pâle cernés de rides, la mâchoire forte, la bouche molle et le cou tout ridé. La ceinture de son pyjama à rayures était un de ces antiques corsets élastiques.

– C'est..., commença-t-il en cherchant ses mots. C'est... Bonté Divine ! Mais il est... ?

– On ne peut plus mort, acheva le Dr Fell. Miss Carver vous a raconté comment cela s'était produit ? Veuillez, je vous prie, soulever un coin du voile et me dire si vous le connaissez.

Carver s'empressa de rabattre le dessus-de-lit.

– Oui, bien sûr ! Ou plutôt, non, je ne le connais pas. Quoique... attendez voir... Oui, c'est ce type-là, ou du moins, je crois. Je n'ai pas la mémoire des visages. (Il fronça les sourcils, tandis que son regard errait au hasard. Ses doigts carrés en forme de spatule tapotaient sa joue.) Je ne sais pas son nom mais je l'ai vu. Au pub, bien sûr ! Il traîne toujours dans ceux du coin pour se faire payer à boire. J'aime bien aller au pub. Euh... Mrs Steffins n'est pas de cet avis. (Carver parut soudain émerger de sa rêverie.) Mais au fait ! Il faut faire quelque chose ! s'écria-t-il avant de regarder de nouveau le corps. Ainsi, c'était donc ça ! Eleanor m'a dit qu'on l'avait poignardé avec l'aiguille du cadran de Paull. Mais pourquoi ? Rien ne manque à ma collection. Dès qu'Eleanor m'a réveillé, je suis allé vérifier les sonneries antivol. Tout est intact. Alors ? (Il s'interrompit pour tousser puis écarquilla les yeux :) Minute ! Boscombe ! La *Maurer*, vous l'avez toujours ?

Boscombe tapota le coffret en cuivre, sur la table :

– Elle est en sécurité, ici. Euh... avez-vous eu le plaisir

de rencontrer notre enquêteur, Carver ? J'aurais préféré faire sa connaissance dans d'autres circonstances... mais notre petite conversation était des plus intéressantes.

De nouveau, Carver revint sur terre :

– Mais nom d'un chien ! C'est le Dr Fell ! Le Dr Gideon Fell ! Comment allez-vous, cher Monsieur ? Eleanor l'a reconnu d'après une photographie dans le journal. Vous vous souvenez de notre discussion sur son livre : l'histoire du surnaturel dans le roman anglais... ? Vous n'étiez pas d'accord sur certains points... (Et une fois encore, Carver se perdit dans ses pensées et dut faire un effort pour revenir à la réalité.) Montrez-lui la *Maurer*, Boscombe. Cela va l'intéresser.

– Ce... c'est fâcheux, articula-t-il d'une voix étranglée. Je vous dois des excuses, Monsieur. Je ne pouvais imaginer... Puis-je vous offrir à boire ? Un cognac ?

– Hé ! fit le Dr Fell. Hé ! hé ! Permettez-moi de vous présenter le professeur Melson, à qui incombe la tâche ingrate de publier *Gilbert Burnet*. Un cognac ? Ma foi... A condition toutefois de ne pas y verser du *nux vomica*.

– Du *nux vomica* ?

– Je vous ai vu en verser dans le verre de Stanley, figurez-vous, précisa le Dr Fell, affable. Je me suis demandé si, quoique affligé d'un goût pervers pour les cocktails, on pouvait aller si loin...

– Rien ne vous échappe, déclara Boscombe sèchement. J'ai pensé qu'il valait mieux pour Stanley... hum... qu'il se retire un moment. Un cognac, Pr Melson ?

Ce dernier secoua la tête. Le plus effroyable, c'était le contraste entre l'horloger et Boscombe, aussi courtois l'un que l'autre, et leur attitude face à la mort.

– Merci, dit-il, en grimaçant un vague sourire. Une autre fois, peut-être. Je crains que mes habitudes ancestrales ne soient trop ancrées en moi. Je ne bois jamais en présence d'un mort.

– Cela vous dérange ? Et pourquoi donc ? demanda

Boscombe, soulevant à peine sa lèvre supérieure. Prenez mon propre cas. Selon le Dr Fell, je suis dans de sales draps... et pourtant...

– Sérieusement, vous voulez dire que quelqu'un, dans cette maison, est soupçonné du meurtre de... ce pauvre diable ? demanda soudain Carver, plein d'effroi.

– Ce n'était pas un pauvre diable, dit le Dr Fell. Ni un clochard ni un cambrioleur. Avez-vous observé ses mains ? Il s'est introduit dans la maison avec des souliers aux semelles silencieuses, mais il n'avait pas l'intention de subtiliser quoi que ce soit. Il était attendu : c'est pourquoi on avait tiré le verrou et ôté la chaîne à la porte d'entrée.

– Je me souviens parfaitement de l'avoir fermée à clef et d'y avoir attaché la chaîne moi-même, avant d'aller me coucher..., déclara Carver.

– Avez-vous l'habitude de fermer la porte à clef pour la nuit ? demanda le Dr Fell.

– Mrs Gorson s'en charge, d'habitude, mais le jeudi, elle a sa soirée. Elle ferme à 11 h 30, sauf le jeudi. Elle rend visite à des amis, en banlieue, expliqua Carver, hésitant, comme s'il faisait allusion à quelque repaire suspect. Et lorsqu'elle rentre, assez tard, elle passe par l'office, au sous-sol. C'est donc moi qui ai fermé la porte, et je m'en souviens parfaitement, car Mrs Steffins était fatiguée et voulait se coucher tôt. C'est elle qui m'a demandé de fermer.

– Et à quelle heure l'avez-vous fait ?

– A 10 heures. J'ai crié : « Tout le monde est là ? ». Il y avait de la lumière chez miss Handreth et j'avais remarqué que Mr Boscombe était déjà rentré. Eleanor était là, et Mr Paull, absent.

Le Dr Fell se renfrogna :

– Vous dites que, d'ordinaire, on ferme à 11 h 30. Que se passe-t-il si quelqu'un rentre plus tard ? Personne n'a donc un double de la clef ?

– Certes, non ! Mrs Steffins craint qu'on ne les perde ou qu'on ne les fauche. (Il se tapota le front et une lueur d'amusement passa dans son regard affable.) Et elle est sûre que c'est la porte ouverte à tous les vices si l'on confie des doubles aux occupants ! C'est « l'instrument du diable », dit-elle. Ce qui amuse beaucoup miss Handreth... qui nous quitte à la fin du terme... De quoi parlions-nous ? Ah ! oui. Si les gens rentrent tard, ils pressent la sonnette de Mrs Gorson ; elle se lève et va ouvrir. C'est très simple.

– Très..., commenta le Dr Fell. Vous ignoriez donc que Mr Stanley était là lorsque vous avez fermé, ce soir ?

Carver fronça les sourcils et lança un regard vers Boscombe, en battant des paupières.

– Ha ! Comme c'est curieux ! J'avais oublié ce pauvre Stanley. Il a dû venir tard... Oui, c'est ça ! Vous ne vous souvenez pas, Boscombe ? Je suis venu frapper à votre porte pour vous demander de me prêter quelque chose à lire au lit. Vous étiez assis, en train de fumer. Et il n'y avait personne chez vous. Vous m'avez dit que vous comptiez prendre un somnifère en poudre et vous mettre au lit. Hé ! s'exclama Carver, ostensiblement soulagé. (Il pointa un long doigt sur le Dr Fell.) La voilà, l'explication, mon cher ! Stanley est arrivé tard, il a sonné chez Boscombe... C'est simple comme bonjour ! Boscombe est descendu ouvrir, a oublié de refermer, et ce cambrioleur s'est faufilé à l'intérieur... Hein ? Qu'en dites-vous ?

Fell parut sur le point d'exploser, mais il domina son agacement, regarda Boscombe et lâcha d'un ton amer :

– Alors ?

– C'est exact, Docteur, reconnut Boscombe, plein de sang-froid. Navré que cela m'ait échappé. Hé, hé ! (Un sourire timide et malicieux éclaira son visage.) C'est un oubli impardonnable mais c'est la vérité. Je n'attendais pas Stanley et j'ai malheureusement laissé la porte entrebâillée...

Il s'interrompit, et dans le silence de la nuit, on entendit le vrombissement d'une automobile qui stoppa devant la maison en faisant grincer ses freins. Ils perçurent un bruit de voix et une cavalcade sur le perron. Pendant un long moment – qui parut durer une éternité dans la pièce glaciale –, Fell dévisagea Boscombe et Carver en clignant des yeux. Il ne dit mot, se bornant à poser sur la table le verre de cognac auquel il n'avait pas touché, avant de quitter la pièce de son pas lourd.

Un remue-ménage se fit au rez-de-chaussée. Dans le sillage du Dr Fell, Melson vit que le vestibule était éclairé. Les costumes sombres des hommes qui venaient d'entrer tranchaient sur le blanc des lambris, et entre le photographe chargé de son trépied et les préposés aux empreintes munis de leurs mallettes de cuir vert, le melon en arrière, grignotant sa moustache drue et grise, à l'instar d'un brigadier bougon, apparut l'inspecteur-chef David Hadley.

Melson avait déjà rencontré Hadley et il l'aimait bien. Fell avait coutume de dire qu'il aimait se disputer avec lui plus qu'avec quiconque, car chacun suppléait le bon sens qui manquait à l'autre sur bon nombre de sujets. Ce que l'un aimait, l'autre l'abhorrait et seuls leurs différends parvenaient à les réconcilier, servant de base à une solide amitié. Sous ses manières de général de brigade, Hadley s'exprimait de façon posée et presque retenue. Parfois, il lui était pénible de s'acquitter de sa tâche, comme ce soir, précisément.

A côté de lui, une femme proférait des paroles véhémentes, d'une voix sourde et rapide. Le matin même, Melson n'avait pas pris la peine de détailler l'opiniâtre Mrs Steffins. Cette femme était un paradoxe : petite, ronde et bien charpentée, quoique, à la lumière artificielle, sa petite figure ait la délicatesse d'une porcelaine de Dresde. Les yeux pervenche et les dents d'une blancheur éclatante – elle ne se privait pas de les montrer –

étaient ceux d'une jeune fille. Mais la colère ou l'excitation vous forçait à remarquer les traits durcis sous la poudre de riz, la légère ride qui creusait les joues, les chairs un peu flasques. Elle avait pris la peine de s'habiller de pied en cap, et avec goût, à ce qu'il parut à Melson, contrairement à l'impression qu'il avait eue le matin. Ses cheveux paraissaient plus foncés. Il eut l'intuition qu'elle pouvait se révéler une véritable peste, mais qu'elle n'userait pas de violence avant d'avoir épuisé les ressources de son charme.

– Oui. Je comprends, Madame, disait Hadley en faisant de vagues moulinets, comme pour chasser une mouche. (Il scruta l'escalier, l'air passablement irrité.) Où est passé ce vieux brigand, bon sang ? Betts ! Voyez si vous pouvez le trouver... Ah !

Le Dr Fell grogna un bonsoir du haut des marches et le salua de sa canne. Mrs Steffins perdit son sourire machinal :

– Et j'ai quelque chose, insista-t-elle, de la plus haute importance.

L'air absent, Hadley souleva son chapeau et le recoiffa avant de s'avancer. Derrière lui, la démarche hésitante, apparut la petite silhouette mélancolique du Dr Watson, le médecin légiste. Hadley gratifia le Dr Fell d'un regard mauvais.

– Me voilà, sacré vieux hâbleur ! dit-il en avançant une mâchoire sinistre. Oh ! bonsoir, Professeur ! Je ne sais ce qui vous amène ici, Melson, mais quant à moi, j'ai l'impression qu'on me fait courir partout pour rien. Enfin, quoi, qu'est-ce qui vous fait croire qu'un cambrioleur poignardé dans Lincoln's Inn Fields puisse avoir un lien avec Jane l'éventreuse ?

– Jane l'éventreuse !

– Potins de journalistes, répondit Hadley, irrité. Peu importe, c'est en tout cas plus suggestif que l'inconnue-qui-a-éventré-le-chef-de-rayon-chez-*Cambridge*. Alors ?

– Cette histoire, ahana Fell, me tracasse comme jamais. Il me faut des faits : avez-vous amené le type qui est chargé de l'affaire... Voyons... L'inspecteur Ames ?

– Non. Impossible de le trouver mais j'ai son dernier rapport dans ma serviette. Très bien ! Où est le corps ?

Le Dr Fell respira profondément et ouvrit la marche dans l'escalier. Il monta lentement, martelant la rampe de sa canne. Carver et Boscombe attendaient sur le seuil de l'appartement, mais Hadley les regarda à peine. Il enfila une paire de gants, posa son cartable contre le mur, souleva le dessus-de-lit et se pencha sur le corps. L'intensité de la scène et le profond silence du Dr Fell donnèrent la chair de poule à Melson.

Hadley coassa quelque chose avec aigreur et poussa un des battants de la porte pour donner de la lumière.

– Watson ! appela-t-il.

Lorsqu'il se redressa, la rage et la haine couvaient sous ses traits impassibles.

– Je n'ai pas amené Ames. Mais le voilà, dit-il en pointant le doigt sur la silhouette drapée dans son dessus-de-lit.

5

DEUX SUR UN TOIT

Dans les dossiers des états de service au C.I.D., se trouve aujourd'hui une fiche sur laquelle on peut lire ceci :

Ames, George Finley, inspecteur, dernier échelon. Né le 10 mars 1879 à Bermonsey (Angleterre). Agent de police, division K, en 1900. Promu sergent à la division K, en 1906. Muté à la division D. Division des policiers en civil en 1914. Avancement, affaire Hope-Hastings, mention spéciale par Mr Justice Gale, inspecteur au bureau central A, réorganisation en 1919.

Taille : 1,75 m. Poids : 70 kg. Pas de signe particulier. Adresse : « Restvale », Valley Road, Hampstead. Marié. Deux enfants. Compétences : spécialiste du déguisement (avec mention spéciale pour son habileté). Patient, discret, autodidacte. Mort en service commandé, le 4 septembre 1932.

Telle était la conclusion, à l'encre rouge, de la totalité des renseignements que l'on pouvait obtenir sur l'inspecteur George Finley Ames. De tous les personnages en jeu dans l'énigme de l'aiguille d'horloge, il fut le moins remarqué. Il aurait pu s'appeler Smith, Jones ou Robinson ; il aurait pu respirer un autre air que vous et moi, apprécier la bière pression et être fier de son foyer. On pouvait l'aimer ou le haïr ; il fut assassiné pour de tout autres raisons.

Les états de service de Hadley étaient comparables à ceux de Ames, mais il l'avait peu connu. Après toutes ces années, Ames avait gardé la même ambition et se plaisait à évoquer les vacances qu'il prendrait en Suisse après son futur avancement. Il n'était pas de ceux qui font une carrière fulgurante ; selon Hadley, le Yard l'aimait bien, mais son intelligence était limitée et il n'était pas assez sûr de lui. C'était un intuitif, voire un instinctif, un bouledogue dont la ténacité, lors d'une ronde plutôt pénible, lui avait valu ses premiers galons, à une époque où Limehouse était un quartier chaud. Seule sa taille avait failli l'évincer de la police métropolitaine, mais il faisait confiance à ses semblables, et il en était mort.

Hadley ne dit mot de tout cela lorsqu'il contempla le cadavre de Ames ; il ne fit aucun commentaire et ne proféra aucun juron, mais il demanda au Dr Watson, qui marmonnait dans sa barbe, d'accomplir en silence le travail qu'on attendait de lui. Puis il ramassa sa serviette et regagna l'escalier d'un pas lent.

– La routine, dit-il à ceux qui le suivaient. Ne parlez pas à tort et à travers. Je remonterai quand vous aurez enlevé le corps. Pendant ce temps..., ajouta-t-il en faisant signe au Dr Fell et à Melson.

Au rez-de-chaussée, Mrs Steffins se tordait le cou pour essayer de voir ce qui se passait à l'étage. Elle retint une Eleanor renfrognée qui voulait s'approcher et lui sourit d'un sourire de commande. Mais lorsqu'elle aperçut Hadley, son visage de porcelaine se creusa. Telle une furie, elle lui lança une remarque idiote.

– Ce n'est pas le moment, répliqua-t-il avec brusquerie, tandis que son visage exprimait clairement qu'il n'allait pas perdre son temps avec des imbéciles. J'ai besoin de votre coopération, reprit-il. Cela peut prendre toute la nuit. Je me charge de l'appartement du premier. Pour l'heure, il me faut une pièce – n'importe où – dans laquelle mes amis et moi pourrons travailler.

La maîtresse de maison acquiesça, mais on devinait qu'elle nourrissait des arrière-pensées ; elle parut se demander comment tourner les choses à son avantage.

– C'est un tel honneur d'avoir le célèbre Dr Fell parmi nous, bien que la situation soit si pénible... n'est-ce pas ? Eleanor, ma chérie, je me demande... Il y a bien notre salon, mais Johannus est si désordonné que tout doit être encombré de rouages, de mécanismes et Dieu sait quoi. Ou peut-être le bureau de miss Handreth qui donne sur la rue ; elle est avocate et la pièce vous conviendrait, j'en suis sûre. A moins qu'elle ne veuille...

Puis, s'interrompant au beau milieu de sa phrase, elle se précipita sur la gauche et frappa à la seconde porte.

– Miss Handreth, appela-t-elle d'une voix sucrée, tout en frappant avec vigueur. (Elle posa ensuite l'oreille contre le panneau et lança :) Lucia, ma chère !

La porte s'ouvrit à la volée, si bien que Mrs Steffins

faillit perdre l'équilibre. La pièce était plongée dans l'obscurité. Sur le seuil se tenait une femme sensiblement de l'âge d'Eleanor. Ses cheveux foncés lui tombaient jusqu'aux épaules et, d'un mouvement de tête, elle les rejeta en arrière en lançant à ses visiteurs un regard glacial.

– Oh ! dit Mrs Steffins. Excusez cette intrusion. Je me demandais si vous étiez réveillée, Lucia...

– Vous savez parfaitement que oui, répondit l'autre.

Elle s'exprimait d'un ton cassant comme si elle avait à affronter leur hostilité, ou se trouvait dans une situation désagréable, les défiant de lui faire perdre son sang-froid. Son regard noir brillait sous ses paupières mi-closes aux longs cils. Elle regarda Hadley tout en resserrant le col de sa robe de chambre bleue.

– J'imagine qu'il se trouve un médecin parmi vous. Il y a ici un homme qui doit être blessé.

– Lucia ! s'écria Mrs Steffins, avant de jeter un coup d'œil à Eleanor par-dessus son épaule, puis changeant brusquement d'expression, elle haussa un sourcil triomphant et complice.

Lucia Handreth, à son tour, dévisagea Eleanor :

– Navrée, lui dit-elle calmement. Je l'aurais dissimulé s'il n'était pas blessé. De toute façon, tôt ou tard, il l'aurait découvert. Il s'agit de Donald.

– Dieu du ciel ! dit Mrs Steffins. Voulez-vous dire que vous recevez Donald en ce moment même, ma chère ?

Son petit ricanement de triomphe avait quelque chose de burlesque, tandis qu'elle secouait la tête en battant des mains. Pâle comme un linge, Eleanor gardait le regard fixe ; Lucia respirait bruyamment.

– On dirait qu'il a fait une mauvaise chute ; il s'est blessé à la tête ou quelque chose comme ça, et je ne peux pas le transporter. Je l'ai entendu gémir dans l'arrière-cour en se traînant jusqu'ici. Je l'ai aidé à entrer. Je ne voulais pas réveiller... Oh ! n'y a-t-il donc personne pour m'aider ?

– C'est important, Hadley, murmura le Dr Fell. Appelez Watson. L'autre attendra. Pouvons-nous entrer, miss Handreth ?

Hadley monta les marches quatre à quatre pendant que Lucia Handreth leur faisait traverser un petit salon, et les introduisait dans une chambre à coucher. Privée de son abat-jour, la lampe de chevet inondait la pièce d'une lumière aveuglante. A plat ventre sur un dessus-de-lit de soie jaune, la silhouette remuait à peine. Une serviette mouillée et maculée de sang avait glissé de son crâne, déplaçant un pansement brunâtre fixé avec du sparadrap. Il y avait d'autres serviettes, un flacon de teinture d'iode et une cuvette remplie d'eau rougie posée sur une chaise près du lit.

Eleanor Carver se précipita vers lui. Le blessé bredouilla quelques mots d'une voix rauque, tandis qu'elle s'efforçait de le soulever. Il la repoussa.

– Du calme, dit le Dr Fell en posant la main sur l'épaule de la jeune fille, Watson arrive. Il s'occupera de lui...

– Il saigne du nez continuellement, intervint Lucia Handreth d'une voix entrecoupée. Je ne savais que faire. Je...

Sur le lit, la silhouette cessa de s'agiter. Un faible grincement de ressorts troubla le silence. Le bruissement de la soie jaune sous le poids du corps était si faible qu'on eût pu croire l'homme mort. Ses vêtements étaient souillés et déchirés à l'épaule, et des écorchures révélaient des zones bleuâtres sur l'un des poignets. On perçut le tic-tac de l'horloge. Eleanor Carver poussa un cri ; Mrs Steffins s'approcha d'elle et plaqua une main sur sa bouche.

L'homme étendu sur le lit se mit alors à parler.

– La chose se tenait à l'angle de la cheminée, déclara-t-il distinctement, comme si on le forçait à se justifier. (Les paroles les firent tressaillir, comme celles d'un homme à l'agonie.) La chose avait de la peinture dorée sur les mains.

Ces quelques mots, prononcés sans la moindre émotion, trahissaient pourtant de la terreur. L'homme remonta un de ses genoux qui vint heurter la cuvette. Elle bascula, se brisa et une mare d'eau sanguinolente se forma sur le plancher.

La voix grincheuse et pleine de bon sens de Mrs Steffins résonna dans la pièce, tandis qu'Eleanor se tournait brusquement vers elle.

– Voilà, voilà ! grinça le Dr Watson. Allez, ouste ! Tout le monde dehors. Cela ne me regarde pas mais puisqu'on me demande... Il me faut de l'eau chaude.

Melson se retrouva dans le hall glacial. L'agent de police ne parvint pas tout de suite à se débarrasser des femmes. Eleanor et Mrs Steffins filèrent dans la salle de bains de Lucia Handreth, rivalisant pour rapporter de l'eau chaude, ridicules, l'une et l'autre. Mrs Steffins souriait par-dessus son épaule, sous l'œil du Dr Watson. Lucia Handreth ramassa calmement les débris de cuvette et épongea le parquet à l'aide d'une serviette. Claquant la porte derrière lui, le Dr Fell se trouva face à face avec un Hadley passablement irrité.

– A présent, voudriez-vous m'expliquer à quoi rime ce chambardement ? déclara ce dernier.

Le Dr Fell sortit un vaste mouchoir aux couleurs criardes et s'en tamponna le front :

– Vous trouvez que l'atmosphère devient pesante, c'est ça ? grommela-t-il. Eh bien, figurez-vous que je la subis depuis le début, quand vous venez à peine d'arriver. Je ne connais pas le nom de ce Donald, mon vieux, mais si je ne m'abuse, il est notre témoin principal. Premier point : selon toute vraisemblance, Donald s'avère le *caius* d'Eleanor Carver...

– Si vous vouliez bien vous exprimer clairement, l'interrompit Hadley avec rudesse. Je ne sais pas pourquoi, mais la perspective d'un meurtre flatte toujours vos pires tendances à jouer les érudits. Qu'est-ce qu'un *caius*, nom d'une pipe ?

– J'emploie ce mot, bougonna le Dr Fell, de préférence au terme plus moderne mais écœurant de « petit ami ». Mais calmez-vous, je vous prie. Je mettrais ma main à couper qu'il n'est pas son fiancé, puisqu'elle est obligée de le rencontrer sur le toit, en pleine nuit...

– Foutaises ! dit Hadley. Personne ne se donne rendez-vous sur les toits. Laquelle est Eleanor ? La blonde ?

– Exact ! Et vous sous-estimez soit l'esprit romantique, soit l'incroyable sens pratique de vos contemporains. Je n'en suis pas encore sûr mais... Ah ! Eh bien, Pierce ?

L'agent de police, homme minutieux entre tous, parut quelque peu coupable et nerveux à la vue de Hadley. Il le salua, stimulé *in extremis* par son exploit ayant consisté en la découverte des chaussures et de la vitre brisée. Pour l'heure, il était débraillé et noir de suie et de poussière. Hadley lui jeta un regard perçant.

– Bon sang ! dit-il, mais qu'avez-vous donc fabriqué ? Vous avez grimpé aux arbres ?

– Oui, Monsieur, répondit l'agent. C'est le Dr Fell qui me l'a demandé. Il n'y avait plus personne là-haut, mais il y a eu du monde et ce n'était pas la première fois. C'est jonché de mégots près des cheminées. Il y a une trappe qui permet de pénétrer dans la maison, non loin de la lucarne, dans la pièce de Mr Boscombe.

Hadley lança un regard curieux au Dr Fell :

– Et cela ne vous a pas effleuré de l'envoyer sur le toit en empruntant la trappe plutôt qu'en le faisant grimper aux arbres ?

– Je voulais empêcher l'individu de prendre la fuite...

si d'aventure il était encore là-haut. Il a dû faire un faux pas, tomber, et on l'aura traîné à l'intérieur... Hum ! Autre chose, Hadley : la porte de communication avec le grenier est verrouillée, et selon moi, nous ne sommes pas près de mettre la main sur la clef.

– Pourquoi ?

– Excusez-moi, Messieurs..., les interrompit une voix.

D'ordinaire impassible, Hadley était si nerveux à cause de la mort de l'inspecteur Ames qu'il se retourna d'un bond en poussant un juron. Le paisible Mr Johannus Carver en resta tout interdit. Il avait passé un pantalon sur son pyjama et glissé ses pouces sous ses bretelles.

– Je n'étais pas en train d'écouter votre conversation, précisa-t-il. Mais j'ai cru comprendre que vous désiriez disposer d'une pièce. Permettez-moi de vous ouvrir notre salon. Par ici, je vous prie. Je ne suis pas un spécialiste de ce genre d'affaire, reprit-il après une brève hésitation, mais puis-je vous demander si vous avez progressé ?

– Énormément, dit Fell. Mr Carver, qui est Donald ?

– Nom d'un chien ! sursauta Carver. Il traîne encore dans les parages ? Dites-lui de déguerpir, cher Monsieur ! Tout de suite ! Mrs Steffins va...

Hadley le jaugea et ne parut guère impressionné.

– Nous utiliserons cette pièce, merci, dit-il. Et j'aimerais poser des questions à tous les occupants de la maison, si vous voulez bien le leur dire... Quant à notre ami Donald, je ne pense pas qu'il puisse quitter les lieux pour l'instant. Tout porte à croire qu'il a dégringolé d'un arbre.

– Dans ce cas..., commença Carver.

Il hésitait, les regardant avec humilité, comme s'il s'apprêtait à dire que les jeunes hommes étaient tous les mêmes, et qu'il leur arrivait parfois de tomber des arbres, mais il se contenta de toussoter.

– Eh bien ? s'enquit Hadley d'un ton cassant. Avait-il l'habitude de passer ses soirées perché sur le toit ?

Melson eut la désagréable impression que l'horloger laconique se payait leur tête. Il aurait juré qu'une lueur d'amusement était passée dans ses yeux. Johannus s'assura que personne n'écoutait.

– A la vérité, je crois que oui, admit-il, indécis. Mais tant qu'ils ne dérangeaient pas les voisins et ne faisaient pas de bruit, ils ne me gênaient pas.

– Diable ! grommela Hadley à part lui. Est-ce là toute l'explication que vous avez à nous fournir ?

– Mrs Steffins a ses raisons, expliqua Carver d'un air entendu. Donald est un jeune homme très agréable et il s'intéresse intelligemment à ma profession, mais, pour être franc, il est fauché comme les blés. Voilà ce que dit Mrs Steffins ; et puis il fait son droit. J'ai pour règle de ne jamais intervenir dans les querelles entre femmes. Quel que soit le parti que vous prenez, chacune est convaincue que vous avez tort. Hum ! Je tiens à avoir la paix... Quel est le rapport avec... ce regrettable décès ?

– Je n'en sais rien. Et il faut que je sois sacrément troublé, bougonna Hadley, pour qu'un témoin me rappelle à l'ordre. Il me faut des faits. Passons au salon.

Carver leur fit traverser le hall et sembla vouloir s'attarder ; Hadley le brusqua. Les murs du salon spacieux étaient eux aussi lambrissés de blanc. Des fauteuils aux dossiers en forme de boucliers y étaient disposés, tandis que des braises se consumaient dans l'âtre. Une gravure ancienne était suspendue au-dessus du manteau, représentant un individu dont les cheveux longs et bouclés retombaient sur un large col en toile de lin, avec ce visage éthéré et grisâtre que les artistes du XVIIe prêtaient aux plus gros de leurs modèles. Hors cadre était inscrit : *Au gentilhomme Wm. Bowyer, dont les efforts auront permis la fondation de la Société royale des horlogers, en l'an de grâce 1631*. Sous les fenêtres, des vitrines renfermaient de curieux objets, dont une sorte de coquillage en forme de vasque de métal jauni, percé d'un trou en son milieu, une grande équerre supportant à son extrémité une lampe à la mèche flottante, juste en face d'un verre cylindrique le long duquel étaient gravés, de haut en bas, des chiffres romains de 3 à 12, puis de 12 à 8, et enfin, une grosse horloge ouverte ; derrière son cadran avec son aiguille unique, un cylindre en cuivre était suspendu à une chaîne. Sur le cadran, on pouvait lire : *John Banks de la bonne ville de Chester, an de grâce 1632.* Hadley lança sa serviette sur la table et s'assit ; Fell traversa la pièce d'un pas lourd pour examiner les curiosités, et émit un sifflement.

– Dites donc, Hadley, c'est un repaire d'objets rares, ici. Je m'étonne que le *Guildhall* ne les ait pas fauchés. Chacun marque une étape dans l'évolution de la clepsydre, l'horloge à eau. Savez-vous que la première pendule à balancier n'est apparue qu'en 1660 ? Et, sauf erreur de ma part, cette vasque est un mécanisme brahmanique antérieur à l'ère chrétienne. Il fonctionnait de la manière suivante... (Il fit volte-face, le lorgnon agressif, et ajouta :) Oh ! ne me dites pas que je joue les érudits. Vous avez tout de même remarqué que ce pauvre Ames a été poignardé avec une aiguille d'horloge, non ?

Hadley, qui farfouillait dans sa serviette, jeta deux enveloppes sur la table et déclara :

– C'était donc ça ? J'avais du mal à voir... (Il s'assit au coin du feu.) L'aiguille d'une horloge, bon sang ! Vous êtes sûr ? Invraisemblable ! Faut-il avoir l'esprit tordu ! Qui penserait à utiliser un engin pareil pour assassiner quelqu'un ?

– Notre meurtrier y a pensé, lui, déclara le Dr Fell. C'est bien ce qui m'effraie. Vous avez raison. D'ordinaire, un individu pris de rage ne songerait guère à arracher l'aiguille d'une horloge pour s'en servir comme d'une dague. Mais quelqu'un, dans cette maison, s'est intéressé à l'horloge que Carver était en train de fabriquer... (Il relata brièvement le vol à Hadley et poursuivit :)

Quelqu'un doté d'une imagination démoniaque qui a vu dans l'objet le vivant symbole du temps qui nous sépare de la mort. Il y a quelque chose de sacrilège dans cette idée qu'il n'a pu s'empêcher de regarder cet objet familier sans arrière-pensées. Il ne l'a pas vu comme un pense-bête destiné à lui rappeler l'heure du dîner, celle de la fermeture des magasins ou un rendez-vous chez son dentiste ; il n'a même pas vu une aiguille d'horloge. Ce qu'il a eu sous les yeux, c'était une flèche d'acier effilée, dans les vingt-cinq centimètres de long, admirablement équilibrée, parfaite pour poignarder un individu. Ce qu'il a fait.

– Comme vous y allez, dit Hadley, songeur, en martelant la table d'un petit mouvement irrité. Vous dites « il ». D'après les derniers rapports de Ames et le peu de renseignements que j'ai pu obtenir sur l'affaire du grand magasin, je croyais...

– Qu'il s'agissait d'une femme ? Certainement. C'est ce que nous allons démontrer. J'ai employé le masculin par commodité, j'aurais dû dire « la chose », comme ce jeune homme – je vous assure qu'il sera notre témoin-vedette – ... « La chose avait de la peinture dorée sur les mains ».

– Ce n'est tout de même pas l'horloge qui a tué, protesta Hadley. Moi, je vous dis que ce type délirait. J'espère que vous n'essayez pas de me dire qu'une horloge peut grimper sur un toit et s'y balader, à l'instar d'un être humain ?

– Non, je me demande seulement..., marmonna le Dr Fell, comme si une idée venait de lui traverser l'esprit. Ne commencez pas à ronchonner, Hadley. Nous tentons de comprendre ce qui se passe dans la tête d'un détraqué lucide et n'avancerons guère tant que nous n'aurons pas découvert pourquoi il a utilisé ce type d'arme. Il y a sûrement une raison, bon sang ! Il faut qu'il y en ait une... Un être humain, disiez-vous ? Tenez, n'avez-vous jamais été frappé de ce que, dans la littérature, la poésie et même dans la vie de tous les jours, l'horloge se révèle être le seul objet inanimé que nous considérons vraiment comme humain ? Pensez au nombre d'horloges douées d'une « voix » et même du langage ? Elles récitent des comptines, cèdent la place aux fantômes et accusent les assassins. Elles sont à la base de l'effet de surprise, elles annoncent la fatalité et préfigurent le châtiment. Sans les horloges, que deviendraient les histoires d'épouvante ? Et je vais vous en apporter la preuve. Il y a une chose, au cinéma notamment, qui déclenche immanquablement l'hilarité des spectateurs : le coucou. Il suffit que ce petit oiseau surgisse de la pendule et se mette à gazouiller pour que le public se torde de rire. Pourquoi ? Parce que c'est la caricature de ce que nous prenons au sérieux, parce que cela tourne en ridicule la gravité du temps et des horloges. Songez au fantôme de Marley disant à Scrooge : « Attends-toi à voir le premier des trois spectres, lorsque le coucou chantera à la première heure », et vous aurez une petite idée du sens de ma démonstration, si vous êtes capable d'imaginer l'effet produit sur le lecteur.

– Très intéressant, déclara Hadley sans enthousiasme. Reste que j'aimerais vous entendre me raconter ce qui s'est véritablement passé cette nuit, afin d'élaborer mes hypothèses personnelles. La métaphysique, c'est bien joli, mais...

Le Dr Fell sortit sa boîte de cigares toute bosselée et déclara de sa voix asthmatique :

– Vous voulez une preuve que je ne sorte pas de mon chapeau, c'est cela ? Très bien. Pourquoi a-t-on dérobé les deux aiguilles de cette horloge ? (Les doigts de Hadley se crispèrent sur les accoudoirs du fauteuil.) Attention ! Je ne veux pas dire qu'il y aura d'autres assassinats. Mais laissez-moi poser une seconde question. De toute votre vie, les horloges sont sans doute parmi les objets que vous avez vus le plus souvent, mais sauriez-vous me dire avec certitude, sans regarder, laquelle des deux aiguilles se trouve le plus près du cadran : celle des minutes ou celle des heures ?

– Eh bien..., hésita Hadley.

Il marqua une pause, grommela quelque chose et finit par regarder sa montre.

– Hum !... La plus grande se trouve vers l'extérieur ; sur ma montre, du moins. Diable ! Il faut admettre que c'est troublant. Mais le bon sens vous dira que cette aiguille a le plus grand arc de cercle à parcourir... le plus long chemin à faire, je veux dire. Que vous inspire cela ?

– L'aiguille des minutes est donc à l'extérieur, confirma le Dr Fell en se renfrognant, et Ames a été poignardé avec l'aiguille des minutes. Poursuivons : si, dans votre enfance, vous avez passé des heures insouciantes et joyeuses à essayer de mettre en pièces la plus belle pendule de salon de votre pauvre père, juste pour voir si vous pouviez la faire sonner treize fois, vous devez savoir que chacune des aiguilles s'avère difficile à enlever... L'assassin de Ames n'avait probablement besoin que de celle des minutes et pouvait l'ôter sans déplacer l'autre. Pourquoi a-t-il donc pris le temps et la peine – et sur ces horloges en acier, ce n'est pas une mince affaire – de faucher aussi l'autre aiguille ? Vous ne me ferez pas avaler que c'est pour l'esthétique.

– Pour disposer d'une autre arme ?

Le Dr Fell secoua la tête :

– C'est ici que le mécanisme s'enraye. L'aiguille des minutes mesure dans les vingt-trois centimètres. Celle des heures, qui est plus courte, ne s'avère donc pas assez longue pour servir d'arme. N'importe qui la tenant en main ne laisserait dépasser de son poing que deux ou trois centimètres de sa pointe, et ne risquerait pas de blesser quelqu'un, surtout que la pointe de la flèche n'est pas assez tranchante. Dans ce cas, pourquoi faucher la petite aiguille ?

Il coinça un cigare entre ses lèvres et en offrit à Hadley et Melson. Puis il frotta bon nombre d'allumettes avant d'en enflammer une. D'un geste irrité, Hadley sortit plusieurs feuilles d'une enveloppe, sur la table.

– Et ce n'est pas le plus mystérieux de l'affaire, poursuivit le Dr Fell. L'énigme réside en grande partie dans le comportement d'un certain Boscombe et d'un certain Stanley. J'avais d'ailleurs l'intention de vous en toucher deux mots. Vous vous souvenez de Peter Stan... Que se passe-t-il ?

Hadley eut un grognement de satisfaction :

– Un seul fait ! Trois mots de Ames dans la première ligne de ce rapport en disent plus long que six chapitres de certaines personnes que je ne nommerai pas : *Suite à mon rapport en date du 1er septembre, je suis à présent en mesure de conclure que la femme qui a assassiné Evan Thomas Manders, chef de rayon des Grands Magasins* Gambridge, *le 27 août dernier, habite au n° 16 de Lincoln's Inn Fields.*

6

LE RAPPORT DE L'INSPECTEUR AMES

– Continuez, demanda le Dr Fell comme Hadley s'était interrompu. La suite !

Hadley parcourait le feuillet à l'écriture serrée et laborieuse. D'un geste, il ôta son chapeau et desserra son manteau, comme pour se faciliter la tâche.

– Maudit soit ce crétin et ses cachotteries ! lança-t-il, excédé... Hum ! Pas un mot sur l'affaire, à moins que dans un rapport précédent... Il ne parlait de rien avant d'être en mesure d'obtenir un mandat d'arrêt et cela depuis l'affaire Hope-Hastings où Stanley avait failli lui couper l'herbe sous le pied... Mes oreilles me jouent-elles des tours ou venez-vous de prononcer un nom de ce genre ?

– Vous avez bien entendu.

– Mais il ne s'agit pas de...

– Peter Stanley ? Mais si. Celui-là même qui occupait votre poste il y a douze ou treize ans. Il est au premier étage en ce moment. J'ai le vague souvenir qu'il a démissionné, mais j'ai oublié les détails.

– Il a « démissionné » pour avoir tiré sur un homme désarmé qui n'avait opposé aucune résistance lors de son arrestation, déclara sombrement Hadley en fixant la cheminée. En outre, il a précipité l'arrestation pour s'en attribuer le mérite, alors que ce pauvre Ames n'avait pas fini d'en régler les détails. J'aurais dû m'en douter : j'ai obtenu mon avancement dans la foulée ; c'était l'époque de la réorganisation, en 1919, lorsque furent créés les « Quatre Grands ». Stanley était fautif sur toute la ligne. Il avait tenu à faire campagne pendant la guerre et ses nerfs en avaient pris un sérieux coup ; il n'était pas en état de tenir autre chose qu'un pistolet à air comprimé. Mais il avait tout de même mis quatre balles dans la tête du vieux Hope, qui avait détalé comme un lapin en emportant le butin d'une banque et en tremblant comme une feuille. (Hadley remua, l'air mal à l'aise.) Je n'aime pas cela, Fell. Pourquoi ne pas m'avoir dit qu'il était mêlé à cette affaire ? La... la police sera éclaboussée si un journal vient à ressortir cette histoire. Quant à Stanley...

Il plissa les yeux et s'arrêta, embarrassé.

– Des soucis plus urgents vous attendent, mon vieux, dit Fell. Que dit Ames dans son rapport ?

Au prix d'un gros effort, Hadley se hâta de chasser les pensées qui l'assaillaient puis reprit :

– Oui, peut-être que... Non, bien sûr ! C'est impossible. Avouez que je n'ai pas de veine, avec cette affaire à un mois de ma mise à la retraite ! Eh bien, où en étais-je ? Oh ! il ne dit pas grand-chose : *Suite à mon rapport en date du 1ᵉʳ septembre, je suis à présent en mesure de conclure que la femme qui a assassiné Evan Thomas Manders, chef de rayon des Grands Magasins* Gambridge, *le 27 août dernier, habite au n° 16 de Lincoln's Inn Fields.* Suite aux renseignements anonymes que j'ai reçus, comme je l'ai indiqué dans mon rapport en date du 1ᵉʳ septembre...

– Vous l'avez ?

– Patience !... *j'ai pris une chambre au 21, Portsmouth Street, Lincoln's Inn Fields, dans l'immeuble voisin de la taverne de la* Duchess of Portsmouth, *me faisant passer pour un ancien horloger miteux ayant un faible pour la bouteille. Le bar de cette taverne est fréquenté par tous les hommes et une des femmes qui logent au 16, Lincoln's Inn Fields, tandis que deux autres femmes de la maison ont leurs habitudes dans la grande salle...*

– Au fait, s'interrompit Hadley, combien de femmes vivent sous ce toit ?

– Cinq. Vous en avez déjà vu trois. (Le Dr Fell décrivit sommairement la maisonnée.) Les deux autres seraient une certaine Mrs Gorson, faisant office de gouvernante travaillant sous les ordres de Mrs Steffins, et une bonne, dont j'ignore le nom. Je vous fiche mon billet que ce sont elles qui fréquentent la grande salle. Je ne serais pas fâché de découvrir laquelle des trois autres joue les piliers de bar. Je connais la *Duchess of Portsmouth.* C'est un endroit qui sent le renfermé mais il y a de l'ambiance... Ensuite ?

– Il y a deux jours (le 2 septembre), mon informateur anonyme cité plus haut m'a rendu visite dans ma chambre, et m'a démasqué. (Vous voudrez bien m'excuser de ne pas divulguer d'autres détails à ce stade de l'enquête.) Quelles que soient ses motivations, mon informateur est allé jusqu'à m'offrir son aide pour

l'avenir. Il a attesté avoir vu une certaine femme en possession de deux objets couchés sur la liste des vols à l'étalage commis aux grands magasins. (Voir mon rapport du 28 août pour la liste complète.) Soit : 1) un bracelet de platine orné de turquoises d'une valeur de quinze livres, 2) une montre du XVIIIe siècle au boîtier or, sur lequel est inscrit : Thomas Knifton at the X Keys in Lothebury Londini fecit. *L'objet avait été prêté par J. Carver, et se trouvait exposé sur un présentoir publicitaire chez* Gambridge. *Mon informateur affirme également avoir vu, le soir du 27 août, la même femme en train de brûler dans une cheminée une paire de gants bruns en chevreau maculés de sang...*

– Ah, ah ! s'écria Fell.

– Comme vous dites. Cela nous fait beaucoup de gens peu fréquentables sous le même toit, grommela Hadley. Quelqu'un est pressé d'envoyer un de ses semblables à la potence ; malgré tout, il passe un accord secret avec l'officier de police. Enfin, pas tout à fait. Laissez-moi vous lire la suite : *Il apparaîtra que ma situation, jusqu'à ce matin, était la suivante : mon informateur se montrait disposé à certifier devant la cour les preuves ci-dessus, mais se refusa à porter la moindre accusation qui nous permettrait d'obtenir un mandat d'arrêt, au cas où les preuves se verraient détruites. L'acte d'accusation relevant de notre entière responsabilité, le cas échéant...* Voilà une dame avisée, déclara Hadley, à moins que ce ne soit un monsieur. J'ai connu nombre de ces indics à la petite semaine, ce sont les pires. Et si c'était un coup monté ? ... *Je suggérai donc à mon informateur de mettre au point un subterfuge afin de me faire entrer (secrètement) dans la maison, où je pourrais examiner le butin de l'accusée, et rassurer mes supérieurs quant aux preuves nécessaires pour l'obtention du mandat.* ... Quel imbécile ! Il n'aurait jamais dû consigner ce fait dans un rapport. Cela finira par être divulgué un jour ou l'autre, et les journaux en feront leurs choux gras pendant six mois ! Ce pauvre Ames, bête et discipliné, craignant toujours de faillir au règlement ! Et la suite est encore pire : ... *Mais mon informateur, bien qu'approuvant cette idée, refusa de prêter son concours actif, sous prétexte qu'un informateur peut se trouver compromis. Je décidai donc de pénétrer dans la maison en assumant seul cette responsabilité.*

» Cet après-midi, juste avant la rédaction de ce rapport, un heureux hasard est venu me faciliter la tâche. Un autre occupant du 16, L.I.F., qui avait promis de me donner de vieilles nippes, me proposa de passer chez eux, ce soir. Je tenais là une bonne excuse pour faire plus ample connaissance avec lui, comme je l'ai fait avec d'autres habitants de la maison ; le cas échéant, puisque lui et moi étions de la même taille et que je lui avais dit qu'il me fallait des bons vêtements...

– Boscombe, bien sûr, dit Fell en hochant la tête. (Il avait allumé son cigare et tirait dessus avec une ardeur qui égalait sa perplexité.) Tout cela ne me dit rien qui vaille, Hadley. C'est louche. Il se peut que Ames l'ait compris, mais c'est ce qui aurait causé sa mort. La question est de savoir quel genre de tour Boscombe *et* Stanley voulaient lui jouer. Voilà de quoi brouiller les pistes, sans compter celle de Jane l'éventreuse... Non, Boscombe n'avait pas l'intention de donner des vêtements neufs à un laissé pour compte. Dans un pub, il se serait contenté de maudire le clochard et de se débrouiller pour le faire vider de l'établissement. Il se livrait donc, avec Stanley, à un petit manège. Y a-t-il autre chose ?

Hadley parcourut le rapport.

– C'est à peu près tout. Il dit qu'il s'est arrangé avec son bienfaiteur – peu importe son nom – pour passer chez lui à une heure tardive. Puis il ébauche les grandes lignes de son plan. Il se présentera d'abord chez Boscombe, prendra les vêtements, fera mine de quitter la maison, se cachera quelque part, puis se livrera à un petit cambriolage dans la chambre de l'accusée. Il est certain que cette légère entorse au règlement recevra l'approbation de ses supérieurs... Pfft ! Consigner tout cela par écrit ! Je vous demande un peu. Et il signe : 17 heures, jeudi du 4 courant, G.F. Ames... Le pauvre garçon !

Il y eut un silence. Hadley jeta le rapport sur la table, découvrit qu'à force de le mâchouiller, son cigare était en miettes et tenta en vain de le rallumer.

– Vous avez raison, Fell. C'est louche. Mais je ne comprends pas tout à fait en quoi. Sans doute parce que je n'ai pas toutes les cartes en main...

– C'est bien Ames qui a rédigé ce rapport ? demanda le Dr Fell, songeur.

– Oh ! oui. Là n'est pas la question. C'est lui qui a tout organisé. Il l'a écrit noir sur blanc... Ne vous méprenez pas : il était loin d'être un imbécile ; il avait de bonnes raisons pour écrire tout cela. Il avait...

– ... le sens de l'humour ? s'enquit Fell, en dévisageant Hadley de son regard inexpressif de hibou. N'était-il pas du genre à déformer la vérité ou à se prêter à un canular ?

Hadley se gratta le menton.

– Il lui aurait fallu un sacré sens de l'humour pour inventer l'histoire d'une femme qui brûle ses gants tachés de sang, dans le but de faire rire tout le C.I.D., dit Hadley, bougon. Doutez-vous que cette femme, cette Jane l'éventreuse, se trouve entre ces murs ?

– Je n'ai aucune raison d'en douter. Et puis nous n'avons pas à nous montrer avares de soupçons ; il y a un assassin ici, et d'une espèce que je n'aurais jamais cru rencontrer... Maintenant, je vais vous raconter ce qui s'est passé, et vous pourrez en tirer vos propres conclusions.

Le Dr Fell s'exprima brièvement et d'un air endormi, mais n'omit aucun détail. La fumée de cigare s'épaississait et Melson sentait son esprit s'engourdir. Il tenta de se concentrer sur les points essentiels qui le laissaient perplexe, de les classer mentalement, de les tenir prêts pour les questions de Hadley. Le Dr Fell n'avait pas fini, mais Hadley arpentait déjà la pièce en long et en large. Lorsque Fell conclut par un grognement sourd, l'inspecteur-chef s'arrêta devant une vitrine.

– Disons que cela éclaircit certaines choses pour en compliquer d'autres. Mais je vois pourquoi vous pensez qu'il y avait un homme sur le toit et que la blonde allait l'y retrouver...

Le Dr Fell se renfrogna.

– La première partie est facile à comprendre, admit-il. Elle a dit qu'un courant d'air faisait claquer la porte de sa chambre, qu'elle pensait que ce pouvait être la porte d'entrée, et qu'elle était sortie pour voir de quoi il retournait. Mais auparavant, elle a pris soin de se remaquiller : c'est insolite... Comme si un homme se levait de son lit et passait un smoking pour lancer sa chaussure à un chat qui miaule dans la rue. Elle n'a pas allumé la lumière, quand cela aurait semblé normal ; et elle a essuyé son maquillage lorsqu'on lui a demandé d'aller réveiller les autres. Tout cela cache un rendez-vous clandestin... mais où ? Passons à la partie intéressante de l'histoire, poursuivit Fell, plus animé. Elle grimpe à pas de loup, surprend Boscombe en train de dire : « Mon Dieu, il est mort », aperçoit un corps étendu sur le plancher et ses nerfs lâchent. Elle accuse farouchement Boscombe, même après avoir constaté qu'il n'est pas coupable. Cela s'explique, Hadley. Ce n'était pas seulement le choc causé par la vue du cambrioleur mort.

L'inspecteur-chef opina du bonnet.

– C'est évident. Elle s'attendait à voir quelqu'un d'autre. Hum ! Si le visage du mort avait été éclairé, elle aurait dû voir que Ames n'était pas celui auquel elle pensait, tué ou blessé. Votre petite reconstitution n'était pas mal, sacré vieux renard ! dit Hadley de mauvaise grâce en se frappant la paume d'un coup de poing. Pas mal du tout, pour une hypothèse hâtive.

– Une hypothèse ? rugit le Dr Fell, en ôtant son cigare de ses lèvres. Je n'ai fait qu'appliquer des principes log...

– Très bien, très bien... Poursuivez.

– Humpff ! Bon. Voilà donc le nœud du problème. Bien qu'elle soit surprise de découvrir l'homme avec lequel elle avait rendez-vous dans la maison, elle n'était pas étonnée outre mesure de le trouver sur le palier, comme le montre le fait qu'elle montait à l'étage. Quand je vois, à moins de deux mètres du mort, une porte qui donne accès au toit, et les efforts de cette fille pour m'en détourner à mon premier signe de curiosité, je commence à avoir de sérieux soupçons. Et quand je vois ensuite qu'en dépit d'une certaine allure – eu égard à son maquillage et à son pyjama –, elle porte, néanmoins, un vieux manteau de cuir râpé et poussiéreux, chaudement doublé de laine...

– J'ai compris..., le coupa Hadley avec dignité. Mais tout cela ne rime pas à grand-chose ; il n'y a qu'un fou pour...

Le Dr Fell secoua la tête avec bienveillance.

– Hé, hé ! Toujours ce vieux problème qui nous sépare. Vous n'allez pas me dire que seul un déséquilibré pourrait passer des heures en extase, le nez au vent, sur un toit. Vous voulez dire que vous-même ne feriez pas une chose pareille aujourd'hui et je veux bien croire que, du temps où vous lui faisiez la cour, l'actuelle Mrs Hadley aurait été quelque peu surprise de vous voir atterrir sur son balcon, après avoir pris votre élan sur l'érable d'en face...

– Elle m'aurait pris pour un maboul, trancha Hadley.

– Moi aussi, dans le cas présent, et c'est ce que j'essaie de vous faire saisir. Mais il existe des jeunes gens, de vingt ou vingt et un ans – Eleanor est plus âgée et plus sage, mais qu'importe ! – qui, eux, agiraient de la sorte.

Et tâchez de vous mettre dans le crâne que cette comédie stupide est la chose la plus terriblement sérieuse de leur vie. Enfin, mon vieux, tonna Fell, que vaut un jeune homme s'il ne fait pas quelques prouesses, pour épater sa dulcinée ? L'imbécile va même jusqu'à risquer sa vie, et s'il frôle la mort d'un peu trop près, il en est le premier surpris. L'ironie du sort, c'est qu'au beau milieu de ces exploits romantiques, un véritable cadavre vient semer la panique ; et notre preux chevalier manque de se rompre le cou lorsqu'il est confronté à la réalité. Mais j'ai précisé qu'Eleanor était plus âgée et plus sensée, et c'est ce qui m'a mis la puce à l'oreille...

– Si vous n'avez aucun fait...

– Elle voit un homme étendu sur le sol, quelqu'un qu'elle prend pour ce jeune homme. Penché sur lui, elle aperçoit Boscombe, un pistolet à la main. Ce qui explique sa crise de nerfs. Pas une seule seconde, elle ne doute que Boscombe a tiré sur le mort...

Hadley passa sa main dans ses cheveux ternes.

– Et Boscombe...

– ... est amoureux d'elle, Hadley. Je dirais même que c'est un amoureux transi, et je suis assez enclin à penser qu'elle le déteste. Ce petit jeune homme nerveux et délicat qui déborde de vitalité, l'effraie, sans doute. Si elle l'a cru capable d'avoir tué notre ami Donald, cela suppose que l'autre...

– Cela suppose que Ames, dans l'obscurité du couloir, ait pu être confondu avec Boscombe... Inutile de compliquer davantage les choses, je l'admets, mais ce Boscombe m'intéresse.

– Les chaussures, les gants, la vitre brisée et Stanley ?

– Oh ! j'arriverai bien à leur faire cracher la vérité, répondit calmement Hadley.

Quelque chose dans la banalité de ces propos et dans le léger sourire qui les accompagnait fit frissonner Melson. Il pressentait un drame, comme si l'inspecteur allait flanquer son poing dans l'une des vitrines et en disperser les bibelots fragiles. Ce dernier s'avança en effet d'un pas tranquille et resta debout, le visage impénétrable, dans la lumière de la lampe.

– J'ai idée que Boscombe et Stanley s'apprêtaient à faire croire à un « crime », histoire de jouer un bon tour à Ames. Vous avez songé à cette éventualité ? (Le Dr Fell émit un son presque imperceptible.) Et le plus révélateur, poursuivit Hadley, résiderait dans les témoignages ; à savoir, qui connaissait ou ne connaissait pas Ames ? Et j'entends bien arracher leur masque à tous les odieux dissimulateurs qu'abrite cette maison ! Jusqu'à ce que je mette la main sur le salaud qui a poignardé un brave homme dans le dos !

Il écrasa son poing sur la table et, tel un écho sinistre, des coups résonnèrent contre la porte. Hadley reprit son air impassible dès l'apparition du sergent Betts, qui apportait un objet emballé dans un mouchoir.

– Le... le couteau, Monsieur, annonça-t-il, blême. Il n'y avait rien dans ses poches, sauf une paire de gants. Les voilà. Jamais ce vieux Busy...

Il se ressaisit, fit un salut superflu et attendit.

– Reprenez-vous, mon garçon, dit Hadley pour cacher son malaise. Aucun d'entre nous n'apprécie ce genre d'affaire. Nous... Fermez cette porte ! Hum ! Vous n'avez rien dit ? Personne n'a découvert qui il est ? C'est important.

– Non, Monsieur, bien que deux personnes aient posé des questions... la dame assez forte, aux cheveux teints, et le jeune gandin en robe de chambre grise. Mais une chose curieuse vient de se produire, il y a un instant. On s'occupait des empreintes... D'ailleurs, il n'y en a pas sur ce truc en forme de flèche...

– Non, commenta amèrement Hadley. Et le contraire m'aurait étonné. De nos jours, j'aimerais bien savoir qui laisse encore des empreintes. Eh bien ?

– Tandis que Benson relevait les empreintes – nous étions sur le pas de la porte –, un grand type est sorti par une autre porte. Il marchait de guingois et avait un drôle de regard. « Bon sang ! », dit Benson dans sa barbe, et moi, je dis : « Quoi ? », et Benson me répond, l'air de rien, parce que la dame regardait et disait qu'elle n'était pas nerveuse et qu'elle savait toujours se débrouiller dans une chambre de malade, etc., donc, Benson me répond : « Stanley, lui, il a dû reconnaître ce vieux Busy... ».

– Mr Stanley, répondit Hadley sans broncher, est un ancien officier de police. L'avez-vous laissé parler de Ames aux autres ?

– Il n'avait pas l'air de connaître ce vieux... euh... l'inspecteur, M'sieur. En fait, il ne s'est pas occupé de ce qui se passait. Il est allé vers le buffet, a avalé une bonne lampée de cognac et nous a tourné le dos sans nous regarder. Il est reparti la carafe à la main, comme un fantôme.

– Où se trouve le Dr Watson, à présent ?

– Toujours avec le jeune homme, dans la chambre de la dame, répondit Betts, non sans lui lancer un regard singulier. Le docteur dit qu'il a pris un mauvais coup, mais qu'il n'y a pas de commotion ; il devrait se remettre d'ici peu. Le gosse...

– Le gosse ?

– Il a dans les vingt et un ans, Monsieur, remarqua le sergent Betts avec sévérité, du haut de ses vingt-six ans. Il ne fait que rire et répéter : « l'espoir fait vivre ! ». Les deux autres dames sont avec lui. Quoi d'autre, Monsieur ?

– Trouvez-moi Carver, dit Hadley, et envoyez-le-moi. Montez la garde.

Lorsque le sergent fut sorti, Hadley s'assit à la table et ouvrit son calepin. Il déplia soigneusement le mouchoir et fit apparaître l'aiguille dorée, étincelante sous la lampe. A son extrémité, la dorure disparaissait sous des traces de doigts gantés. On retrouvait les mêmes souillures sur toute la longueur.

– On l'a dérobée sans lui laisser le temps de sécher, observa Hadley. A moins que... C'est encore humide car on l'a nettoyée, mais ça colle. Ce devrait être sec si la peinture date de la nuit dernière. Peut-être est-ce un vernis imperméable qui met longtemps à sécher. A noter, écrivit-il. Ces taches ont été faites lorsque l'on a retiré l'aiguille de la nuque de Ames. L'assassin a donc dû se tacher.

– Le brave Ames, déclara Fell, admiratif.

Il s'avança lourdement vers la table et, clignant des yeux, contempla la lame à travers la fumée de son cigare.

– Hum ! Je me demande si le voleur n'a pas volontairement étalé la dorure, Hadley. Il aurait pu piquer cette aiguille sans faire autant de saletés, non ? A moins que ce vieux démon de Fell ne soit encore en train de chercher la petite bête ? Pourtant...

– Longueur..., marmonna Hadley, mine de rien, puis il mesura l'aiguille à la semelle de son soulier. Vous êtes tombé un peu à côté, Fell. Ce truc mesure dans les vingt et un centimètres au plus... Disons, vingt... Ah ! Entrez, Mr Carver.

Hadley pivota dans son fauteuil avec une courtoisie presque inquiétante. L'affaire était en route. L'enquête débutait et, tôt ou tard, Melson le savait, ils interrogeraient un assassin. Dans cette pièce remplie d'horloges anciennes, Hadley se mit à frapper doucement sur la table, avec l'aiguille dorée des minutes. Et Carver referma la porte derrière lui.

7

UN BRUIT DE CHAÎNE

Chaque fois que Johannus Carver se présentait à eux, Melson découvrait qu'il portait une nouvelle pièce de sa garde-robe. Cette fois, c'était une veste d'intérieur à brandebourgs, par-dessus son pyjama, qui était venue s'ajouter au pantalon marengo. Melson l'imaginait en train de se creuser la tête pour avoir l'air affairé tant que des intrus occupaient sa maison. Et chaque fois, il montait s'habiller, ne fût-ce que pour se donner une contenance. Son premier regard fut pour les vitrines renfermant les pendules, puis il jeta un coup d'œil furtif sur les panneaux de droite ; personne n'interpréta ni ne comprit ce regard, jusqu'à ce que l'affaire eût pris une tournure encore plus effroyable. En l'absence de col, son cou ridé ressemblait à celui d'un poulet déplumé, et sa tête paraissait démesurée. Ses paupières battirent dans la fumée des cigares. Son sourire se métamorphosa lorsqu'il aperçut l'aiguille d'horloge. C'était visiblement la première fois.

– Vous la reconnaissez ? demanda Hadley avec douceur.

Carver tendit la main, puis la retira.

– Oui, certainement, sans l'ombre d'un doute. Il me semble que c'est cela. C'est l'aiguille des minutes du cadran que je fabriquais pour sir Edwin Paull. Où l'avez-vous trouvée ?

– Plantée dans la nuque du mort, Mr Carver. C'est ainsi qu'on l'a assassiné. Vous avez regardé le cadavre, n'avez-vous rien vu ?

– Moi ? Dieu du ciel ! Non ! Je n'irais pas chercher une chose pareille dans... disons... dans la nuque d'un cambrioleur, répliqua Carver, un accent de protestation dans la voix. C'est épouvantable ! Et astucieux, sapristi !

(Il se mit à rêvasser et ses yeux se posèrent sur une étagère remplie d'ouvrages, au-dessus d'un secrétaire.) Je ne me souviens pas... cette histoire de... c'est extraordinaire ! Plus j'y songe et...

– Nous en reparlerons plus tard. Asseyez-vous, Mr Carver. J'ai quelques questions à vous poser.

Il répondit à certaines, l'air absent, le dos voûté, le regard errant sur les livres de la bibliothèque. Il vivait sous ce toit depuis dix-huit ans. Il était veuf, la maison avait appartenu à sa première épouse. (Au cours de vagues digressions, Melson crut comprendre que la rente annuelle de sa femme, qui subvenait aux besoins du ménage, s'était éteinte à la mort de cette dernière.) Eleanor était la fille d'une vieille tante de feu Mrs Carver – elle-même invalide – et avait été recueillie, à la mort de ses parents, par les Carver, qui n'espéraient plus avoir d'enfant. Mrs Millicent Steffins faisait partie de l'héritage. C'est elle qui, en amie dévouée, avait soigné jusqu'à la fin la regrettée Mrs Carver. A croire que la défunte s'était entourée de gens, comme on amasse des babioles.

– Et les locataires ? poursuivit Hadley. Que savez-vous d'eux ?

– Les locataires ? répéta Carver, comme si le mot le surprenait. (Il se frotta le front.) Ah ! oui. Mrs Steffins juge nécessaire de louer une partie de la maison. Vous voulez en savoir davantage à leur sujet ? Hum !... Eh bien, Boscombe est intelligent ; il a beaucoup d'argent mais, franchement, je ne lui aurais jamais vendu cette montre *Maurer* si Millicent – Mrs Steffins – n'avait pas insisté. (Son visage s'assombrit.) Mr Christopher Paull est un jeune homme charmant. Il lui arrive de se soûler et de se mettre à chanter dans le hall, mais il est d'une excellente famille et Millicent l'aime beaucoup. Hum !...

– Et miss Handreth ?

Une lueur amusée traversa le regard de Carver.

– Eh bien, déclara-t-il, comme pour s'excuser, miss

Handreth et Millicent ne s'entendent pas très bien, aussi me rapporte-t-on souvent des histoires à son sujet. Je suppose que cela ne vous intéresse pas de savoir qu'elle n'a aucun client, qu'elle ne porte pas de tricot de corps en hiver et n'a probablement guère de moralité... Hum !... Mon âge m'empêche de vérifier si les trois quarts de ce que je vous ai dit sont vrais ou faux... Elle habite ici depuis peu. C'est le jeune Hastings qui l'a amenée et aidée à s'installer. Ils sont amis de longue date, et je crains que Millicent ne soupçonne le pire...

– Le jeune Hastings ?

– Le « Donald » sur lequel vous m'interrogiez, le jeune homme qui tombe des arbres quand il vient voir Eleanor. Il faut que je lui en touche deux mots. Il pourrait se blesser... Oh ! miss Handreth et lui sont de vieux amis. C'est comme cela qu'il a rencontré Eleanor.

Carver s'empêtra alors dans ses souvenirs, comme s'il cherchait à se rappeler quelque chose, puis il cligna des yeux, se frotta la joue et oublia son propos.

– Vous avez aussi une gouvernante... une certaine Mrs Gorson... ainsi qu'une bonne à tout faire ?

– Oui. Une femme extraordinaire que Mrs Gorson. Je crois qu'elle a été actrice, autrefois. Elle s'exprime bien, mais ne rechigne pas à exécuter les besognes les plus pénibles, et elle s'entend bien avec Millicent. Kitty Prentice, c'est la bonne... A présent que vous connaissez tout le monde, Monsieur, voudriez-vous répondre à ma question ?

Quelque chose dans sa voix retint l'attention de Melson. Il ne haussa pas le ton, ne bougea pas, mais sa vigilance parut subitement s'accroître, tel un lutteur qui se protège.

– J'ai compris qu'une des personnes vivant ici a subtilisé l'aiguille de ce cadran et, pour un motif que j'ignore, a assassiné l'homme qui se trouve au premier. Ce que j'aimerais savoir, Monsieur, c'est lequel d'entre nous vous suspectez ?

Cette fois, il lança un regard au Dr Fell qui contemplait le mégot de son cigare, assis en équilibre instable sur une chaise minuscule. Ce défi inattendu ne fut pas pour surprendre Hadley.

– Peut-être pouvez-vous m'en dire davantage, suggéra-t-il. Je me suis laissé dire qu'un certain nombre des gens vivant ici fréquentent un pub de Portsmouth Street ?

Toujours vigilant, Carver répondit, affable :

– Oh ! J'y vais souvent avec Boscombe, et miss Handreth s'y rend parfois en compagnie de Mr Paull. Mais enfin, je me demande..., dit-il en fronçant les sourcils. Comment l'avez-vous su ? L'homme étendu là-haut faisait souvent des efforts désespérés pour se joindre à notre conversation.

– Pourtant, vous avez eu quelque peine à le reconnaître, en le voyant sur le palier ?

– Oui, la lumière...

– Mais vous l'avez reconnu ? Il était horloger de métier, Mr Carver. C'est en cette qualité qu'il s'est présenté à vous, mais vous ne l'avez pas reconnu ou plutôt, vous avez prétendu ne pas le reconnaître, alors qu'il s'agissait d'un membre de votre corporation. Pourquoi l'avez-vous appelé « cambrioleur » et non pas « horloger » ?

– Parce qu'il n'était pas horloger, expliqua Carver d'une voix paisible, le sourcil en bataille. Et que tout porte à croire qu'il était cambrioleur.

L'expression de Hadley changea à peine, mais Melson savait qu'il venait tout juste de se rendre compte qu'il était tombé sur l'un des témoins les plus coriaces de sa carrière.

– Il s'est en effet présenté comme horloger, continua Carver en s'éclaircissant la voix, mais j'ai pu constater qu'il n'en était pas un dès qu'il a ouvert la bouche. Il a désigné le mécanisme d'horlogerie du pub sous le terme d'horloge, or, n'importe quel homme de l'art aurait parlé de cadran. C'est à ce moment-là qu'il m'a demandé du travail. J'avais par hasard une montre dans la poche, que... hum !... un de mes amis m'avait confiée pour la réparer. Je lui ai dit : « Mon cher, comme vous le voyez, il va falloir que je change le ressort spiral. C'est une montre de grande valeur. Prenez-la et dites-moi comment vous procéderiez. » Il a marmonné je ne sais quelle idiotie, en disant qu'il fallait enlever le grand ressort.

Carver gloussa et son rire résonna dans la pièce enfumée. Pour la première fois, il se laissait aller à l'enthousiasme.

– « Bien, lui ai-je répondu, dites-moi maintenant comment changer simplement le cylindre et le balancier. C'est assez simple... mais vous n'en savez rien. En fait, vous n'entendez rien à l'horlogerie, n'est-ce pas ? Acceptez cette demi-couronne, allez boire un verre à ma santé et fichez-moi la paix ».

Un silence tomba. Hadley jurait dans sa barbe. Mais Carver n'en avait pas fini.

– Il n'était pas horloger. Hum !... A l'époque, je le soupçonnais plutôt d'être officier de police ou détective privé.

– Je vois, déclara Hadley. Et vous aviez certaines raisons de penser qu'un officier de police puisse s'intéresser à vos faits et gestes ?

– A nos allées et venues à tous ? Non, pas du tout. Allons, Monsieur ! J'ai remarqué que lorsque Boscombe a demandé au patron du pub de nous débarrasser de ce type, surtout qu'il payait rarement ses consommations, en deux mots, qu'il l'empêche d'entrer, eh bien, le type est resté. (Carver se frotta la joue, pensif.) Il n'y a que les chats et les policiers pour rester dans un pub sans payer.

Hadley sentit sa mâchoire se contracter, mais resta tranquillement assis.

– Mr Boscombe voulait qu'on expulse cet homme du pub, bien qu'il lui ait proposé de lui donner de vieux vêtements et qu'il ne l'ait pas reconnu lorsqu'il l'a trouvé mort, au premier ?

– Vraiment ? s'enquit l'autre avec un intérêt poli. Eh bien, il vous faut interroger Boscombe. Je ne sais pas.

– Puisque vous êtes si bon observateur dans les pubs, vous avez sans doute remarqué une conversation privée entre un des membres de votre petit groupe et l'homme en question ?

Carver réfléchit, l'air épuisé.

– Je puis vous assurer que cela ne s'est jamais produit. Oh ! à l'exception peut-être de Mr Paull. Mais Mr Paull, comme il le dit lui-même, boirait avec un archevêque s'il n'avait personne d'autre sous la main.

– Je vois... Et personne ne faisait de commentaire au sujet du harcèlement dont vous étiez les victimes ?

– Bien sûr que si ! Je... je crois que miss Handreth a dit qu'il finirait par se faire assassiner. Elle disait cela avec une sorte d'amertume.

– Il l'importunait.

Sous ses minces paupières fripées, Carver décocha un regard curieux à l'inspecteur :

– Non, je crois plutôt qu'il l'évitait. On ne peut guère tolérer...

– Mrs Steffins ou miss Carver sont-elles déjà allées à la *Duchess of Portsmouth* ?

– Jamais !

– Venons-en à ce soir. Vous avez dit au Dr Fell que vous aviez fermé la porte à clef et mis la chaîne à 10 heures. Ensuite, vous êtes monté à l'étage...

Carver remua nerveusement :

– Je sais, Inspecteur – vous êtes bien inspecteur, n'est-ce pas ? –, que la police demande aux gens d'être précis. Je ne suis pas monté aussitôt au premier ; je me suis d'abord rendu dans ma salle d'exposition. (Il hocha la tête vers la pièce, à gauche, qui donnait sur la rue.) Je voulais vérifier que l'alarme était branchée sur mon coffre-fort mural. Et je suis allé chez Millicent... (Il désigna le mur de droite.) ... pour lui souhaiter bonne nuit. Elle fait de la peinture sur porcelaine et cela lui avait donné mal à la tête ; elle comptait donc se coucher sans tarder. Comme je l'ai dit au Dr Fell, c'est elle qui m'a demandé de fermer la porte à clef...

– Poursuivez.

– Je suis allé chez Boscombe chercher quelque chose à lire. Nous échangeons nos passe-temps et... tiens ! cela va vous intéresser, Dr Fell. Je lui ai emprunté *Lettres à un gentilhomme russe sur l'Inquisition espagnole*, l'ouvrage de Lemaistre. J'avais parcouru laborieusement celui de Pelayo, *Historia de los Heterodoxos Españoles*, mais mon espagnol est assez mauvais.

Melson réprima un sifflement. Il comprenait à présent ce qui expliquait les singuliers motifs peints sur le paravent en cuir de Boscombe, ainsi que ceux du coffret en cuivre, sur la table. Le passe-temps de l'énigmatique Mr Boscombe était l'Inquisition espagnole. Melson lança un regard au Dr Fell, qui ouvrit des yeux ronds et poussa un soupir grognon, comme s'il venait d'être réveillé en sursaut.

– Il s'est débarrassé de vous en vitesse, lâcha-t-il.

– Je ne me suis pas attardé, en effet. Ensuite, Inspecteur, j'ai gagné ma chambre qui donne sur la rue ; j'ai lu pendant près d'une heure et me suis couché. C'est tout ce que je sais, jusqu'à ce que Eleanor vienne me réveiller.

– Lorsque vous vous êtes rendu chez Boscombe, d'après ce que vous avez dit au Dr Fell, Mr Peter Stanley n'y était pas encore. Nous ne mettons pas en cause vos dons d'observation, déclara Hadley, les yeux rivés sur le visage de Carver, mais votre témoignage.

– Je... je ne l'ai pas vu.

– Vous avez même affirmé qu'il était arrivé plus tard. Vous avez dit qu'il avait sonné chez Boscombe, et que celui-ci était descendu lui ouvrir. La porte d'entrée est dotée d'une serrure assez sophistiquée et d'une chaîne bruyante. C'est, selon vous, ce qui expliquerait que la porte soit par hasard restée ouverte, de sorte que le « cambrioleur » a pu ensuite pénétrer dans la maison. Dormez-vous avec une fenêtre ouverte ? Juste au-dessus de la porte d'entrée ? N'avez-vous pas entendu qu'on faisait entrer quelqu'un ?

Ignorant Hadley, Carver regarda fixement les vitrines en se frottant la joue.

– Mais si, déclara-t-il soudain. Maintenant que j'y pense, vous avez raison, sacrebleu ! J'ai bien cru que quelqu'un tripotait la serrure, un peu plus tard, alors que je m'étais assoupi. Sans doute vers 10 h 30.

Il paraissait nerveux mais perplexe. Hadley concentra toute son attention sur lui.

– Une demi-heure avant que le meurtre ne soit commis ? Vous avez entendu des voix, des bruits de pas, la porte qui s'ouvre, qui se ferme ?

– Eh bien..., non. Je dormais à moitié. Tout ce que je sais, c'est qu'on avait dû ouvrir la porte, à cause du bruit que fait le bout de la chaîne lorsqu'on l'insère dans l'encoche en cuivre. Cela grince toujours un peu, à moins de faire attention. Voilà ce dont je me souviens. Il m'est déjà arrivé de l'entendre, certains soirs, quand quelqu'un rentrait tard.

– Et vous n'avez pas été surpris, sachant que tout le monde se trouvait à l'intérieur lorsque vous aviez fermé ?

Melson jugeait Carver à bout de nerfs sous son air paisible et confus. Hadley devait penser de même.

– Mr Paull n'était pas là, répondit Carver, après une hésitation. Il passait quelques jours chez son oncle, sir Edwin, à la campagne. Sir Edwin a commandé l'horloge qui... J'ai cru que Chistopher rentrait à l'improviste. Je voulais lui dire qu'il me faudrait plusieurs jours pour remplacer les aiguilles, mais que l'horloge n'était pas endommagée, hormis le pivot et la rondelle – ce qui maintient les aiguilles dans l'axe –, également dérobés.

Hadley se pencha en avant.

– Venons-en à cette horloge, et à l'autre chose que l'on vous a volée. Vous avez fini de la peindre hier...

– Non, je l'ai terminée et vérifiée il y a deux jours. Cela pour obtenir une exactitude parfaite. Cela présente certaines difficultés, bien qu'il s'agisse d'un mouvement de balancier court assez ordinaire. Avant-hier, j'ai appliqué le vernis imperméable... (Hadley fixa son regard sur l'aiguille des minutes ; irrité, Carver expliqua :) Pas la dorure, mais l'émail qui protège une horloge extérieure de la rouille, par tous les temps. Pour qu'elle sèche plus rapidement, je l'ai posée dans l'arrière-cuisine, à l'air, il y a deux soirs. Dans cet endroit ouvert à tous les vents, où n'importe qui aurait pu la prendre, où personne ne l'a touchée.

Melson surprit l'exclamation silencieuse du Dr Fell.

– ... C'est hier soir que j'ai appliqué la dorure. Je l'ai transportée ici sur des roulettes, et l'ai entreposée sur ces rayonnages, là ; puis je l'ai recouverte d'une grande cloche en verre pour éviter que la poussière ne se dépose sur la dorure fraîche. Je ferme toujours cette pièce à clef, et branche un antivol sur le coffre-fort. J'en déduis que la nuit, alors que la porte était fermée et que la clef se trouvait sur moi, au premier, quelqu'un a crocheté la serrure et a enlevé les aiguilles. Inspecteur, c'est incroyable ! Voulez-vous que je vous montre ?

Maussade, Hadley lui fit un signe de la main, au moment où Carver s'apprêtait à se lever.

– Plus tard ! Qui savait que l'horloge se trouvait ici, la nuit dernière ?

– Tout le monde.

– Est-il difficile d'enlever les aiguilles, pour une personne inexpérimentée ?

– Pas du tout. Dans le cas présent, c'est un jeu d'enfant. J'avais emboîté le pivot dans une cannelure, de sorte qu'un gros tournevis suffisait. Cela peut prendre du temps et il faut manœuvrer pour ôter les deux aiguilles de l'axe, mais...

Carver haussa ses larges épaules, fataliste. A présent, il paraissait fragile et inquiet.

– Je n'ai plus qu'une question à vous poser, mais elle est d'importance. (Le ton doucereux de Hadley attira l'attention discrète de Carver.) Si vous n'y répondez pas avec franchise, cela pourrait se révéler fichtrement dangereux pour vous. (Il attendit un instant avant d'enchaîner :) Je n'irai pas par quatre chemins : je veux savoir où vous vous trouviez, vous-même, ainsi que les autres occupants, et notamment les dames, un certain jour, une certaine heure, soit le mardi 27 août, entre 5 h 30 et 6 heures du soir.

Carver parut sincèrement ahuri. Après un silence, il répondit :

– J'aimerais vous aider mais je n'en sais rien. Mardi... Je n'ai aucune mémoire des dates. Comment savoir si c'était tel jour ou tel autre, pour être sûr de la date ?

– Vous devez vous rappeler ce jour-là, déclara Hadley, imperturbable, quitte à oublier tous les autres jours du calendrier. C'est celui où une montre de grande valeur, qui vous appartient, a été dérobée sur un présentoir chez *Gambridge*, dans Oxford Street. Vous ne l'avez pas oublié, n'est-ce pas ?

– Je ne sais pas. Je ne sais toujours pas, répéta Carver après un terrible silence. Mais je commence à comprendre. Cet homme était officier de police, et vous pensez que c'est la même personne qui a assassiné le pauvre diable chez *Gambridge*.

Il s'exprimait d'une voix sans timbre, comme s'il était

tombé en catatonie ; ses mains se refermèrent sur les bras du fauteuil :

– Et vous croyez qu'il s'agit d'une femme. Vous êtes fou !

Hadley fit un geste en direction de Melson pour lui signifier en silence de tourner la poignée de la porte et de l'entrebâiller. Le dos à la porte, Melson entendit les battements de son propre cœur lorsqu'il entrouvrit légèrement le battant. Il avait l'impression que toute la maisonnée tendait l'oreille.

Puis Hadley se mit à parler. Ses paroles résonnaient distinctement dans la tranquillité de la nuit.

– Quelqu'un, dans cette maison, annonça-t-il, a accusé quelqu'un d'autre de meurtre. Grâce à ce dernier rapport de l'inspecteur Ames, parvenu ce soir même à Scotland Yard, nous connaissons le nom de l'accusateur. S'il veut bien renouveler son accusation en notre présence, ce sera parfait. C'est tout ce que je puis vous promettre, Mr Carver. Dans le cas contraire, nous arrêterons cet accusateur pour complicité et dissimulation de preuves capitales dans une affaire de meurtre.

Il fit un geste rapide à l'adresse de Melson ; la porte se referma et Hadley reprit de sa voix habituelle.

– Si, d'aventure, l'emploi du temps de tout votre petit monde pendant cette demi-heure vous revenait, Mr Carver... Je vous donne la nuit pour y réfléchir. C'est tout, je vous remercie.

Carver se leva, quitta la pièce d'une démarche mal assurée et s'y reprit à plusieurs fois pour fermer le loquet. Melson était conscient de l'agitation qui régnait dans la maison ; les paroles prononcées à voix haute par l'inspecteur résonnaient encore et avaient terrorisé tout le monde. Dans un silence soupçonneux, le Dr Fell visa la cheminée pour y lancer son mégot.

– Était-ce bien raisonnable, Hadley ?

– J'ai lancé une bombe. Bon Dieu ! il le fallait !

répliqua l'inspecteur. (Il se mit à arpenter la pièce.) N'est-ce pas le seul moyen de pousser notre avantage ? Tout irait bien si je pouvais taire le fait que Ames était officier de police... Il faudra bien que quelqu'un se manifeste, et même s'il n'y a aucun résultat demain, il faudra bien entamer l'enquête judiciaire après-demain. Ils sauront tous pourquoi Ames se trouvait là... Et avant qu'ils ne découvrent que nous ignorons lequel d'entre eux a accusé une femme de cette maison d'avoir poignardé le chef de rayon de *Gambridge*, il faut effrayer l'accusateur pour l'amener à parler. Pourquoi ne parlerait-il pas ? « Il » ou « elle », du reste... Il s'est confié à Ames. Pourquoi pas à moi ?

– Je ne sais pas, admit Fell en ébouriffant son épaisse tignasse. Et c'est ce qui m'inquiète. Je ne pense pas qu'il – ou elle – parlera.

– Contestez-vous le rapport ?

– Oh ! non. Ce sont les précautions excessives de l'accusateur qui me chiffonnent. Peut-être aurait-il voulu se faufiler ici et réitérer son accusation sur le ton de la confidence, mais vous avez semé la panique avec votre appel au peuple ; tout le monde est au courant.

Hadley hocha la tête, lugubre :

– La panique, observa-t-il, c'est ce qu'il veut. Si qui que ce soit a remarqué quelque chose de suspect, nous en entendrons forcément parler, et si ce que j'ai dit ne flanque pas une frousse du diable à notre accusateur, je ne connais rien à la nature humaine. Il va lui falloir prendre de sérieuses précautions pour garder le silence, à présent. Fell, je vous parie qu'avant cinq minutes, un des occupants de cette maison va frapper à cette porte et nous fournir un renseignement... En attendant, que pensez-vous du témoignage de Carver ?

Songeur, le Dr Fell pianota du bout de sa canne sur le coin de la table.

– Deux choses, grommela-t-il. Une que je n'ai pas

comprise et une que j'ai comprise. *In primis*, comme l'a dit Carver, personne n'a pris la peine de voler les aiguilles de l'horloge tant qu'elle était au vu et au su de tous. Le voleur a attendu qu'elle soit sous clef et, le plus beau, recouverte de peinture. S'il avait l'intention d'utiliser les aiguilles pour commettre un meurtre, pourquoi courir le risque inutile de souiller ses gants et ses vêtements de vernis à base de térébenthine, dont les taches ne disparaissent qu'à l'essence ? A moins que... (Il se racla la gorge bruyamment.) Harrumpf ! Passons à ce que je comprends : à 11 h 30, Carver entend quelqu'un qui enlève la chaîne à la porte d'entrée. Au début, selon lui, il croit qu'il s'agit de ce type, Paull, qui rentre à l'improviste. Plus tard, lorsqu'il entend parler de la présence de Stanley dans la maison, il pense que Boscombe a dû ouvrir à Stanley. Boscombe confirme le fait.

– Et il ment ?

– Et il ment, approuva Fell. Si vous considérez les choses sous le même angle que moi...

Il sortit en grognant son étui à cigares. Melson considéra tour à tour les deux hommes et se risqua à demander :

– Mais pourquoi ?

– Parce qu'il est clair que Stanley se trouvait déjà dans la maison, répondit l'inspecteur. Fell a raison, je le crains. L'allusion au paravent en cuir chez Boscombe est transparente. Dans quel état se trouvaient les ustensiles ? Il y avait un réchaud à gaz sur la table, derrière le paravent, et quelqu'un venait de renverser une bouteille de lait et un paquet de café. Ce n'était pas Boscombe. Ses habitudes maniaques l'ont incité à tout remettre en ordre, dès que Fell y a fait allusion. C'est Stanley qui se cachait derrière le paravent... Ils avaient fumé et bu, mais les cendriers étaient vides et les verres propres. Boscombe voulait faire croire qu'il était seul dans la pièce.

– Pour tromper Carver ?

– Pas seulement Carver, répondit le Dr Fell, mais aussi...

C'est alors qu'on frappa à la porte.

– Puis-je entrer ? s'enquit une voix féminine. J'ai quelque chose d'assez important à vous communiquer.

8

À TRAVERS LA LUCARNE

Lucia Handreth.

Sans pouvoir l'expliquer, Melson reçut un choc en la voyant sur le seuil. Dans les cinq minutes, avait prédit Hadley, il y aurait une réponse à la bombe qu'il avait lancée. Debout près de la table, sa moustache drue étirée par un sourire, Hadley avait négligemment ôté sa montre et la montrait aux deux autres. Il était alors 2 h 05, nota Melson. Lucia Handreth avait enfoncé ses mains dans les poches de son tailleur gris. Son lourd chignon de cheveux noirs avait de beaux reflets à la lumière, offrant un saisissant contraste avec la pâleur de son visage. Un visage agréable, pas vraiment joli, plein de fougue, d'indulgence et de passion ; sentiments qu'elle s'efforçait de réprimer en pinçant ses lèvres charnues et en fronçant les sourcils par-dessus ses yeux bruns qui fixaient Hadley.

– Entrez, miss Handreth, dit l'inspecteur. Nous vous attendions.

Cet onctueux mensonge la surprit. Elle saisit le bouton de la porte encore entrouverte.

– Vous m'attendiez ? Vous êtes un devin, dans ce cas. Je... J'hésitais à venir. Je sais que je cours un risque, mais il faut que je vous explique quelque chose qu'il ne vous a pas confié ; et si personne ne vous en parle, vous ne comprendrez jamais. La loi vous autoriserait à... et puis, il tient à vous voir. (De la paume, elle tapota la poignée.) C'est au sujet de la mort de Ames.

Hadley lança un regard en coin au Dr Fell.

– Vous connaissiez donc l'inspecteur Ames ?

– J'ai su que c'était lui, répondit-elle avec lassitude, dès qu'il a commencé à traîner au pub. Je n'avais que treize ans quand je l'ai vu pour la première fois, mais je ne devais jamais l'oublier. Il n'avait pas beaucoup changé, malgré quelques dents en moins et une barbe de plusieurs jours. (Elle tressaillit.) Il... il se doutait de quelque chose, même s'il ne me connaissait pas. En tout cas, il m'a toujours évitée.

– Savez-vous qui l'a assassiné ?

– Grand Dieu ! non ! C'est ce que je venais vous dire... Mais je sais qui ne l'a pas tué. J'aurais préféré qu'ils fussent les assassins, ainsi nous aurions pu expédier l'affaire. Mais puisque Don est mon premier client... (Un sourire carnassier apparut sur son visage.)... Je peux donc entamer la procédure pour le défendre... (Elle recula, ouvrit la porte en grand et cria à la cantonade :) Venez, Mr Boscombe. Ceci va vous intéresser.

– Mais que diable... ! s'exclama Hadley, ahuri.

– C'est assez cocasse, dit la jeune fille, assez odieux aussi, et mesquin comme fin pour Ames. C'est d'une simplicité presque malsaine. Mr Boscombe, ici présent, et ce Stanley, formaient le projet d'assassiner Ames. Du moins, Calvin Boscombe devait l'exécuter, sous les yeux de Stanley... Don Hastings a vu toute la scène par la lucarne. Ils étaient censés jouer... hum !... les esprits froids, détachés, scientifiques, et faire éclater la preuve de l'incompétence de la police, quand le meurtre parfait serait accompli ! Ils avaient réglé toute la mise en scène, mais voilà, on leur a volé la vedette. Et quand cela s'est produit, nos deux assassins parfaits ont failli s'évanouir de peur, et n'ont plus été capables d'aligner deux mots sensés.

Elle s'écarta et ils entrevirent Boscombe.

Penché en avant, retenu par la poigne du sergent Betts, il arborait un regard sournois et stupide, tandis qu'il essayait de voir ce qui se passait dans le salon. Le tableau était plutôt singulier : cheveux châtain clair, visage anguleux, robe de chambre gris foncé, tel apparut Boscombe sur fond de lambris blancs ; la chaîne en or de son pince-nez se balança lorsqu'il tenta de se libérer de Betts pour entrer. D'un mouvement brusque, le sergent l'obligea à se redresser, puis obéissant à un signe de Hadley, il le poussa et Boscombe, imperturbable, pénétra lentement dans la pièce.

– Dois-je comprendre, dit-il d'une voix saccadée, tout en rajustant ses vêtements, que cet homme au premier était de la police ?

– Ne le saviez-vous pas ? s'enquit Hadley avec un calme de mauvais aloi. Vous lui aviez promis de lui donner des vêtements... En effet, il était officier de police.

– Fichtre ! lança Boscombe.

Il épongea les gouttelettes de sueur qui perlaient sur sa lèvre supérieure.

– Et je suis certaine, mon vieux, déclara miss Handreth d'un ton indifférent, que Stanley et vous l'auriez tué si tout s'était déroulé comme prévu. Le crime parfait... (Elle se tourna vers Hadley, le teint soudain plus animé.) Je dois vous expliquer ce que je voulais dire par « cocasse ». D'après Don, c'est la raison pour laquelle le plan aurait dû marcher : Boscombe ignorait que Ames était de la police ; et Stanley ignorait l'identité de la victime. (Elle se mit à rire, croisa les bras, et une étrange beauté illumina soudain son visage.) Et vous qui prêchiez le sang-froid à cette épave, là-haut, et lui qui n'arrêtait pas d'ingurgiter du cognac, et votre main qui tremblait comme une feuille, si bien que vous pouviez à peine tenir le pistolet... !

La surprise de Boscombe n'était pas feinte. Il se retourna, dans un effort désespéré.

– Je n'aurais jamais cru cela de vous, Lucia..., dit-il. Je... Vous ne comprenez donc pas ! Je voulais seulement flanquer la frousse à ce fanfaron qui n'arrêtait pas de me vanter son sang-froid...

– Vous mentez, répliqua miss Handreth. A travers la lucarne, Don a suivi vos moindres mouvements et c'est une chance qu'il en ait eu l'idée. Il était au courant depuis un mois, lorsque, pour la première fois, vous avez parlé à Stanley de la « psychologie du meurtre » et « des réactions du cerveau humain, lorsque celui-ci se trouve confronté à la mort », et de toutes ces infâmes idioties... pour prouver vos qualités de surhomme...

Hadley martela la table d'un poing rageur. Lucia Handreth recula.

– Je finirai par savoir le pourquoi du comment ! rugit l'inspecteur. A présent, essayons de mettre un peu d'ordre dans tout cela. Miss Handreth, vous accusez cet homme et ce vieux Peter Stanley d'avoir comploté un meurtre. Selon vous, non seulement Hastings se trouvait sur le toit et les observait, mais il était au courant de leur complot ?

– Oui. Sans pour autant connaître la victime... Ils ne la connaissaient pas eux-mêmes, bien qu'ils eussent fomenté le coup.

Hadley se rassit et la considéra avec curiosité.

– Voilà qui me change de la routine. Nom d'un chien ! Moi qui croyais connaître toutes les ficelles ! Hastings, sur le toit, a assisté aux préparatifs du meurtre et n'a pas fait un geste pour l'empêcher ?

– Non, répondit-elle d'une voix claire. Et il ne l'aurait jamais fait. C'est ce que je venais vous dire.

– Laissez-moi vous expliquer, dit une voix, dans le couloir. J'ai une déclaration à faire et je veux la faire tant que j'ai encore la tête sur les épaules. Aidez-moi, les gars !

Hastings entra d'un pas chancelant, étonné lui-même de tenir sur ses jambes. C'était un jeune homme mince, large d'épaules, doté de grands pieds et de grandes mains et d'un visage avenant à l'air distrait. Afin de neutraliser l'effet de son apparence peu glorieuse, il souriait de toutes ses dents, comme si de rien n'était, en homme du monde. Eleanor Carver et Betts le soutenaient.

– Tu n'aurais pas dû ! protesta Eleanor d'un ton hargneux, tout en l'aidant à avancer. Le médecin a dit...

– Allons, allons ! fit-il, paternel.

Il dévisagea les personnes présentes d'un regard aimable quoique voilé. La teinture d'iode marbrait de taches brunes les écorchures sur son visage, et les pansements formaient un bourrelet sur sa nuque... On avait l'impression qu'il éprouvait une certaine fierté à se montrer assez fou pour désobéir au médecin. Ils l'aidèrent à s'asseoir dans un fauteuil, où il se laissa glisser avec un grognement de soulagement, tandis que son teint abandonnait peu à peu sa nuance grisâtre.

– Ça va barder, dit-il avec ferveur. J'ai bien peur d'avoir semé la pagaille en dégringolant, mais il y a une chose que je veux comprendre. Je ne suis pas tombé de l'arbre sous l'effet de la frousse ou un truc dans ce goût-là ! Je pourrais grimper là-haut les yeux fermés et d'une seule main. Je ne sais pas ce qui s'est passé. Je me dépêchais de descendre, pour faire le tour et rentrer par la porte d'entrée, quand... patatras !

Hadley tourna son fauteuil pour regarder le nouveau venu de plus près.

– Si vous vous sentez d'attaque pour venir jusqu'ici, vous l'êtes également pour parler. Je suis l'inspecteur Hadley, chargé de l'enquête. Et vous êtes le jeune homme qui a vu un meurtre sur le point d'être commis et qui n'en a rien dit ?

– Oui, répondit Hastings. Il s'agit bien de moi, en effet.

Il s'exprimait calmement quoique d'un ton rude ; un changement radical était intervenu dans son comportement, comme sous l'emprise d'une sorte de monomanie. Allait-il se remettre à saigner du nez ? Il extirpa un mouchoir de sa poche, rejeta la tête en arrière et le pressa sur sa lèvre supérieure. Lorsqu'il parvint à se maîtriser de nouveau, il déclara, la voix tremblante :

– Il était moins une. Tante Millie n'aurait pas aimé cela. Désolé, je suis prêt à parler, Monsieur. Mais je veux qu'Eleanor et Lucia sortent ; Mr Boscombe ferait mieux de rester.

– Je ne quitterai pas cette pièce ! s'écria Eleanor en bondissant de l'endroit où elle était assise à côté de lui. (Ses yeux bleu pâle luttaient contre les larmes et son joli visage sensuel s'était durci. Elle regarda tour à tour Lucia et Hastings :) Espèce de... Espèce d'imbécile ! ajouta-t-elle, comme si les mots sortaient de sa bouche malgré elle. Il me semble que tu aurais pu me le dire, que tu aurais pu venir te confier à moi, que tu aurais pu faire quelque chose, je ne sais pas, moi... plutôt que d'aller tout lui raconter à elle !

– Oh ! ça suffit, trancha Lucia. Fichez le camp et ne mêlez pas vos querelles de couple à une affaire de meurtre.

– Et vous comptez rester ici, peut-être ? s'enquit Eleanor avec un éclat de rire.

– Il se trouve que je suis sa conseillère juridique et..., déclara Lucia qui s'arrêta net, rouge comme une pivoine, tandis qu'Eleanor riait de plus belle.

Sans aucun doute, se dit Melson, les mots paraissaient stupides à ce moment-là, quand bien même ils se révélaient exacts. De nouveau, il songea que la seule fois où les avocates ont l'air d'en imposer, c'est avant d'obtenir leur diplôme. Aussi brillante et aussi compétente que soit Lucia Handreth, on était obligé de voir en elle, à cet instant, une jolie brune piquée au vif par les sarcasmes d'une rivale ; et le point de vue de Hadley était encore plus étriqué.

– Nous ne sommes pas dans une crèche ou une cour de récréation. Je vous prierai donc de sortir, miss Carver ; quant à miss Handreth, si elle insiste sur les droits professionnels légitimes qui sont les siens, je pense qu'elle peut rester. (Il haussa le ton lorsqu'il vit que Boscombe allait subrepticement prendre Eleanor par le bras.) Vous restez, mon cher ? Cela ne vous intéresse pas ?

– Non, rétorqua Boscombe, glacial. Je raccompagne miss Carver – il faut s'entraider, comme membre de la crèche – et je reviens aussitôt. Je ne m'intéresse guère au témoignage d'un... indic à la petite semaine qui écoute aux lucarnes. Par ici, Eleanor, et calmez-vous ! Vous ne me reconnaissez pas ! Doucement, voulez-vous !...

Le calme revint après leur départ, et tandis que le Dr Fell gloussait, Hadley se renfonça dans son fauteuil.

– Voilà bien longtemps que j'ai envie de flanquer un bon coup de poing à ce crétin, regretta Hastings avec mélancolie. Mais cela pourrait passer pour un infanticide. Et il me traite d'indic ! s'emporta-t-il. Je n'ai rien contre lui. J'étais même prêt à excuser son geste si cet infâme petit...

– Ce que j'apprécie, dans cette maison, observa le Dr Fell, vaguement somnolent, c'est l'amitié, la confiance et la bonne humeur qui animent les habitants. Ah ! les saines joies des foyers anglais ! Poursuivez, mon garçon.

– Je mettrais ma main à couper qu'il va essayer de peloter Eleanor..., reprit Hastings, songeur. (Il s'interrompit pour adresser un sourire narquois au Dr Fell.) Vous avez raison, Monsieur. La... la première partie n'est pas la plus simple à expliquer, enchaîna-t-il, un peu gêné. J'étudie avec ce vieux Fuzzy Parker, ici, à Lincoln's Inn. En principe, je suis assez bon pour le baratin et tout le monde dit que je ferai un avocat de premier ordre, mais ce n'est pas si facile. Il faut apprendre un tas d'imbécillités et je commence à me demander si je n'aurais pas dû entrer dans les ordres. Quoi qu'il en soit, je ne fais guère de progrès. Et une fois que j'ai payé les frais de scolarité et les cent guinées de Fuzzy par-dessus le marché, il ne me reste plus grand-chose. Si je vous raconte tout cela, c'est parce que c'est à ce moment-là que j'ai rencontré Eleanor et... enfin, bégaya-t-il en se tordant le cou..., c'est comme ça qu'on a commencé à se voir de temps en temps, sur le toit. Bien sûr, personne n'était au courant...

– Mensonges ! intervint Lucia avec une franchise toute judiciaire. Tout le monde ou presque le savait, sauf peut-être mamie Steffins. Chris Paull et moi savions que tu étais là-haut, en train de réciter des vers...

La figure tachée de teinture d'iode de Hastings prit une couleur rose foncée.

– Je ne récitais pas des vers ! Espèce de chip... Ne dis pas de mensonges. Oh ! bon sang ! Jamais je n'aurais dû...

– Je voulais juste être charitable, mon vieux, précisa-t-elle avec une grimace. A ta guise ! Tu faisais donc je ne sais quoi, là-haut, bien que l'endroit ne soit pas des plus confortables. (Elle croisa les bras et sourit faiblement malgré sa nervosité.) Inutile d'en faire un drame, poursuivit-elle. Chris Paull voulait grimper là-haut, passer sa tête par la trappe et pousser des gémissements en disant : « C'est la voix de ta conscience. N'as-tu pas honte ? ». Je l'en ai empêché.

Bizarrement, cela ne parut pas attiser la colère de Hastings qui la dévisagea :

– Tu veux dire que c'était Paull qui était là-haut ? demanda-t-il d'une voix sourde.

Hadley, qui attendait patiemment, se pencha soudain. Il y avait une note d'épouvante dans la question de Hastings. Ce n'était plus une plaisanterie ; l'inspecteur eut la vision des cheminées ténébreuses dominant la ville, d'une présence rôdant alentour, en proie à quelque noir dessein.

– Nous vous avons laissé assez de temps, trancha-t-il. Au fait !

– Il m'arrivait d'entendre marcher, répondit Hastings, ou de croire voir quelque chose qui glissait à l'angle de la cheminée. J'ai supposé qu'on nous espionnait, mais rien ne s'est jamais produit. J'en ai déduit que je me trompais et n'en ai pas parlé à Eleanor pour ne pas l'affoler. Au départ, j'étais censé apporter mes livres là-haut, et Eleanor devait m'aider à étudier. Ne souriez pas ! lança-t-il en foudroyant l'assistance du regard. C'est la stricte vérité, et pourquoi pas ? Il y a un endroit assez plat, là-haut, tout entouré de cheminées. Eleanor gardait quelques oreillers et une lanterne, cachés dans une commode du petit grenier, juste sous le toit. Personne ne pouvait apercevoir notre lumière derrière les cheminées, mais parfois, lorsqu'on avait allumé, je croyais entendre comme un grattement et un frottement. Un soir, il m'a semblé qu'on avait brusquement déplacé un conduit, si bien que je voyais les étoiles entre les maisons. Là-haut, dans la nuit immobile, coupés du monde des vivants, les idées les plus folles vous passent par la tête, et vous vous croyez observés, même s'il n'y a personne. Je n'ai jamais rien vu... jusqu'à cette nuit.

Il s'interrompit, hésitant. Son beau visage évoquait quelque masque à cause de la teinture d'iode, un masque terne et fatigué. Il lança un regard par-dessus son épaule, leva une main bandée pour redresser sa cravate sur sa chemise déchirée, la laissa retomber d'un air de souffrance.

– Si j'ai remarqué la lucarne, c'est que d'habitude, je retrouvais Eleanor à 0 h 15. La porte était fermée à 11 h 30 et chacun prenait son temps pour s'installer confortablement pour la nuit. J'étais toujours en avance, d'une bonne demi-heure. Oh ! et puis zut ! dit-il en gigotant, inutile de vous faire un dessin. Je furetais là-haut, en attendant, chaussé de mes tennis. J'ai découvert cette lucarne, dans un coin...

– Un instant, interrompit Hadley qui n'avait pas cessé de prendre des notes. Quand était-ce ?

– Il y a un mois et demi. Il faisait très chaud et elle était presque entièrement ouverte. On n'entend pas grand-chose de ce qui se passe en bas à moins d'avoir l'oreille collée contre la vitre. Et quand Boscombe tire son rideau, on n'entend plus rien du tout. Mais cette nuit-là, j'ai contourné la cheminée et me suis rapproché en rampant, car j'avais entendu quelque chose. Personne ne pouvait se douter que je me trouvais sur le toit ; eux, en tout cas, ils ne l'ont jamais su. Et quand j'ai entendu leurs premières paroles..., dit-il d'une voix altérée, Boscombe disait – je ne l'oublierai jamais – : « La question, pour moi, est de savoir si vous avez encore le cran d'assister à une mise à mort, Stanley. Vous êtes fasciné par le fait de tuer. Vous adorez ça ». Puis il a éclaté de rire : « C'est pourquoi vous avez abattu ce pauvre diable de banquier, car vous pensiez agir en toute sécurité », a-t-il conclu.

Il y eut un long silence. De sa main valide, Hastings farfouilla dans sa poche et en sortit un étui à cigarettes, comme pour se donner une contenance.

– Telles furent les premières paroles que j'entendis, reprit-il, plus calme, quoique en accélérant son débit. Je me suis allongé et j'ai regardé par la lucarne, à travers une fente du rideau. Je voyais le dos du grand fauteuil bleu, face à la porte, à sa place habituelle, et le haut du crâne de quelqu'un qui dépassait du dossier. Boscombe marchait de long en large, devant le fauteuil, fumant le cigare, un livre ouvert à la main. L'abat-jour était incliné et je distinguais parfaitement son visage. Il faisait les cent pas et parlait, un petit sourire narquois aux lèvres, sans quitter des yeux le type assis dans le fauteuil...

» Il avait ses lorgnons sur le nez et la lumière qui s'y réfléchissait m'empêchait de voir son regard ; mais quand j'étais gamin, j'avais une tante adversaire déclarée de la vivisection, et elle avait toujours des tas d'affiches à coller dans les endroits les plus bizarres. Une de ces affiches représentait un médecin... Bref, le sourire de Boscombe m'y a fait penser.

» Je l'ai écouté distiller ses paroles vénéneuses. Il allait assassiner quelqu'un, sans raison, sans haine particulière pour une personne particulière, dans le seul but d'"observer les réactions" de la victime ; il la mettrait au pied du mur, jouerait avec ses nerfs et lui conseillerait de se préparer à la mort...ou je ne sais trop quelle imbécillité morbide de ce genre. Il demandait à Stanley de se joindre à lui. Stanley approuvait-il ce projet ? Oui, bien sûr ! Stanley n'avait-il pas envie de brocarder cette police stupide qui l'avait balancé, en commettant un crime parfait ou en se contentant d'y assister ? Lui-même règlerait les détails, disait Boscombe. Ce qui l'intéressait, c'étaient les réactions de Stanley confronté au poulet qui avait fichu sa carrière en l'air.

» J'apercevais un coin du fauteuil et une partie du visage du type, qui avait tourné la tête. Je voyais surtout sa main, posée sur l'accoudoir. Quand Boscombe se mit à parler de ridiculiser la police, la main se mit à s'ouvrir et se fermer, puis le poing se serra, prit une curieuse couleur bleuâtre et se desserra enfin. Boscombe marchait toujours de long en large, vêtu de son long peignoir ; il passait et repassait devant un paravent jaune et noir bizarre, orné de flammes et de diablotins.

Melson eut de nouveau la chair de poule à l'évocation du paravent à motifs du *san-benito*, le costume des victimes d'autodafé conduits au bûcher. Dans cette pièce blanche, les silhouettes peuplaient son esprit avec netteté. Personne ne bougeait et Lucia Handreth déclara d'une voix sourde :

– Le passe-temps de ce cher Mr Boscombe est l'Inquisition espagnole, je crois.

– Oui, répondit Fell, mais je me disais justement que si vous vous en tenez à la légende populaire qui veut que l'Inquisition espagnole ne soit pas autre chose que l'expression d'une sauvagerie sans nom, vous êtes aussi ignorant que Boscombe à ce sujet. Mais là n'est pas la question pour l'instant. Poursuivez, jeune homme.

D'une main tremblante, Hastings porta une cigarette à ses lèvres et Lucia frotta une allumette.

– Je suis retourné à notre lieu de rendez-vous habituel en rampant. J'étais nerveux, je dois bien l'admettre, et pas très rassuré à l'idée que quelqu'un rôdait dans les parages. Bien sûr, je ne pensais pas que les deux compères mettraient leur projet à exécution. Quand Eleanor est venue me rejoindre, je ne lui ai parlé de rien mais elle m'a trouvé nerveux, et je lui ai demandé qui était Stanley... Je me rappelais une phrase prononcée par Boscombe – « Il faudra le faire un jeudi soir » –, cela me harcelait. J'espérais à moitié... je le reconnais...

– Vous espériez ? intervint le Dr Fell.

– Un instant, Monsieur, répliqua sèchement Hastings. J'ai fini par négliger mes études. Je suis retourné à la lucarne, mais je n'ai plus entendu parler du projet, même si Stanley était là. Je ne dis pas que j'ai fini par oublier, mais cela ne me tourmentait plus ; et « Il faudra le faire un jeudi soir » n'a plus résonné dans ma tête. Jusqu'à ce soir. Une pensée m'avait obsédé : comment comptaient-ils s'en tirer ? Comment commettraient-ils un crime parfait et éviteraient-ils la pendaison ? Mais même cela, je finis par ne plus y penser, jusqu'à ce soir.

» J'ai grimpé à l'érable à minuit moins le quart. Je m'en souviens, car l'horloge de la mairie a sonné le troisième quart. Je n'avais pas de livres mais un journal dans la poche. Cet arbre – vous l'aurez remarqué – se trouve juste devant une des fenêtres de Boscombe, mais cela ne m'a jamais gêné, car les fenêtres sont toujours fermées et les épais rideaux noirs tirés. Mais ce soir, j'ai remarqué un fait étrange. La lune était pleine et son disque se reflétait dans les carreaux. C'est alors que j'ai vu que la fenêtre la plus proche de l'arbre était cassée, et un de ses battants entrouvert.

» Le cerveau fonctionne d'une curieuse manière. J'ai noté la vitre cassée en pensant que je devais éviter de faire du bruit et d'attirer l'attention de Boscombe, mais tandis que je me balançais à la gouttière, l'idée m'est venue d'aller faire un tour à la lucarne.

» Le temps de reprendre mon souffle sur le toit, et j'y suis allé à pas de loup. Je m'accroupissais dans les passages exposés car, avec la pleine lune, je ne tenais pas à ce qu'on me voie d'une autre maison. C'est alors que je l'ai entendu chuchoter. J'ai soudain eu froid et la nausée m'est venue, mes membres se sont mis à trembler, tant et si bien que j'ai failli piquer du nez. Boscombe disait : « Nous agissons dans le quart d'heure ou jamais. Il est trop tard pour reculer. »

» Je tremblais si fort que j'ai dû m'étendre sur le toit. Mes manches étaient remontées et ce fichu journal sortait de ma poche. Quand j'ai tourné la tête, j'ai lu, à la clarté de la lune, en caractères démesurés : « Jeudi, 4 septembre... »

Il respira à fond. Sa cigarette était tordue et à moitié consumée. Il poursuivit, avec un calme faussement olympien :

– Boscombe s'est remis à parler et j'ai appris comment il comptait procéder...

9

LE CRIME IMPARFAIT

« Ce Hastings, songea Melson, ne sera probablement jamais un ténor du barreau, mais comme conteur, il a sans conteste ses chances. » Le jeune homme parut s'aviser qu'il avait si bien appâté son auditoire qu'aucun fauteuil ne grinçait, et que même le crayon de Hadley demeurait immobile. Il esquissa un pâle sourire qui le vieillit. Tous perçurent le sifflement de sa respiration.

– Lorsque j'ai regardé de nouveau, reprit-il, j'avais perdu toute notion du temps ou de l'espace ; je ne pensais plus qu'au rectangle de lumière qui n'était pas masqué par les rideaux. J'apercevais le côté droit du dossier du fauteuil, face à l'entrée, exactement comme la première fois, et la porte à deux battants, ainsi qu'une partie du paravent, sur leur droite.

» Stanley se tenait debout, la main sur le paravent, il était livide et il tremblait autant que moi. Boscombe mettait des balles dans le chargeur d'un automatique, près de la lampe. Il n'était pas très frais, mais il souriait et sa main était ferme. Le canon de l'arme m'a paru un peu long, mais c'est un instant plus tard que j'ai compris pourquoi. Ensuite, il a poussé le chargeur, puis Stanley a dit : « Bon Dieu ! Je ne peux pas regarder ! Sinon, je vais faire des cauchemars ! ». Quant à Boscombe, il s'est borné à repasser patiemment le plan dans les moindres détails, pour s'assurer que tout était au point. Et c'est là que j'ai tout compris.

» Il partait du principe, établi un mois plus tôt, que la personne qu'il sélectionnerait pour l'« expérience » n'était pas censée constituer une « perte pour l'édification humaine ». Ce qui, commenta Hastings en jetant sa cigarette dans la cheminée, était vraiment chic de sa part.

Deuxièmement, la victime devait être un clochard connu dans les parages, et susceptible de passer pour un cambrioleur. Il avait donc jeté son dévolu sur un parasite du pub voisin, dont il s'était occupé pendant une semaine entière. Il avait pris soin de le désigner comme un importun et avait demandé ostensiblement au patron du pub de le ficher dehors.

Quelqu'un réprima une exclamation, mais Hastings n'y fit pas attention.

– Au bar, il avait fait maintes fois allusion à l'argent liquide et aux objets de valeur qu'il laissait traîner chez lui... Eleanor m'a dit qu'il avait en effet acheté une montre de valeur au vieux et qu'il la laissait traîner dans un coffret en cuivre. Elle affirmait que c'était sa préférée dans la collection du père Carver.

» Quoi qu'il en soit, il se tenait prêt. Ce soir, il a suivi le clochard à la trace et à l'insu de tous, pensait-il, il a fait mine de se laisser attendrir et lui a proposé des vieux vêtements, à condition que l'autre vienne les chercher pendant la nuit. Il ne lui restait plus qu'à mettre sur pied son prétendu « cambriolage », car...

Le Dr Fell ouvrit les yeux et lui coupa la parole sans façon :

– Du calme, fiston. Ce gentleman ingénieux ne craignait-il pas que le clochard – à supposer qu'il en soit un – n'aille répéter que Boscombe l'avait invité chez lui pour chercher des nippes ?

Lucia Handreth écarquilla les yeux.

– Enfin, Don ! s'écria-t-elle, tu n'as pas encore compris ? Tu étais trop sonné pour entendre ce que je t'ai dit dans l'autre pièce ? Ce clochard était...

– Je répète ma question, reprit le Dr Fell. Du calme, miss Handreth. Il n'y a pas lieu de dissimuler quoi que ce soit et nous ne voulons pas de digressions.

Maussade, Hastings réfléchissait.

– Oh ! Boscombe y avait pensé, mais il se fichait pas

mal que le type parle. Peut-être même l'espérait-il. Ensuite, quand tout serait terminé, on pourrait l'interpréter comme un mensonge de la part du clochard, désireux d'excuser sa présence chez l'horloger. Un mensonge authentique puisque Boscombe avait pris le bonhomme en grippe.

» Il y avait tout de même un truc bizarre dans les propos de Boscombe : « C'est ce que je ne comprends pas, disait-il à Stanley, mais je vous laisse le soin de vous en inquiéter. Comme je m'efforçais de trouver un prétexte pour l'attirer ici en pleine nuit, c'est lui-même qui me l'a proposé ». D'après Boscombe, le type avait l'intention de faucher quelque chose, si on lui en laissait l'occasion.

» Il lui a dit de se pointer à minuit pile, ni avant, ni après, et de sonner chez Boscombe. La maison serait plongée dans l'obscurité mais il n'avait pas à s'en faire. Si Boscombe ne descendait pas lui ouvrir en personne, c'est qu'il serait en plein travail ; dans ce cas, la porte ne serait pas fermée à clef et il n'aurait qu'à pénétrer tranquillement dans la maison, en prenant garde, toutefois, de ne réveiller personne en frottant des allumettes ou en tâtonnant pour trouver les interrupteurs. Il devrait se diriger tout droit vers la cage d'escalier et monter à l'étage...

» Boscombe, bien entendu, n'a jamais eu l'intention de s'aventurer sur le palier, à la rencontre de son visiteur ; son astuce consistait à faire croire à tous qu'il s'était couché à 10 h 30. Mais voilà où entre en jeu son ingéniosité diabolique. Un peu plus tôt, vers 23 h 30, il s'était déjà faufilé au rez-de-chaussée pour déverrouiller la porte et ôter la chaîne. S'il avait demandé au gars de sonner à minuit, c'était simplement pour ne pas manquer son arrivée... Pardon ? »

Interdit, il se tourna vers Hadley qui étouffait une exclamation. L'inspecteur feuilleta son calepin à rebours tout en regardant le Dr Fell.

– C'est ce que Carver a entendu à 11 h 30, dit-il. Notez au passage qu'il n'a entendu aucune voix, aucun bruit de pas sur le trottoir, ce qui se produit d'ordinaire, lorsqu'on ouvre la porte à un visiteur. Il n'a perçu que le bruit de la chaîne, mais ce n'est pas le plus important. Vous voyez de quoi je veux parler ?

– Oui, fit Lucia Handreth, à la surprise générale.

Hadley sursauta et plissa les yeux, mais elle planta son regard dans le sien, avec un sang-froid teinté de défi.

– Cela signifie, continua-t-elle, que si l'inspecteur Busy Ames a trouvé cette porte ouverte – et c'était le genre de personne qui trouvait les portes ouvertes –, il restait un peu de temps pour rôder avant de sonner chez Boscombe à minuit.

– Vous avez raison, convint le Dr Fell, narquois. C'est la chambre d'une autre personne qui l'intéressait. Et c'est pourquoi on l'a assassiné.

Hadley martela la table :

– Sacré nom d'un chien ! Vous avez mis le doigt dessus !... Ce que je voudrais savoir, miss Handreth, c'est comment vous pouviez connaître non seulement sa véritable identité, mais encore son surnom. N'avez-vous rien à dire à ce sujet ?

– Chaque chose en son temps. C'est au tour de Don, pour l'instant... Allons, Don, ne fais pas la bête ! Je t'en ai parlé il y a quelque temps, même si tu n'y as pas fait attention. Ce clochard était l'inspecteur Ames et, au cas où ce nom ne te dit rien...

Hastings écarquilla les yeux, se prit la tête dans les mains, posa les coudes sur la table et éclata d'un rire atroce qui ressemblait à un sanglot.

– Sans blague ! s'étrangla Hastings. (Puis il la regarda, effrayé.) Tu ne veux quand même pas dire que... qu'un flic en attendait un autre et qu'aucun des deux ne le savait ? Aïe ! Ma tête... du calme... Où est passé mon mouchoir ? Écoute, enchaîna-t-il, une note d'amusement dans la voix, de toute façon, cela colle avec le reste. En tout cas, moi, j'y trouve mon compte. Je suis heureux malgré la frousse que j'ai eue.

» Boscombe avait donc ouvert la porte d'entrée. Quand je l'ai aperçu par la lucarne, il finissait de préparer ses accessoires. Une vieille paire de chaussures éculées, une paire de gants en coton et deux pistolets. L'un était un revolver Browning chargé, acheté chez un prêteur sur gages, et dont le numéro avait été effacé, l'autre son propre automatique calibre 38, auquel il avait ajouté un silencieux allemand ; il y avait glissé sept cartouches et une à blanc.

» Ensuite, il a prélevé un peu de terre dans deux pots de fleurs qu'il avait dans sa chambre, l'a mélangée avec de l'eau dans le lavabo de la salle de bains, et a étalé cette boue sur les semelles des vieilles tennis. De retour dans le bureau, il a ouvert la fenêtre qui donne sur l'arbre, s'est assis sur le rebord et a enfilé les chaussures. De ses mains gantées, il s'est penché comme un laveur de carreau, et a cassé une vitre ; puis il a levé les pieds et les a appliqués sur le rebord, pour faire croire que quelqu'un avait grimpé par là. Il y avait juste assez de boue pour laisser des empreintes jusqu'à la table, où se trouvait le coffret en cuivre. Il a agi dans la pénombre, bien sûr, et le plus fou, c'est que cela n'a pas duré plus de dix minutes, et que cela s'est passé avant que je ne monte là-haut ; c'est du moins ce que j'ai pu déduire en écoutant les deux acolytes.

» Ils n'avaient pas rallumé depuis 10 h 30, de sorte que personne ne puisse dire, après coup, qu'il y avait de la lumière chez lui. Ils n'ont allumé que deux secondes pour vérifier que tout était en place. Boscombe avait jeté les gants et les souliers en vrac, sur le canapé, et tenait son automatique dans sa main nue, tandis que l'autre, qu'il n'avait manipulé qu'avec un mouchoir, était dans la poche de sa robe de chambre. A minuit, lorsqu'ils entendraient le coup de sonnette, Stanley se cacherait derrière le paravent et observerait la scène par une fente. Il était donc impossible que quelqu'un voie de la lumière ou surprenne le clo... le flic...

Hastings tressaillit inexplicablement.

– Poursuivez, lâcha Hadley d'un ton brusque.

– ...Désolé..., ou surprenne le flic dans l'escalier. Boscombe lui avait dit qu'il serait occupé à travailler dans une autre pièce ; la première serait plongée dans le noir, mais il ne devait pas s'en inquiéter. Selon son hôte, il n'avait qu'à ouvrir la porte, entrer et l'appeler... Ce devait être le début des réjouissances ! On rirait aux éclats en tentant une merveilleuse expérience sur un homme à l'heure de sa mort. (Hastings éleva la voix.) Dès que leur cobaye entrerait, Stanley surgirait de derrière le paravent, foncerait sur la porte, appuyerait sur l'interrupteur et donnerait un tour de clef.

» Ils attraperaient leur pigeon sans lui laisser le temps de réagir. La victime apercevrait Boscombe, assis dans son grand fauteuil, souriant de toutes ses dents, revolver au poing, et Stanley, deux mètres de haut et hilare lui aussi, juste derrière lui. Boscombe avait même répété les mots qui seraient échangés. La victime dirait quelque chose comme : "Qu'est-ce que c'est que ça ?" ou "Qu'est-ce que cela signifie ?" Et Boscombe répondrait : "Nous allons vous tuer."

Hastings se frotta les yeux.

– Bon sang ! J'avais beau entendre Boscombe et le voir gesticuler de long en large tout en répétant sa mise en scène..., c'était comme... comme dans ces cauchemars où les gens sont des robots sans âme. Vous les voyez s'approcher et vous savez qu'ils vont vous tuer, tout bêtement.

» Boscombe a expliqué, ensuite, comment ils l'amèneraient à s'asseoir dans le second fauteuil, sans le brusquer, et l'obligeraient à chausser les vieilles tennis dans lesquelles on le retrouverait mort. Puis Boscombe lui dirait : “Tu vois ce joli coffret sur la table ? Ouvre-le. Il y a de l’argent dedans et une belle montre. Mets tout ça dans ta poche. Tu ne le garderas pas longtemps.” Une fois leur victime à bout de nerfs, dès qu’ils auraient enregistré toutes ses “réactions” et qu’ils l’auraient vu ramper à leurs pieds en implorant grâce, ils lui exposeraient dans le détail ce qu’ils comptaient lui faire subir. Ils devraient déterminer l’endroit où ils l’abattraient, et quand ils auraient épuisé toutes les variantes de ce petit jeu pervers, Boscombe reculerait d’un pas et lui ferait sauter la cervelle avec le pistolet muni d’un silencieux. “Mon intention n’est pas de le faire souffrir, vous m’aiderez...” J’ai entendu Boscombe prononcer ces mots ! Il a ajouté : “Ce n’est pas le but recherché.”

Lucia Handreth, près de la cheminée, se retourna et se voila la face.

– Il n’aurait pas pu..., s’écria-t-elle. Pas Calvin Bos... Voyez-vous... c’est... c’est trop horrible ! Ce devait être une plaisanterie, comme il l’a dit. Il voulait jouer avec les nerfs de ce Stanley...

Un silence malsain tomba, mais Hadley le brisa :

– Je vois mal la différence avec un crime quand il s’agit de faire une blague à un fou. Eh bien, Mr Hastings ? La suite ?

– Le plus drôle était passé, il ne leur restait qu’un petit travail à expédier : allonger l’homme par terre, les souliers aux pieds et les mains gantées, près du coffret dont le contenu s’était volatilisé, et glisser le Browning qui n’avait pas servi dans sa main. Ensuite, Stanley n’avait plus qu’à remercier son hôte pour cette charmante soirée et s’éclipser, tandis que Boscombe refermait la porte d’entrée à clef derrière lui. Il remontait et défaisait son lit, laissait la douille par terre, cachait le silencieux et les chaussures du type, et tirait en l’air la balle à blanc... Quand la détonation réveillerait la maisonnée, il aurait eu le temps de faire disparaître la douille de la dernière balle et prétendrait qu'un bruit l'avait réveillé brusquement. Vous voyez le tableau... Il serait aussitôt lavé de tout soupçon ; on irait même jusqu'à le féliciter. « Un courageux locataire tire en état de légitime défense sur un cambrioleur armé. *Sur notre photo*, Mr Calvin Boscombe, plus rapide à la détente que ce criminel capable du pire, qui mettait sa vie en danger. » (Hastings étouffa un gloussement et se pencha en avant :) Voilà ce qui aurait dû se produire. Maintenant, je vais vous raconter comment les choses se sont passées.

La porte s'ouvrit doucement et Boscombe se faufila dans la pièce. Personne ne bougea ni ne dit mot. Chacun lança un vague regard dans sa direction, puis se concentra de nouveau sur Hastings. Melson perçut toutefois un frisson de répulsion de la part des personnes présentes. Boscombe arborait un petit sourire pervers en se frottant les mains. Il regarda tout le monde, mais on évita son regard. Seul Fell l'observait, perplexe. Enfin, Boscombe pinça les lèvres et croisa les bras.

Hastings était pâle et paraissait très fatigué.

– J'ai remarqué une chose, articula-t-il avec difficulté. Plus on se rapprochait de minuit, moins Stanley tremblait et plus il ressemblait à un être humain... ou inhumain ; il avait presque perdu le tic qui contractait les muscles de sa mâchoire. Les minutes s'écoulèrent jusqu'à ce que, tout à coup, minuit se mette à sonner à la mairie. Bon sang ! Ça résonnait dans ma tête ! Comme si nous étions au jour du jugement dernier. Très maître de lui, Stanley a déclaré de sa voix de stentor : « Vous allez jusqu'au bout ? Vous en êtes sûr ? ». Et Boscombe a répondu : « Oui. Cachez-vous derrière le paravent et ne fichez pas tout en l'air quand vous vous montrerez. Vous n'aurez aucun mal à deviner l'interrupteur, c'est la pleine lune et j'ai laissé la... » C'est alors qu'il a levé la tête.

– Il vous a vu ? s'enquit Hadley en se redressant brusquement, comme si Boscombe n'était pas là.

– Non. Il avait la lumière dans les yeux et, de toute façon, il pensait à autre chose. Derrière ses lunettes, on aurait dit un aveugle. Ce qui l'a distrait, et ce qui m'a flanqué la frousse, c'est le coup de sonnette. Le timbre électrique doit se trouver quelque part, près du plafond, car j'ai eu l'impression d'avoir un serpent à sonnettes sous le nez. J'ai fait un bond et bien failli dégringoler. Boscombe a dit : « Vite ! derrière le paravent. Il est là », puis il a éteint la lampe du bureau.

» La pièce s'est trouvée plongée dans la clarté bleutée de la lune. Je ne voyais plus Stanley, qui heurtait les objets, derrière le paravent, mais je distinguais Boscombe... et la lune menaçante qui frappait la porte à double battant avec l'ombre menaçante du grand fauteuil. Boscombe est resté debout, dans cette lumière irréelle ; il était agité. J'ai entendu le déclic du cran de sûreté. Le carillon de la porte s'est remis à sonner... C'était épouvantable !... Comme si la victime réclamait à cor et à cri qu'on lui ouvre la porte pour se jeter dans la gueule du loup. Lorsque la sonnerie a cessé, Boscombe a reculé et s'est assis dans le grand fauteuil. Je l'ai vu se pencher en avant, sa main tremblait sur la crosse et un rayon de lune a frémi sur le long canon bleuté...

» Il laissait cinq minutes à la victime. Cela m'a semblé trois fois plus long, bien que j'aie retenu mon souffle pendant tout ce temps. Un silence de mort était tombé... Pas le moindre bruit aux alentours, pas même un klaxon d'automobile. Je me suis dit : maintenant, il ouvre la porte, en bas. Il jette un coup d'œil à l'intérieur. Maintenant, il traverse le vestibule...

» Les secondes s'égrenaient avec une lenteur exaspérante... La tension était à son comble. J'entendais Boscombe s'agiter dans son fauteuil, je l'entendais respirer... mais il avait toujours le doigt sur la détente. Au bout d'un moment, Stanley a renversé quelque chose derrière le paravent. Je croyais entendre le tic-tac d'une montre sous mon crâne. Je ne pouvais plus le supporter ; c'est alors que Boscombe a parlé. Il chuchotait, mais on devinait qu'il perdait ses moyens ; le revolver s'est mis à trembler. “Pourquoi met-il autant de temps pour monter, bon sang ?” a-t-il demandé d'un ton angoissé et aigu. D'un bond, il a jailli hors de son fauteuil puis, raide comme un piquet, il s'est avancé vers la porte. Tout à coup, dans la lumière bleue, j'ai cru voir la poignée tourner et j'ai entendu un bruit, j'en suis sûr...

» Un grattement comme celui d'un chien qui cherche à entrer. De l'autre côté, quelqu'un a hésité, tâtonné pendant dix secondes. Puis le battant gauche s'est ouvert avec fracas. Quelque chose ou quelqu'un s'est retrouvé projeté à l'intérieur, mains en avant. Il a trébuché avant de tomber en se tordant de douleur. C'était un homme et un objet brillant était planté dans sa nuque. Il essayait de parler, mais paraissait avoir la bouche pleine de terre...

» Boscombe a lâché un juron et bondi en arrière. Il y a eu un choc sourd, quand l'individu a heurté le sol, et Stanley a crié quelque chose derrière le paravent. L'espace d'une seconde, personne n'a bougé, hormis le type, dont le corps se démenait, secoué de spasmes. Boscombe a failli tomber avant d'atteindre la table pour allumer la lampe.

» Le truc brillant était de la peinture dorée. J'ai jeté un coup d'œil et j'ai posé ma tête sur le toit. Je me sentais si faible que je ne pouvais plus remuer. Je crois que mes genoux jouaient des castagnettes... » (Hastings se tut, s'agita dans son fauteuil et reprit son souffle. Il poursuivit, plus calme :) Je ne sais pas ce qui m'a poussé à relever le nez. Peut-être un bruit, sur le toit, mais je n'étais pas en mesure de percevoir le moindre son. Pourtant, j'ai regardé... en direction d'une cheminée, sur ma droite, et j'ai vu cette chose.

» Elle se tenait debout près de la cheminée et me fixait. Je ne sais pas s'il s'agissait d'un homme ou d'une femme ; j'ai seulement le souvenir d'un visage blafard (je ne sais pas si je me fais bien comprendre), et si malveillant qu'un seul de ses mouvements m'a fait tressaillir. J'ai nettement vu une main plaquée sur la cheminée, éclairée par la lueur de la lucarne. Elle était tachée de peinture dorée.

Il posa son regard sur l'aiguille étincelante, sur la table, et ferma les yeux. Il se tut un si long moment que Hadley le pressa :

– Et ensuite ?

– Vous connaissez la suite, répondit Hastings avec un geste vague. Je ne pensais qu'à une chose : empêcher Eleanor de monter au premier et de voir ce qui se passait chez Boscombe. J'aurais pu emprunter la trappe... mais il n'y avait pas lieu de divulguer ma présence à mamie Steffins. J'ai songé à redescendre par où j'étais venu, à me précipiter à la porte d'entrée et... je n'en sais rien... je ne suis plus très sûr de ce qui m'est passé par la tête, sauf qu'il fallait à tout prix que je me sauve et que je m'ôte cette vision de l'esprit. J'ai regagné l'arbre sans problème. Je me revois en train de sauter en balançant mes jambes. Puis c'est le trou... les feuilles qui se déchirent, l'arbre à l'envers... jusqu'à mon réveil. Un vieux bonhomme à barbiche grise penché au-dessus de moi, dans la chambre de Lucia, et cette impression qu'on m'enfonçait un pic à glace dans le crâne pendant que je parlais. Je crois que j'étais en train de raconter cette histoire à Lucia.

Hadley lança un regard inquisiteur à la jeune fille, qui ébaucha un geste vaguement cynique et devança sa question :

– Vous souhaitez sans doute en savoir davantage à mon sujet. Je ne sais pas combien de temps après sa chute je suis allée l'aider à se relever. Je ne l'ai pas entendu tomber... Je lisais dans ma chambre et j'ai dû m'assoupir...

– Vous n'avez rien entendu de ce qui se passait dans la maison ?

– Non. J'ai dû m'assoupir dans un fauteuil. (Elle hésita et frissonna.) Quelque chose m'a réveillée en sursaut. J'ai regardé la pendule et vu que minuit était passé. J'avais froid et... euh... j'étais abattue ; je n'avais pas le courage de faire du feu, aussi, je me suis préparé un grog à la cuisine, avant de me coucher. La fenêtre était ouverte et c'est alors que j'ai entendu des gémissements dans la cour, je suis sortie...

– Vous avez témoigné d'un sang-froid remarquable, miss Handreth, commenta Hadley avec sérénité. Ensuite ?

– Ce n'était pas du sang-froid et vous pouvez garder vos sarcasmes pour vous. Je l'ai aidé à rentrer. Il saignait de façon horrible. J'ai pensé qu'il valait peut-être mieux réveiller Chris Paull et Ca... (Elle regarda Boscombe, se ressaisit et une lueur s'alluma sous ses paupières baissées, bien que son visage conservât sa pâleur.) Je comptais demander de l'aide à Chris, sans réveiller les autres. J'ai ouvert la porte de mon salon, mais il y avait de la lumière dans l'escalier, et des bruits de voix. Mrs Steffins était debout, en pleine lumière, et regardait en haut, l'oreille tendue. J'ai remarqué qu'elle s'était rhabillée. Elle m'a vue, j'ai refermé ma porte et suis retournée auprès de Don. C'était très peu de temps avant que vous n'arriviez. Lorsque le médecin est venu voir Don, Mr Carver l'accompagnait ; c'est lui qui m'a raconté ce qui s'était passé. Quand Don est revenu à lui, il a insisté pour parler. (Elle s'exprimait d'une voix chantante, tel un policier psalmodiant son témoignage en présence d'un magistrat. Puis elle s'enflamma.) Il a fait une chute de dix mètres et, par chance, les branches ont amorti le choc. Il doit témoigner, bien sûr, mais le laisserez-vous partir, à présent ?

– Je n'ai rien de cassé, se défendit Hastings d'un ton plaintif. Pour l'amour du ciel, Luce, vas-tu cesser de me traiter comme un petit garçon ?

Il semblait si affaibli que la moindre contrariété prenait des proportions énormes et le faisait pleurnicher de façon ridicule.

– J'en ai marre que tu me traites comme ça. Mon récit n'a qu'un seul but et je n'ai rien contre Boscombe. Je ne l'aime pas... (Il jeta un regard circulaire à la dérobée.) Mais je n'ai rien contre lui. Ce n'est pas comme ce salaud de Stanley. Je sais qu'ils ne l'ont pas tué, mais ils en avaient l'intention et je veux que tout le monde sache l'ordure qu'est Stanley. Je veux qu'on sache qu'il a encouragé un meurtre, et qu'il est resté là à regarder pendant que...

– C'est vrai, dit Hadley, comme vous...

Hastings retrouva son calme et pour la première fois, un sourire paisible, quoique terrible, se dessina sur ses lèvres :

– Oh ! non, dit-il. C'est bien différent. Je me suis mal fait comprendre. (Le sourire se crispa en un rictus.) J'avais les nerfs à fleur de peau mais j'avais tout prévu. J'avais tout mon temps. Une fois qu'ils auraient parlé tout leur soûl à la victime et auraient été prêts à lui tirer dessus, j'aurais sauté par la lucarne. J'espérais que la victime s'occuperait de Boscombe ; de toute façon, il n'en faudrait pas beaucoup pour mettre ce vieux Bossie K.O. Je précise que j'étais le capitaine de l'équipe de boxe, à l'université. Je comptais d'abord frapper Stanley et en faire de la chair à pâté... (Il s'arrêta net, respira profondément et son sourire devint celui d'un meurtrier sadique.) Bref ! Aucune importance. Ensuite, je déposerais une plainte contre les deux acolytes pour tentative d'assassinat ; la victime témoignerait et toutes les preuves seraient là, impossibles à détruire... Ils ne seraient pas pendus, mais j'étais prêt à parier qu'on brûlerait leur effigie dans un grand feu de joie, à la Saint-Jean.

– Expliquez-vous, Mr Hastings ! Et calmez-vous. Qu'avez-vous contre... ?

– Tu ferais mieux de le leur dire, Don, suggéra Lucia d'un ton calme. Tout est si embrouillé ! Mais ils finiront par le savoir. Et si tu ne veux pas, je peux m'en charger.

– Je vais le leur dire. Je n'en ai pas honte... Mon véritable nom, lâcha-t-il durement, est Donald Hope-Hastings, et cette ordure a tué mon père.

Il bondit de son fauteuil à la porte. Lorsqu'elle se referma sur lui, ils entendirent le sergent Betts pousser un cri de surprise et le bruit sourd d'un corps qui tombe à genoux.

10

DE LA PEINTURE DORÉE

– Allez vous occuper de lui, conseilla sèchement Hadley à Lucia Handreth, et revenez. Je veux voir immédiatement toutes les femmes de la maison.

Il écouta un instant l'agitation qui régnait dans le couloir, se tourna vers le Dr Fell et bougonna :

– Les choses tournent au cauchemar et s'embrouillent, car ce jeune homme adore le mélodrame. Je présume qu'il dit la vérité. Hum ! Je crois me souvenir que le père Hope – le type dont je vous parlais, qui a attaqué sa propre banque pour deux cent cinquante mille livres – avait en effet un fils de sept ou huit ans, à l'époque. Si ce Hastings n'avait pas un tel penchant pour le théâtre...

Mais Hadley ne se sentait pas très à l'aise ; il s'épongea

le front avec son mouchoir et considéra son calepin comme s'il ne contenait que des renseignements inutiles.

– Vous vous trompez, Hadley, intervint le Dr Fell, accablé. Il ne joue pas, il vit son rôle, car il appartient à l'espèce humaine ; il est bien vivant, il respire le même air que vous et son humeur est changeante ; mais il n'a rien d'un personnage de roman. L'émotion vous égare, mon vieux, au point que vous seriez capable de nier cette réalité. Tout ce que vous pouvez comprendre, ce sont les sentiments bruts du cambrioleur qui convoite les biens d'autrui. Mais lorsqu'un écorché vif nourrit un sentiment viscéral de haine ou d'injustice, il ne l'analyse pas comme un problème métaphysique intéressant, au contraire, il perd la tête et son discours s'enflamme. C'est pareil pour...

Il marmonna à part lui, tout en lissant sa moustache, plus perplexe que jamais.

– Je crois savoir à quoi vous pensez en ce moment, déclara calmement Boscombe.

Le Dr Fell feignit la surprise :

– Hein ? Oh ! Vous êtes encore là ? s'enquit-il, sans que son visage ne trahisse la moindre expression. (Il respira bruyamment et observa son interlocuteur, en clignant des yeux.) Pour être franc, j'espérais que vous seriez parti.

– Les soupçons se portent donc sur moi ? demanda Boscombe d'une voix aiguë. (Son cynisme cachait mal sa maladresse.) Vous me prenez pour un monstre ?

– Non, mais il vous plairait de croire que vous en êtes un, répondit le Dr Fell. Voilà votre problème et votre légère phobie. Les inepties que vous débitez n'empêchent pas que vous soyez un imposteur. Votre cerveau n'arrive pas à la cheville de celui du véritable monstre qui se cache derrière tout ceci et, bien entendu, vous n'avez jamais réellement voulu assassiner Ames...

– Ce que je vous ai déjà dit. Je voulais faire une blague au fanfaron qui se trouve là-haut, chez moi, j'étais fatigué de l'entendre radoter sans cesse sur l'homme de fer qu'il était au bon vieux temps.

– Hé oui. Vous pensiez à ce moment-là être arrêté pour meurtre. Mais maintenant que nous savons ce qui s'est réellement passé, et que vous ne risquez rien, vous seriez capable de vouloir vous faire passer pour un démon et soutenir que vous vouliez vraiment accomplir ce meurtre, pour aller parader dans la maison. Je ne sais pas pourquoi, mais vous m'agacez, mon cher.

Boscombe éclata de rire et Hadley lui lança :

– Vous vous croyez hors de danger, hein ? Détrompez-vous. J'ai bien envie de vous coffrer pour tentative de meurtre.

– Vous ne pouvez pas, intervint Fell d'un air sombre. Tant pis pour sa réputation de démon. J'ai jeté un coup d'œil sur ce pistolet, quand Pierce l'avait en main... Le silencieux est factice.

– Quoi ?

– Ce n'est pas un silencieux mais un cylindre en étain, peint en noir, avec un ajustage à l'extrémité, pour parfaire l'illusion. Bon sang ! Hadley, nous pataugeons en pleine fiction. Vous devriez savoir qu'il n'existe qu'une demi-douzaine de véritables silencieux en Angleterre ; on a le plus grand mal à s'en procurer, mais on en trouve dans toutes les histoires de meurtres à la gomme. Pfft ! Et votre chef d'accusation contre Boscombe et Stanley reposerait sur l'utilisation de ce silencieux pour abattre Ames ? On vous accueillerait avec des éclats de rire si vous présentiez votre pièce à conviction n° 1. Vous avez bien fait, Boscombe, d'empêcher Stanley de regarder de trop près. Il aurait pu vous étrangler pour cette petite plaisanterie.

Hadley se leva et regarda Boscombe.

– Sortez ! dit-il d'une voix cassée.

– Puis-je vous suggérer..., commença Boscombe.

– Fichez-moi le camp ! coupa Hadley en s'avançant. Si vous restez une minute de plus, je...

– Avant la fin de cette affaire, rétorqua Boscombe d'un air pincé, vous viendrez me demander conseil. Je peux vous apprendre quelque chose, mais je n'ai pas le cœur à vous prêter assistance, pour l'instant. D'ici là, je vous souhaite bien du plaisir.

Et la porte se referma sur lui.

– Ce qui me tracasse le plus dans cette affaire, explosa Hadley, c'est la pagaille ! Et ces coïncidences qui viennent s'additionner. Tenez ! Un habitant anonyme de cette maison confie à Ames que la femme qui a poignardé le chef de rayon habite ici et cache des preuves accablantes quelque part, mais cette personne refuse d'aider l'inspecteur à pénétrer dans la place. Ensuite, un tiers l'invite chez lui et l'attire dans un traquenard mortel, organisé pour le seul amusement de Boscombe et d'un ex-policier qui fut autrefois étroitement associé à Ames. C'est lorsqu'il se jette dans la gueule du loup que Ames est poignardé par une quatrième personne, probablement la meurtrière du chef du rayon ; et nous revoilà à notre point de départ. Sur ces entrefaites, un jeune homme observe cette diabolique machination par une lucarne, et qui est-il ? Le fils de l'homme tué par Stanley quatorze ans plus tôt et capturé et reconnu coupable par Ames ! S'il y a encore d'autres coïncidences, je ne veux plus en entendre parler, Fell !

– Vous pensez qu'il s'agit de simples coïncidences ? s'enquit le docteur d'un ton rêveur. Moi, pas.

– Que voulez-vous dire ?

– Je n'y crois pas. Certes, il peut y avoir des miracles, mais en série, non ! Bien sûr, presque toutes les vraies affaires criminelles – je suis navré de vous le dire – sont résolues par une ou deux coïncidences ; quelqu'un regarde par hasard à sa fenêtre au moment décisif, ou n'a pas assez d'argent pour payer son taxi, et le plus astucieux des meurtriers est traîné à la potence. Mais le simple hasard ne saurait être à l'origine du chapelet de mensonges auquel nous sommes confrontés ici.

– Vous voulez dire... ?

– Que tout était arrangé, Hadley. Il doit bien y avoir une pauvre petite coïncidence authentique, mais le reste est monté de toutes pièces, et Boscombe et son canular minable me paraissent bien fades par comparaison. La personne qui a tout manigancé est le véritable monstre de l'affaire ; elle connaissait l'histoire et les antécédents de ceux qui ont un lien avec cette maison ; elle les a manipulés comme sur un échiquier, sacrifiant tous ses pions pour prendre l'initiative ; enfin, elle a créé ces embrouillaminis pour porter l'estocade avec l'aiguille de l'horloge. Je me méfierai de tout le monde tant que...

– Excusez-moi, Monsieur, l'interrompit le sergent Betts en passant la tête par la porte entrebâillée. Voulez-vous venir un instant ? Il y a quelque chose... (Son visage redevint de marbre quand Lucia Handreth entra dans la pièce.) Benson, Hamper et le médecin en ont terminé. Ils veulent vous voir avant de partir.

Hadley sortit dans le vestibule et ferma la porte derrière lui. Lucia tirait à petites bouffées saccadées sur sa cigarette ; elle laissait entrevoir des dents blanches et pointues ; ses grands yeux bruns et lumineux ignorèrent Melson et s'attardèrent, interrogateurs, sur le Dr Fell.

– Je suis prête pour le « grand oral » féminin, annonça-t-elle. Eleanor et Mrs Steffins seront là dans un instant. Elles sont encore à se quereller. Quant à Don, il se porte... aussi bien qu'on puisse l'espérer.

– Asseyez-vous, Madame, déclara le Dr Fell, radieux et empressé, comme chaque fois qu'il se trouvait en présence d'une jolie femme. Hé, hé ! Vous m'en voyez ravi. Je me suis laissé dire que vous connaissiez Donald depuis longtemps et que cela vous a permis d'identifier l'inspecteur Ames.

Elle sourit.

– Bien des secrets ont été dévoilés, ce soir. Je ne vois pas ce qui pourrait m'empêcher de vous avouer que je suis sa cousine germaine. Si cela pouvait rassurer notre petite Nell ! Elle n'aurait plus aucune raison d'être jalouse. (Un soupçon de condescendance passa dans son regard, mais elle baissa les yeux sur sa cigarette.) Ma mère était la sœur de Carlton Hope, ou Hope-Hastings, l'homme qu'ils ont descendu...

– Descendu ?

D'un geste nerveux, elle ôta sa cigarette de sa bouche et Melson entrevit les dents pointues.

– Il n'était pas plus coupable que vous d'avoir détourné ces fonds. Appartenez-vous à la police ? (Elle le dévisagea et un sourire se dessina sur ses lèvres.) Permettez-moi de vous dire qu'on ne le dirait pas, et c'est un compliment. Comme on ne trouvait pas de victime, on lui a fait porter le chapeau. Et comme il paraissait difficile de convaincre les tribunaux... (Elle jeta sa cigarette dans l'âtre et se mit à marcher de long en large, d'un pas rapide, les bras croisés, comme si elle avait froid.) Don n'avait que huit ans, et moi, treize. J'en sais davantage que lui sur cette affaire. Le plus curieux, c'est que Don croit son père coupable, car sa mère l'a élevé dans cette idée. Et cela l'obsède au point qu'il cache nos liens de parenté. Quand je suis venue ici et qu'il est tombé amoureux d'Eleanor, il a bien pris soin de dissimuler que nous étions cousins. Il craignait que Steffins ne découvre quelque chose. Il voue une haine féroce à la police. Quant à moi, je sais que l'oncle Carlton était innocent et je... (Elle s'interrompit et haussa les épaules, d'un air las.) A quoi bon ? Il y a des escrocs et il y a des honnêtes gens, je n'y peux rien. Je suis un peu fataliste, je crois.

Le Dr Fell laissa tomber son lorgnon et répondit par un grognement amical.

– Il se peut que vous soyez fataliste, admit-il sans être tout à fait sûr de la signification exacte de ce terme. A mon avis, les fatalistes sont souvent trop paresseux pour changer le cours des événements, et je vous soupçonne plutôt d'être une bagarreuse, miss Handreth. (Les multiples mentons du Dr Fell tressautèrent et ses petits yeux se mirent à papilloter.) A présent, dites-moi à quoi vous avez songé lorsque vous avez vu l'inspecteur Ames qui fouinait au pub.

Elle eut un moment d'hésitation puis avoua :

– Franchement, cela m'a fichue en boule. Bien sûr, je n'avais rien fait, mais... sa présence là-bas... (Elle lui lança un regard sévère.) Pourquoi s'était-il introduit au pub ?

Elle s'interrompit comme Hadley faisait entrer Eleanor et Mrs Steffins fulminantes de rage. La maîtresse de maison secouait la tête sans regarder Eleanor, mais en soliloquant à mi-voix.

– ... comme si cela ne suffisait pas de se livrer à la débauche sur le toit de cette maison, où n'importe qui pouvait la voir... et de briser le cœur de son malheureux tuteur qui use sa santé pour elle... et de garder tout l'argent qu'elle gagne, sans jamais rien donner pour l'entretien de cette maison où je me tue à la tâche. (Le temps de reprendre son souffle, elle enchaîna :)... Là-haut, au-dessus de nos têtes, sous les yeux des voisins ! Je ne suis pas près de l'oublier. (Ses yeux s'embuèrent de larmes.) Tu pourrais penser un peu à nous, de temps en temps ! (Puis reprenant le mors aux dents, elle s'écria :) Et tu exiges que nous gardions ton amant dans cette maison, après avoir... sur le toit...

– Assez ! répliqua Eleanor qui avait le sens pratique. Ces bâtiments sont des bureaux pour la plupart. Qui aurait bien pu nous voir ? Je me suis renseignée, figurez-vous.

– Très bien ! Mais ce jeune homme ne restera pas ici. Et qu'avais-tu besoin de mêler des étrangers à cette histoire ? J'en fais le serment, il ne restera pas ici. Et je ne le laisserai pas chez miss Handreth non plus, je peux te l'assurer. Ah ! ça, non !

Elle pinça les lèvres avec une mimique sournoise qui ne présageait rien de bon.

– Mettez-le chez Chris Paull ! Il n'y verra aucun inconvénient.

– Je ne ferai rien de la sorte... D'ailleurs, la chambre est occupée...

– Occupée ? s'exclama Eleanor.

Mrs Steffins n'ajouta rien et Hadley, qui les avait laissées parler, s'interposa.

– Cela m'intéresse, Mrs Steffins, déclara-t-il d'un ton cassant. On nous a dit que ce Mr Paull était absent et non pas que quelqu'un occupait sa chambre. S'il y a encore quelqu'un chez lui, il faut qu'il soit sourd, ou mort. Qui est-ce ?

Le changement d'attitude de Mrs Steffins fut immédiat et remarquable. Sa colère tomba et son visage se plissa sous l'effet d'un rictus qui révéla des dents étincelantes. Un sourire carnassier, un soupçon de réprobation dans ses yeux pervenche, et la métamorphose s'accomplit ; Mrs Steffins déployait sa séduction. Sa voix même changea de timbre.

– Cela m'aura échappé, articula-t-elle avec distinction, sur le ton d'une employée de la B.B.C. Enfin, cher Monsieur... cher Inspecteur... qui pourrait bien se trouver dans la chambre de ce cher Mr Paull sinon Mr Paull lui-même ?

Eleanor lui lança un regard méfiant.

– Je ne savais pas qu'il était là. Il a le sommeil si léger. Il a certainement...

– Bien sûr, ma chérie. Tu le connais bien, n'est-ce pas ? s'enquit Mrs Steffins en lui faisant face. Mais je ne pense pas qu'il soit nécessaire de le réveiller. Je n'ai pas jugé utile d'en informer Johannus, Eleanor, ou même son amie, miss Handreth. Je trouve charmant qu'un jeune homme appartienne à des clubs très comme il faut, pas vous ? Là, ils fréquentent des gens convenables et ne vont pas dans ces pubs à la réputation désastreuse ou dans ces cercles où l'on rencontre, paraît-il, des femmes débauchées qui se livrent à des danses que la morale réprouve. Mais bien sûr, s'ils fréquentent des clubs et parlent à des aristocrates... Peut-être connaissez-vous la propriété de sir Edwin, Roxmoor, dans le Devon ? En trois heures quinze par le chemin de fer, s'il n'y a pas de retard... Peut-être ont-ils trop tendance à s'attarder au bar, et je sais que...

– J'y suis ! tonna le Dr Fell, l'air subitement inspiré. Vous voulez dire qu'il est ivre mort ?

Mrs Steffins réfuta ces propos qu'elle jugeait vulgaires, mais reconnut sous la contrainte que Christopher Paull était arrivé vers les 7 heures et demie, en empruntant, pour quelque mystérieuse raison, la porte de derrière, et qu'elle l'avait trouvé assis sur les marches de l'escalier, inconsolable. Elle l'avait aidé à monter jusque chez lui à l'insu de tous, et selon elle, il était toujours dans sa chambre. Puis elle rabroua Eleanor pour l'avoir forcée à relater ces faits, et se mit à bouder. Hadley sortit donner des instructions au sergent Betts et lorsqu'il revint, quelque chose dans l'expression de son visage subjugua Mrs Steffins qui se tut.

– J'ai plusieurs questions à poser à chacune d'entre vous, déclara l'inspecteur, considérant les trois femmes à tour de rôle. (Lucia semblait désinvolte, Eleanor, rebelle et Mrs Steffins, vaguement grimaçante.) Asseyez-vous, je vous prie. Il est tard et je ne vous retiendrai pas longtemps ce soir, mais j'aimerais que vous soyez bien sûres de ce que vous avancerez. Miss Carver... (Il marqua une pause, que seul le froissement des pages de son calepin troubla. Eleanor se redressa.) A propos de cette porte qui mène sur le toit, elle était fermée à clef, ce soir, et vous affirmez que c'est le cas d'ordinaire. Mais nous avons des raisons de croire que le meurtrier en personne se trouvait sur le toit, quelques minutes ou tout de suite après son coup fatal... Qui possède la clef de cette porte ?

Melson entendit un bref halètement mais, comme les trois femmes lui tournaient le dos, il ne sut laquelle avait réagi. Discrètement, il se déplaça pour mieux les voir.

– C'est moi qui l'avais, répondit Eleanor. Maintenant que vous savez tout, je peux bien vous le dire. Elle m'a été volée.

– Dès demain, nous ferons poser un cadenas ; nous ferons même clouer la porte..., intervint Mrs Steffins d'un ton rageur, mais le regard de Hadley la réduisit au silence.

– Quand vous a-t-on dérobé la clef, miss Carver ?

– Je... Je ne sais pas. D'habitude, je la garde dans la poche de ce manteau, dit-elle en palpant le vêtement d'automobiliste. J'ai cru que je l'avais, ce soir, et je n'ai même pas pris la peine de m'en assurer. J'ai dû glisser ma main dans la poche en sortant, machinalement ; il y avait un mouchoir, une paire de gants, quelques pièces de monnaie et d'autres choses encore... Je n'ai pas senti la clef, mais je me suis dit qu'elle devait se trouver dans le lot, et je ne me suis pas avisée de sa disparition avant d'arriver au premier... la première fois.

Elle semblait embarrassée, hésitant entre la colère et la crainte.

– La première fois ?

– Oui. Quand ces deux-là sont entrés et m'ont vue... (Elle désigna le Dr Fell et Melson d'un hochement de tête.)..., c'était la seconde fois. J'admets que je suis montée une première fois environ quinze minutes plus tôt... Minuit moins le quart venait de sonner. J'étais en avance, on avait fermé plus tôt, en bas, et naturellement, je croyais que tout le monde était au lit... Oh ! cessez de me regarder comme ça ! s'écria-t-elle soudain en jetant un regard furieux à Mrs Steffins. (Puis elle reprit son récit sur le ton du défi, battant des paupières sans cesser de regarder Hadley.) Je suis donc montée dans le noir et c'est là que j'ai découvert que je n'avais pas de clef. J'ai cru l'avoir égarée et suis redescendue fouiller dans ma chambre ; plus je la cherchais, plus j'étais persuadée de l'avoir mise dans ma poche, aussi j'ai songé...

– Eh bien, miss Carver ?

– ... que quelqu'un me jouait un mauvais tour, répondit-elle, féroce. (Elle regardait droit devant elle, ouvrant et refermant les mains.) Je me souvenais d'avoir glissé la clef dans le doigt d'un de mes gants – au cas où l'on viendrait fourrer son nez... comme d'habitude. Je ne savais que faire ; une fois dans le hall, j'ai vu de la lumière sur le palier et j'ai entendu... Enfin, vous savez...

– Nous allons y venir. Quand avez-vous vu la clef pour la dernière fois ?

– Dimanche soir.

– Votre chambre n'est-elle pas fermée à clef ?

– Oh ! non. Les serrures ! Personne n'y a droit, sauf J., s'écria-t-elle en éclatant d'un rire perçant.

– Et alors, protesta Mrs Steffins en haussant les épaules, l'air faussement étonné. Je ne vois vraiment pas pourquoi une femme de trente ans qui gagne un salaire – nettement supérieur, j'en suis sûre, à celui que j'aurais osé demander lorsque j'étais moi-même la dame de compagnie et la confidente d'une femme à la fois belle et raffinée comme cette chère Agnès Carver qui a disparu – pourquoi, donc, une femme de trente ans devrait rester ici si elle ne s'y plaît pas, même si elle devait montrer un peu de gratitude à ses bienfaiteurs...

Le doux visage d'Eleanor s'enflamma.

– Vous devez le savoir, vous qui êtes toujours à traîner dans les couloirs, à vous plaindre et à pleurnicher. Je témoigne de l'ingratitude vis-à-vis d'un tuteur qui m'a sauvée de l'assistance, quand je n'avais plus ni parents ni fortune... Ah ! menteuse... C'est l'argent que vous vouliez et... Oh ! je vois clair dans votre jeu et vous me dégoûtez ! J'ai appris des choses, ce soir. Jusqu'ici je n'étais qu'une petite gourde sentimentale, mais dorénavant...

Hadley l'avait laissé parler, car il comptait sur la franchise dont font preuve les témoins en pareille circonstance.

– Revenons à votre seconde visite au premier étage, miss Carver, dit-il. Lorsque vous avez entendu Boscombe qui disait : « Bon Dieu ! il est mort », et que vous avez vu un homme étendu par terre, dans l'ombre de la porte. (Il jeta un coup d'œil dans sa direction.) Vous avez pensé qu'il s'agissait de quelqu'un que vous connaissiez, n'est-ce pas ?

– Oui. (Elle hésita, puis reprit.) Je ne sais comment vous l'avez deviné, mais je croyais que c'était Donald.

– Et vous avez pensé aussi que Boscombe l'avait tué ?

– Je... Oui. Je... C'était horrible !

– Pourquoi avez-vous pensé cela ?

– Il déteste Donald. Il me tourne autour et a mis un temps fou avant d'avouer où il voulait en venir. Il était toujours nerveux, mais il a fini par m'aborder, bien décidé à se déclarer... C'était tellement diabolique et horrible... Il a posé la main sur mon genou et m'a demandé si je voulais un joli petit coupé deux places et un appartement pour moi toute seule...

Mrs Steffins bouillait, interloquée au point de ne pouvoir proférer un son. L'espiègle Eleanor la regardait tout en s'adressant à Hadley.

– ... Alors, j'ai dit : « Ce serait drôlement bath, à condition que ce soit la bonne personne qui me l'offre. » (Elle se mit à rire.) « J'irais jusqu'à vous épouser », a-t-il ajouté, mais c'était si drôle que je n'ai pas pu garder mon sérieux.

Hadley l'observa avec attention.

– Mais tout de même... Qu'est-ce qui vous fait croire que Hastings pouvait se trouver dans la maison ? Avait-il l'habitude d'y pénétrer ? Comment pensiez-vous qu'il y était parvenu si la porte était fermée à clef ?

– Oh ! eh bien... voilà ! C'est une serrure à ressort que vous pouvez ouvrir sans peine... Don est tellement... insensé parfois ! Il est assez fou pour rentrer.

Hadley lança un regard au Dr Fell qui venait de marmonner quelque chose, l'air absent, puis se retourna.

– Voulez-vous dire, miss Carver, que la serrure est ainsi faite que n'importe qui – un cambrioleur, par exemple – pourrait s'introduire ici, en passant par le toit ? Comment est la trappe qui s'ouvre sur le toit ?

Elle fronça les sourcils.

– Eh bien, elle avait un vieux verrou rouillé, dans le temps. Il s'est coincé un soir que j'essayais de monter ; Don a fait sauter tout le bazar...

– Vous avouez ? fit Mrs Steffins en colère. Il l'a vraiment fait ? Dans ce cas, je crois que je dois dire deux mots à la police sur ce jeune dévergondé...

Hadley se tourna vers elle et l'interrompit sèchement :

– Pour l'heure, c'est votre témoignage qui m'intéresse. Je veux une explication. (Il glissa la main sous les papiers posés sur la table et brandit l'aiguille étincelante.) Savez-vous que l'on a assassiné un homme avec cet objet cette nuit ?

– Je ne veux pas voir cela !

– Il doit sûrement rester des traces de peinture sur les mains ou les vêtements de l'assassin.

– Vraiment ? Je vous interdis de me dévisager de la sorte et de me parler sur ce ton ; vous ne me ferez pas tomber dans votre piège en me forçant à reconnaître que j'ai pu dire quoi que ce soit.

Hadley laissa tomber l'aiguille sur la table et se pencha en avant.

– Il faudra pourtant bien justifier les traces de dorure au fond d'une cuvette vide, que le sergent Betts a découverte dans votre chambre. Eh bien ?

11

LE MENTEUR

Melson, qui vivait depuis neuf ans dans un foyer sans histoires, n'avait jamais assisté à ce qu'on appelle une crise de nerfs. Le moindre cri le mettait mal à l'aise, mais ce n'était pas là le plus important. Il essaya par la suite de se souvenir des mots que prononça Millicent Steffins dans les dix minutes qui suivirent le « Eh bien ? » de Hadley ; il crut se trouver en présence du processus de pensée typique d'une femme névrosée, sournoise et dangereuse, totalement dépourvue d'humour et affectée par la cinquantaine.

Il n'était pas une seconde venu à l'esprit de Mrs Steffins qu'on puisse sérieusement la soupçonner de meurtre. Tout au plus pouvait-on l'accuser d'égoïsme ou de petits mensonges, et si d'aventure on l'avait surprise en possession d'un flacon de poison, dans une maison où une demi-douzaine de personnes étaient décédées à la suite de l'absorption d'une substance douteuse, elle l'aurait expliqué comme un malheureux concours de circonstances. Et comme ces fameux concours de circonstances étaient toujours le fait des autres qui, par malveillance ou étourderie, l'entraînaient dans leur piège, elle entendait bien dénoncer le responsable.

Ses premières paroles cohérentes furent des invectives contre Hadley et Johannus Carver ; le premier parce qu'il la prenait pour une mauvaise maîtresse de maison négligeant de nettoyer les cuvettes, et qu'il autorisait ses hommes à fureter dans sa propre chambre ; le second parce qu'il était à l'origine de tous ses malheurs...

Elle peignait des céramiques, expliqua-t-elle, avec un talent unanimement reconnu, et voilà que son art se retournait contre elle, tel un serpent qu'elle aurait réchauffé en son sein. Ce soir, elle avait travaillé sur un vase orné d'une guirlande d'hortensias dorés, avec une telle ardeur que cela lui avait fatigué la vue et causé la migraine. C'est Carver qui, des années plus tôt, lui avait suggéré de s'engager dans cette voie. Ce soir, lorsque ce sans-cœur était allé se coucher, il l'avait vue à l'ouvrage ; elle utilisait de la peinture à l'huile qui coûtait une livre et trois pence le tube, diluée dans de l'essence de térébenthine. Elle l'avait achetée sur son propre argent. Mais puisque Carver non seulement n'appréciait pas son sens de l'économie, alors qu'il avait eu la perfidie de la pousser à peindre, et puisqu'il allait même jusqu'à conspirer avec la police en l'accusant du meurtre d'un clochard répugnant, eh bien, dans ce cas...

C'était une de ces affaires pénibles et ridicules, songeait Melson, et plutôt insolite. Les plus petits événements prenaient des proportions exagérées, et l'hystérie gagnait. D'un geste furtif, Mrs Steffins sécha ses larmes après l'orage et coula un regard à la ronde par-dessous ses paupières sombres et gonflées ; Eleanor demeurait de glace et Lucia Handreth arborait un air las et méprisant, derrière la fumée de sa cigarette. Melson se doutait que toute cette agitation dissimulait une cause plus profonde...

– Navré de vous importuner, Mrs Steffins, déclara Hadley avec froideur. Si la peinture au fond de la cuvette provient de votre activité, on peut le prouver sans peine ; en attendant, je veux savoir ce que vous avez fait ce soir, depuis le moment où Mr Carver a fermé la porte d'entrée, est venu vous voir pendant que vous étiez occupée à peindre, et est monté au premier étage.

Apathique, Mrs Steffins jouait les martyrs pour qui plus rien n'a d'importance ; son mouchoir laissa entrevoir un instant ses yeux rougis.

– Je... J'ai travaillé jusque vers 10 heures et demie, répondit-elle. J'étais si fatiguée que je n'avais même plus la force de ranger mon matériel, ce que je fais d'habitude.

Je... (Quelque chose lui vint à l'esprit et elle ferma les paupières, avant de poursuivre d'une voix cassée.) Laissez-moi tranquille. Je ne sais rien de votre meurtre bestial. Avant de me mettre au lit, je me suis lavé les mains, car elles étaient tachées de peinture. Je ne sais rien jusqu'au moment où j'ai entendu un tumulte dans le hall, des gens qui parlaient et montaient l'escalier. J'ai passé la tête hors de ma chambre et j'ai cru entendre... Eleanor parlait à ce monsieur corpulent...

Le visage du Dr Fell se détendit et il inclina la tête ; c'était la description la plus objective qu'il entendait depuis longtemps. Mrs Steffins prit son geste pour un signe d'alliance.

– Vous êtes d'accord avec moi... Eh bien, j'en ai déduit qu'un cambrioleur avait été blessé, tué ou que sais-je encore, en essayant de s'introduire dans la maison... C'était horrible, et Eleanor qui se trouvait là, devant tous ces hommes, presque dévêtue... Je ne savais pas ce qui s'était passé, j'ai songé à l'appeler, mais je ne l'ai pas fait et me suis rhabillée.

Elle s'arrêta net en reniflant, et Hadley attendit qu'elle poursuivît. Mais elle avait fini.

– Vous avez pris la peine de vous rhabiller entièrement, souligna Hadley, avant même de savoir de quoi il retournait ?

Elle hocha la tête, l'air absent, puis se raidit, comme si la question finissait par l'atteindre.

– En effet, fit-elle, pincée.

– Passons à une question d'une importance capitale, Mrs Steffins, dit Hadley en levant lentement les yeux sur elle. Vous souvenez-vous de la journée de mardi dernier... le 27 août ?

La question la déconcerta. Elle cessa de se tamponner les yeux, puis de nouvelles rides contractèrent son visage ; ravalant sa salive, elle s'écria d'une voix douloureuse :

– Avez-vous décidé de me torturer ? Comment

avez-vous pu... deviner que c'était le jour des funérailles d'Horace ? Il est mort le 24 août 1912... L'an... L'année où le *Titanic* a sombré. Et ses obsèques ont eu lieu le 27, à Stoke-Bradley, dans le Buckinghamshire. Je n'oublierai jamais ce jour. Le village entier...

– Si donc c'était le jour du décès de votre mari, répliqua Hadley, l'air sombre, vous vous en souviendrez sûrement...

– Mon époux regretté, grimaça Mrs Steffins en larmes, n'était qu'un mufle et un propre à rien, bien que je n'aime pas dire du mal des disparus. Il s'adonnait à la boisson et a été tué à la guerre. Ce n'est pas de Mr Steffins que je parlais mais de son malheureux frère, Horace, qui était comme un mari pour moi... Il y a tant de gens que j'ai connus et qui sont morts ! Cela me rend triste rien que d'y penser. Aux anniversaires, j'aime m'entourer de ces êtres chers pour me réconforter. Si je me souviens de mardi dernier ! Johannus et moi avons pris le thé dans cette pièce. Je souhaitais que toute la famille soit réunie mais, bien entendu, Eleanor était en retard, comme par un fait exprès.

– Je commence à comprendre, remarqua Lucia Handreth d'un ton posé. C'est le jour... où ce pauvre diable... et où la montre. Je vois...

Hadley l'ignora et, le regard fixé sur Mrs Steffins, enchaîna :

– A quelle heure Mr Carver et vous avez-vous pris le thé ici ?

– Vers 4 h 30, et ce n'est que longtemps après que nous avons quitté la table, comme c'est le cas lorsqu'on évoque de vieux amis. Il était 6 h 30 quand j'ai sonné Kitty pour desservir ; Eleanor n'était pas encore rentrée.

– Kitty, la bonne ? Miss Handreth... Pourriez-vous nous dire où vous vous trouviez cet après-midi-là entre 5 h 30 et 6 h 30 ?

Miss Handreth parut hésiter sur l'attitude à adopter,

mais lorsqu'elle répondit, sa voix resta neutre, avec juste ce qu'il faut d'attention polie, et elle évita le regard de l'inspecteur.

– Mardi 27... Il pleuvait ou non ? Je crois que je me suis rendue à un cocktail, dans Chelsea.

– Chez qui ?

– Du calme, Inspecteur. Inutile de commencer à écrire. Il est permis d'hésiter, non ? (Elle fronça les sourcils et baissa la tête, la cigarette aux lèvres :) Je dois consulter mon agenda pour vous donner ma réponse. En tout cas, je suis sûre d'une chose : je n'étais pas chez *Gambridge*.

– Eh bien, moi, si, déclara Eleanor de manière inattendue et tellement détachée que Melson sursauta. Et que vient faire *Gambridge* dans l'affaire ? Vous voulez parler du jour où on a assassiné ce pauvre type et fauché tout ce qu'il y avait sur le présentoir à bijoux ? Je devais me trouver sur place au moment où cela s'est produit, bien que je n'aie rien su sur le moment et que je n'en aie pas entendu parler avant de le lire dans les journaux du lendemain. (Elle s'inquiéta des regards qui convergeaient sur elle et s'arrêta, nerveuse.) Je ne vois pas en quoi cela nous concerne.

Hadley parut déconcerté et dévisagea chaque femme à tour de rôle, l'air furieux, puis adressa un regard au Dr Fell qui, lui-même, n'était pas très à l'aise. L'une d'entre elles, songea Melson, est une fieffée menteuse. Une menteuse tellement habile que... On frappa à la porte et le sergent Betts hésita sur le seuil.

– Eh bien ! aboya l'inspecteur, exaspéré. Parlez, que diable ! Que se passe-t-il encore ?

– C'est au sujet de ce type qui est soûl...

– Et alors ?

– Il est là, Monsieur. Je l'entends ronfler par le trou de la serrure, mais j'ai beau frapper, on ne répond pas et la porte est fermée à clef. Est-ce que je dois faire du raffut ou forcer la porte ?

– Laissez-le tranquille pour l'instant.

– Il y a aussi une vieille femme qui vient de rentrer par la porte de service, la gouvernante, à ce qu'elle dit, et une jolie fille avec elle. Elle a eu sa dose de bière brune et elle est bien gentille. Vous voulez la voir ?

– Oui, ainsi nous aurons vu tout le monde, répondit Hadley, lugubre. Il ne manquait plus que ces deux-là. Ensuite, nous pourrons démêler l'écheveau. Envoyez-les-moi, Betts. Dites-leur qu'il s'agit d'un cambriolage.

Il fit signe aux autres de se taire. Melson se surprit à attendre la venue de Mrs Gorson et de Kitty Prentice avec une certaine tension et un vague espoir morbide, mais leur arrivée ne répondit pas à son attente. Elles faisaient de mauvais suspects et leur entrée fut mouvementée. Mrs Gorson se révéla très théâtrale dans sa hâte. C'était une femme solidement charpentée qui avait dû être une réelle beauté dans sa jeunesse ; encore avenante, elle portait un chapeau à plumes très sophistiqué, avait de grands yeux bruns globuleux et un peu bovins, et il ne lui restait que quelques dents. Elle avait un tic caractéristique qui lui faisait rejeter la tête en arrière, avant de la ramener en avant lentement, l'œil rivé sur son interlocuteur, tandis que sa voix prenait des accents caverneux et dramatiques.

– Je vois que vous avez la police chez vous, Madame, dit-elle à Mrs Steffins, comme s'il s'agissait d'une petite réunion entre amis. (Elle reprit son air théâtral.) C'est affreux ! Bien qu'on m'ait assuré que rien n'a été volé. Il faut nous excuser de rentrer si tard. Le fait est que notre omnibus a heurté un camion dans Fulham Road. Le chauffeur et le receveur du bus ont eu des mots avec le camionneur, des mots terribles...

– Oh ! oui ! acquiesça Kitty vigoureusement, le visage en feu et le chapeau de guingois.

– Je ne vous retiendrai pas longtemps, l'une et l'autre, dit Hadley d'un ton détaché. C'est moi qui m'occupe de l'affaire et j'ai quelques questions à vous poser, pure formalité. Votre nom ?

– ... Nous étions bien forcées de rentrer à pied... Henrietta Gorson, avec deux « t », ajouta-t-elle gentiment en voyant l'inspecteur qui notait.

– Depuis combien de temps travaillez-vous dans cette maison ?

– Onze ans. (Elle rejeta la tête en arrière.) Je n'ai pas toujours été telle que vous me voyez aujourd'hui, précisa-t-elle, nostalgique et rêveuse. J'ai brûlé les planches, figurez-vous.

– Oui, oui. A présent, Mrs Gorson, j'aimerais que vous me racontiez votre soirée à toutes les deux, dans le détail.

– C'est ce que la police veut savoir ? s'enquit Mrs Gorson, admirative. Eh bien, nous avons passé une charmante soirée, je puis vous l'assurer. Nous avons rencontré le chevalier servant de Kitty, Mr Albert Simmons, chez *Lyon*. Après quoi, nous sommes allés au cinéma, au *Marble Arch Pavilion*, pour voir une petite comédie musicale légère et romanesque, *la Princesse d'Utopie*. Les tableaux chantés étaient parfaits. Je dirais, observa Mrs Gorson en croisant les mains à la manière d'un juge, que la progression de l'intrigue mettait l'accent sur les trois principes dramatiques que sont l'unité, la cohérence et l'intensité, mais les scènes chantées étaient parfaites.

– Oh ! oui ! approuva Kitty, toujours enthousiaste.

– Vous avez passé toute la soirée ensemble ?

– Oui. Ensuite, nous nous sommes rendus chez les parents d'Albert, dans Fulham Road, et c'est alors que nous avons perdu la notion du temps. Il était minuit quand...

– Merci, bougonna Hadley, très soucieux. Une dernière question. Vous souvenez-vous du mardi de la semaine dernière, le 27...

– Vous savez, Henrietta, intervint brusquement Mrs Steffins, oubliant ses larmes, c'est le jour dont je vous ai parlé... Vous vous rappelez ? Le jour où ce pauvre Horace...

– Le jour où il y a eu ce meurtre horrible, s'écria Kitty en se délectant. Ah ! oui !

A bout de force, l'inspecteur finit par leur arracher les renseignements. Ce soir-là, entre 5 heures et 6 h 30, Kitty et Mrs Gorson avaient pris le thé à l'office, en compagnie d'une certaine miss Barber qui travaillait chez des voisins. Kitty avait monté le thé à Mrs Steffins et à Mr Carver à 4 h 30, et leur avait rapporté de l'eau chaude à 5 h 30. Elle avait desservi à 6 h 30.

– Il y a ici un homme que vous avez peut-être vu à la *Duchess of Portsmouth.* Betts ! rappela Hadley qui voulait s'épargner une nouvelle crise de nerfs. Emmenez ces dames auprès de Ames et notez ce qu'elles pourraient vous dire. C'est tout... Merci.

Lorsqu'elles eurent quitté la pièce, Hadley jeta sur son auditoire un regard furieux.

– Vous avez compris ? Quelqu'un dans cette maison a accusé l'une des cinq femmes vivant ici d'être la voleuse meurtrière du chef de rayon de chez *Gambridge*. En d'autres termes, l'une d'entre vous est accusée de meurtre ; vous saisissez ? Je laisse à l'accusatrice une dernière chance pour parler à haute et intelligible voix. Qui était-ce ?

Silence.

– Qui a surpris une femme en train de brûler des gants maculés de sang ? Qui a vu un bracelet de turquoises et une montre volée en possession de l'une d'entre vous ?

Il frappa la table d'un coup de poing et cela les fit sursauter.

– Je ne vois pas ce que vous voulez dire, s'écria Eleanor. C'est la première fois que j'entends cela. Et je n'ai tué personne dans ce magasin. Si c'était le cas, me croyez-vous assez folle pour reconnaître que je m'y trouvais ?

Sa première frayeur passée, Mrs Steffins s'était mise à réfléchir.

– Je regrette d'avoir eu à vous dire où j'étais ce jour-là, dit-elle d'un ton doucereux. Le jour de l'anniversaire des funérailles de Horace, vraiment ! C'est scandaleux !

– Je plaide moi aussi non coupable, intervint Lucia avec une grimace moqueuse. Ne vous inquiétez pas, je vous fournirai un alibi... Ce qui me chiffonne, c'est qu'un menteur ait osé faire cette déclaration. Nous a-t-on vraiment accusées ? N'êtes-vous pas en train de vous payer notre tête ?

Hadley déclara gentiment :

– Puisque c'est ainsi, vous nous donnez carte blanche pour fouiller vos chambres, je suppose ?

– Avec plaisir, répondit Lucia.

– Cela m'est parfaitement égal, dit Eleanor d'un petit ton dédaigneux. Fouillez tant que vous voudrez, mais prenez soin de remettre les choses en ordre.

Mrs Steffins se redressa :

– Je ne vous permettrai pas ! s'emporta-t-elle, le regard brouillé. Il vous faudra me passer sur le corps. Je hurlerai. J'appellerai la pol... Je porterai l'affaire devant le ministère de l'Intérieur. Je vous ferai mettre à la porte si vous avez l'audace de... Doux Jésus ! mes nerfs me lâchent ! Je ne suis qu'une pauvre malheureuse... Vous savez que je n'y suis pour rien ! Vous savez où je me trouvais ! Pourquoi voudriez-vous fouiller ma chambre ?

Hadley se leva, abattu.

– C'est tout pour le moment, dit-il avec un signe de la main. Nous en resterons là pour cette nuit. On est en train d'enlever le corps. Vous pouvez aller vous coucher.

Mais le mal était fait et les soupçons pesaient. L'atmosphère de la maison était empoisonnée, et aucune de ces dames ne faisait mine de se retirer. Mrs Steffins attendait Eleanor, Eleanor attendait Mrs Steffins.

– Avez-vous quelque chose à ajouter ? demanda Hadley.

Elles se précipitèrent dans le couloir sans demander leur reste. Seule Lucia Handreth conservait un entrain cynique. Une fois à la porte, elle regarda par-dessus son épaule.

– Bonne chance, Mr Hadley, lança-t-elle. Si vous devez fouiller chez moi, dépêchez-vous, j'aimerais me coucher. Bonne nuit.

On entendit le loquet retomber. La tension diminua et Melson s'assit, somnolent, dans le froid qui envahissait la pièce.

– Fell, déclara Hadley. Je ne fais que des bêtises. J'ai peur d'avoir mené cette affaire de travers depuis le début. Le meurtrier est dans ces murs, sous ce toit, à portée de ma main. Ils sont tous là. Mais lequel est l'assassin ?

Le Dr Fell resta silencieux, un coude sur la poignée de sa canne et le menton dans sa grosse main. Le cordon de son lorgnon flottait dans un courant d'air, seul signe de mouvement. Loin, à l'extérieur, l'horloge de Lincoln's Inn sonna 3 h 30, irrévocablement.

12

LES CINQ ÉNIGMES

Ce vendredi 5 septembre était frais et automnal. Comme de coutume, la logeuse frappa à 8 heures à la porte de Melson et lui apporta son petit déjeuner, sans faire d'autre commentaire que l'habituel couplet sur la pluie et le beau temps. Elle avait remarqué l'agitation de la veille au soir, mais ne fit pas la relation entre son locataire et les événements chez ses voisins. Quant à

Melson, habituellement soucieux de sa santé, il fut surpris de se sentir radieux et revigoré, après seulement quatre heures de sommeil.

Il avait quarante-deux ans et l'avenir lui appartenait. Au département d'histoire de son université, il n'occupait que la seconde place derrière l'érudit mondialement connu qui se trouvait à la tête. Sa maison était accueillante, il travaillait avec des gens intelligents et rien ne suscitait sa colère, hormis les exégètes de la *Théorie de l'enseignement*. Bien ! Mais encore ? Après son petit déjeuner, tout en fumant sa première pipe devant la fenêtre ouverte, il sourit de ce sourire particulier qui annonçait à ses étudiants de la classe 3A d'histoire *(Les Prérogatives monarchiques et ses opposants dans l'histoire constitutionnelle anglaise, depuis les guerres civiles jusqu'à l'accession au trône de Guillaume III)* que le père Melson allait leur raconter une de ses blagues incompréhensibles.

Il fronça les sourcils, jeta un regard à son reflet dans le miroir de la penderie. « Un Sherlock Holmes dépourvu de curiosité », avait dit Fell. Non qu'il soit distant, mais il fallait reconnaître qu'il gardait ses distances. Si vous avez la réputation d'un conteur et d'un joyeux drille, certains rechercheront sans doute votre compagnie, mais les autorités seront peu enclines à vous prendre au sérieux. Et depuis le temps... sa froideur faisait tellement partie de sa personnalité qu'il n'osait pas agrémenter ses conférences de jeux d'esprit et de fantaisies, à l'instar d'autres membres de la faculté dont la hardiesse était parfois stupéfiante. Il souhaitait secrètement y parvenir. Une seule fois, en réalité, il avait lâché la bride à son imagination, dans une conférence sur Cromwell, et avait éreinté ce vieux scélérat avec une richesse rhétorique et dramatique inattendue. Au début, les étudiants avaient réagi par un silence médusé qui avait bientôt cédé la place à des rires discrets. Mais les bruits qui coururent ensuite le tracassèrent tout le restant du semestre, et il s'en tint dès lors à sa petite toux sèche et ne recommença jamais plus.

Melson se souvenait aussi des deux semestres durant lesquels la faculté avait invité le Dr Fell, au titre de conférencier venu d'Angleterre ; deux semestres qui révolutionnèrent le campus et déclenchèrent un véritable mouvement de popularité autour du personnage. Il se rappelait les rires tonitruants de Fell, son geste péremptoire pour choisir un étudiant dans l'auditoire et discuter ferme avec lui, sa manie d'éparpiller ses notes sur son bureau lorsqu'il s'enflammait. Les cinq célèbres conférences de Fell sur *De l'Influence des maîtresses royales sur le gouvernement constitutionnel* lui revinrent en mémoire, ainsi que, dans la série sur la période Queen Anne, celle qu'il inaugura par cette envolée sibylline : *Que les aigles de ce sacré Churchill prennent leur essor, sombres et menaçants dans l'honneur et la guerre, vers un enfer à jamais auréolé de gloire !...*

Mais aujourd'hui, il se retrouvait en pleine affaire criminelle. Depuis qu'il connaissait Fell, Melson ne l'avait jamais vu occupé à résoudre une énigme. Un étudiant de licence avait raconté à Melson l'affaire du *Gouffre aux sorcières*, et un mois plus tôt, les journaux s'étaient largement étendus sur le meurtre de Depping, non loin de Bristol. Mais cette fois, Melson était au cœur de l'affaire. L'inspecteur-chef Hadley avait laissé entendre qu'il ne s'opposait pas à sa présence et, si le fait de négliger l'histoire de l'évêque Burnett ne causait aucun remords au professeur, il pouvait suivre l'enquête de près.

Maudit Burnett, qui filait en Écosse, quand vous l'auriez souhaité en Angleterre. Melson jeta un regard sur le désordre qui régnait sur sa table de travail et éprouva un sentiment de liberté en envoyant Burnett au diable. Il lui sembla soudain accorder trop d'importance à cet évêque, après tout. Fell l'avait invité à venir le retrouver pour le petit déjeuner à l'hôtel de Great Russell Street, où le docteur avait coutume de séjourner chaque fois qu'il devait se documenter au British Museum, pour la rédaction de son œuvre maîtresse : *Us et pratiques de la boisson en Angleterre depuis les origines.*

Melson saisit son chapeau et descendit les escaliers quatre à quatre.

Il jeta un coup d'œil coupable au n° 16. La sérénité des colonnes blanches et de la façade de briques rouges était toute neuve dans la lumière du matin ; il s'attendait presque à voir Kitty balayant l'escalier, comme si de rien n'était. Mais on avait fermé les volets et il régnait un silence de mauvais aloi. Peu désireux de creuser la question, Melson s'éloigna et prit par Holborn Street où le trafic était intense. Dix minutes plus tard, il montait dans l'ascenseur grinçant du *Dickens Hotel*, presque en face du British Museum. Les bribes d'une conversation animée lui parvinrent. Hadley était déjà là.

Drapé dans un peignoir aux couleurs agressives, le Dr Fell était assis, placide, au milieu d'une chambre tout encombrée de livres, devant l'un des plus copieux petits déjeuners que Melson ait jamais vus. Maussade, l'inspecteur faisait tinter ses clefs dans sa poche et fixait par la fenêtre la foule des oisifs qui, déjà, s'agglutinaient aux portes du musée.

– Pour quelqu'un qui vit à Croydon, déclara Melson, vous n'avez pas traîné à vous remettre au travail.

Hadley était amer.

– Après 5 h 30, expliqua-t-il, j'ai passé le reste de la nuit au Yard. Ce gros plein de soupe qui se goinfre d'œufs au bacon sous vos yeux a filé, en me laissant tout le sale boulot. Si c'est du café que vous me servez, arrangez-vous pour qu'il soit bon et très fort.

– J'avais besoin de réfléchir, répondit posément le Dr Fell. Si cette sorte de processus vous échappe, vous pourriez au moins me dire ce que vous avez fait. Je suis comme vous la nuit dernière : j'ai besoin de faits et non de vos rouspétances. Que s'est-il passé ?

Hadley tendit une tasse de café à Melson, et en prit une à son tour.

– Eh bien, tout d'abord, nous avons fouillé les chambres des femmes. Sans résultat. Ni Hamper ni moi-même ne sommes des experts dans ce domaine, mais j'ai un type, au Yard, qui est un as de la fouille ; je vais le dépêcher là-bas dès ce matin. Ces dames sont tellement occupées à s'observer réciproquement que si l'une d'elles avait caché quoi que ce soit, elle n'aurait aucune chance de s'en débarrasser sans que les autres la voient. Et...

– Vous avez aussi fouillé chez Mrs Steffins ?

– Oui. Les autres ont fait un tel raffut qu'elle a pris peur. Elle a fondu en larmes et m'a dit que je pouvais y aller en prétendant que c'était comme si je lui tranchais la gorge. Je me demande d'ailleurs ce qui m'en a empêché. Et savez-vous la raison de ce tintouin ? Elle avait planqué deux ou trois bouquins pornographiques au fond d'un tiroir. J'ai fait comme si je n'avais rien vu et elle s'est calmée.

– Pas de difficultés avec Mrs Gorson et la bonne ?

– Non, grogna Hadley, tant qu'il s'agissait de la fouille, mais la jeune a commencé à s'affoler quand elle a découvert qu'un meurtre avait été commis ; Mrs Gorson est parvenue à la calmer. C'est une bonne femme, Fell, à part sa manie de s'exprimer comme si elle était sur une scène. On ne peut pas l'accuser de refuser de coopérer avec la police ; elle a exhumé toutes ses vieilles photos d'actrice et m'a montré une pleine malle de poèmes dont elle est l'auteur. Elle en a après les éditeurs... J'ai cru comprendre qu'elle avait écrit un roman en trois volumes et l'avait envoyé au plus grand éditeur de Londres, qui le lui a retourné, non sans lui avoir piqué sans vergogne son intrigue et l'avoir réécrit, ce qui a été prouvé, car l'héroïne porte le même nom que celle de l'œuvre de

Mrs Gorson. Le livre s'est vendu à un million d'exemplaires... Il y a encore un détail bizarre dont j'ai oublié de vous parler, parmi les affaires de Mrs Steffins. Ce n'est peut-être pas très important, mais après cette histoire de peinture dorée...

– Hein ? grogna Fell, curieux.

– J'ai examiné les tubes de peinture qu'elle avait utilisés. Celui qui contenait de la dorure était aplati à son extrémité. Mrs Steffins a nié l'avoir écrasé elle-même et a affirmé que le tube était intact quand elle s'en était servi...

Le Dr Fell s'arrêta de manger, la fourchette en l'air, et plissa les yeux.

– Cela ne change rien, poursuivit Hadley. Les traces de peinture dans la cuvette ne sont pas de la même provenance que la dorure de l'aiguille de l'horloge. Le sergent Hamper – qui a débuté comme peintre en bâtiment et prétend en connaître un rayon – me l'a certifié la nuit dernière. J'en ai reçu la confirmation ce matin ; l'une est de la peinture à l'huile, l'autre, de l'émail. De quoi tout fiche par terre. Mrs Steffins a mené la sarabande tout le restant de la nuit. Sauvez-moi des affaires où des femmes sont impliquées ! s'emporta Hadley avec violence. Pour finir la soirée sur une note agréable, je me suis retrouvé avec Stanley sur les bras. Mais avec lui, au moins, je savais comment m'y prendre.

Le Dr Fell reposa ses couverts.

– Et Stanley, à propos ?

– D'après Watson, le choc l'avait mis K.O. et il était hors d'état de nuire. Quand je pense que j'ai dû le raccompagner chez lui en taxi ! Bon sang ! Il était membre de la police autrefois... C'est la guerre qui l'a mis dans cet état. J'avais besoin de l'interroger, que cela lui plaise ou non, mais vous croyez que ça lui a plu ? Pensez donc !... Aucune reconnaissance. Il est devenu mauvais, a refusé de répondre et s'est déchaîné contre la police.

J'ai fini par lui en coller une pour l'envoyer au pays des rêves, avant de le déposer chez sa sœur. (Hadley eut un geste de dégoût et vida sa tasse de café jusqu'à la dernière goutte.) Le temps de rentrer au Yard, il faisait jour. J'espère qu'on appréciera.

– Vous avez passé une sacrée nuit, admit le Dr Fell, encourageant.

Il s'adossa à sa chaise avec un soupir de satisfaction, et pêcha sa vieille pipe noire dans une poche de son inénarrable robe de chambre.

– J'imagine que c'est une insulte de vous demander si vous en savez davantage ? dit-il à l'inspecteur.

Hadley empoigna sa serviette.

– J'ai rassemblé tous les témoignages que Ames nous a laissés sur le meurtre du chef de rayon...

– Ah ! ah !

– Ainsi que les notes du sergent Preston qui travaillait avec lui, avant que Ames ne se mette à faire cavalier seul. Et je n'arrive pas à comprendre laquelle de ces femmes... ! Tout ce qu'elles racontent est plausible, Fell ! Ou du moins, logique. Tant et si bien que j'ébauche toutes sortes d'hypothèses abracadabrantes. J'ai même pensé que l'assassin de chez *Gambridge* pouvait être un homme déguisé en femme.

Le Dr Fell lui lança un bref regard :

– Ne dites pas n'importe quoi, Hadley, dit-il, sévère. Dieu sait que les hommes du 16, Lincoln's Inn Fields ont leurs défauts, mais je n'en vois aucun susceptible de se travestir en femme. En outre...

– Je sais, je sais ! Cela ne tient pas debout. Il semble que lorsque la meurtrière a pris la fuite... (Il farfouilla dans ses papiers et en extirpa un résumé dactylographié.) Une certaine Helen Gray a tenté de l'intercepter. La femme portait un corsage sous son manteau, et le vêtement s'est déchiré à l'encolure, lorsqu'elle s'est débattue pour se libérer. Miss Gray, ainsi que deux hommes ayant assisté à la scène, ont certifié qu'il s'agissait bien d'une femme. Les deux témoins masculins étaient formels après le spectacle qui leur avait été offert...

– Allons, allons ! grogna le Dr Fell. Il y a des limites, même au zèle de Scotland Yard. Il y a une chose que je n'arrive pas à comprendre : voulez-vous dire qu'en dépit des témoignages, personne n'a été fichu de fournir un signalement valable de la femme ?

– Avez-vous déjà eu affaire à un groupe de gens excités, chacun essayant de donner sa version des faits... lors d'un accident de voiture, par exemple ? Plus il y a de témoins, plus l'histoire est confuse. Dans le cas présent, c'est encore pire. Dans l'affolement et la débandade, tout le monde décrivait tout le monde et jurait qu'il s'agissait de l'assassin. J'ai une bonne douzaine de signalements et très peu concordent.

– Mais en ce qui concerne miss Gray et ces deux voyeurs. Peut-on leur faire confiance ?

– Ce sont nos seuls témoins, le meurtre s'est accompli sous leurs yeux. (Hadley lorgna sa feuille.) Ils ont vu une femme près du comptoir. Ils étaient derrière elle, sur la droite. Le chef de rayon est passé devant eux, s'est approché de la femme et l'a prise par le bras en lui parlant. Elle s'est retournée, a tendu « son autre main » vers le comptoir, près du présentoir à bijoux sur lequel, par malheur, était disposée de l'argenterie dans des coffrets : un assortiment avec une fourchette à rôti, une pierre à aiguiser et un couteau à découper. Les témoins l'ont vue s'emparer du couteau de sa main gantée. C'est à ce moment-là que cela s'est produit ; du sang a giclé contre la vitrine éclairée ; la femme a lâché le couteau et s'est mise à courir, tête baissée. Helen Gray s'est jetée sur elle pour essayer de la retenir ; le chef de rayon s'est effondré. C'est le seul témoignage précis... Ensuite, les cris et la bousculade ont commencé.

Melson reposa sa tasse de café froid et fut parcouru

d'un frisson. Ce détail sur le sang éclaboussant la vitrine éclairée... Le Dr Fell déclara :

– Harrumpf ! C'est pénible. Et que vaut leur description, hormis les détails physiologiques ?

– La femme baissait la tête, comme je vous l'ai dit. Miss Gray parle d'une blonde, assez jeune. Un des deux hommes pense de même tandis que l'autre affirme qu'il s'agit d'une brune ; elle portait un chapeau que miss Gray a vu bleu foncé tandis que les deux témoins l'ont vu noir. (Hadley fronça les sourcils en tournant une page.) Miss Gray dit qu'elle portait un tailleur de serge bleue avec un corsage blanc, et n'avait pas de manteau. L'un des deux hommes pense qu'elle portait un manteau bleu ou marron, assez long ; l'autre ne sait plus ce qu'elle avait. Mais tout le monde est formel sur le chemisier déchiré.

Hadley lança les feuillets sur la table et le Dr Fell prit soin d'écarter la confiture.

– Le comble, poursuivit l'inspecteur, c'est que n'importe quelle femme possède ce genre d'accessoires dans sa garde-robe. Le corsage déchiré pourrait peut-être nous mettre sur la voie... Aurait-elle essayé de le réparer avec des épingles en allant aux lavabos ? S'il est vrai qu'elle portait un manteau long, elle a pu dissimuler son corsage. Je n'avais pas tous ces détails hier soir, malheureusement.

– Dites donc, Hadley, grogna Fell, comme s'il cherchait à réprimer son excitation, tous ces détails sont-ils dans les journaux ?

– C'est probable. Qu'avez-vous en tête ? Quel est le rapport ?

Le Dr Fell retrouvait peu à peu sa bonne humeur. Il alluma sa pipe et sa grosse figure rougeaude rayonnait de bonheur tandis qu'il commençait à digérer.

– Le dessin commence à se préciser, mon vieux. Vous savez, depuis hier soir – à condition d'accepter les alibis de Mrs Steffins, de Mrs Gorson et de Kitty Prentice –, qu'il ne vous reste que deux suspectes ?

– Lucia Handreth et Eleanor Carver. C'est évident. Mais qui croire ? Hier soir, Lucia Handreth était vêtue d'un tailleur gris et non pas bleu. Les jeunes femmes exerçant une profession libérale ont peut-être l'habitude de s'habiller ainsi. Un des témoins affirme que la meurtrière était brune, mais les deux autres – dont Helen Gray, la plus fiable dans son observation – disent qu'elle était blonde, comme Eleanor Carver qui portait hier soir un manteau bleu. Parfait ! Passez la monnaie, les paris sont ouverts.

– Du calme, mon garçon, suggéra Fell avec bienveillance. Vous avez déjà accepté les alibis des trois autres ? Elles sont au-dessus de tout soupçon ?

– Je ne suis pas aussi crédule. Devant un tribunal, c'est peut-être valable, mais on sait qu'un alibi est la plus douteuse des défenses... car il suffit de deux menteurs pour le mettre au point. Je vais tenter de les faire flancher, bien sûr, mais si je n'y parviens pas... Eh bien, je n'y parviendrai pas.

Le Dr Fell poussa le pot à tabac, et continua à fumer en méditant.

– Nous en resterons là, pour l'instant. L'autre chose que je veux vous demander, Hadley, est d'une telle simplicité que nous avons tendance à la perdre de vue. Êtes-vous certain qu'une seule et même personne a poignardé le chef de rayon, puis l'inspecteur Ames, hier soir ?

Hadley se trémoussa nerveusement.

– Je ne peux jurer de rien... Mais il y a sûrement un lien entre les deux ! Que nous reste-t-il pour l'enquête ?

– C'est la question que j'allais vous poser. La troisième chose, dit le Dr Fell en hochant sa tête de hibou. Avec quel matériel allons-nous poursuivre ? Nous avons le rapport de Ames, et la mention d'un accusateur inconnu... qui nous est encore inconnu, Hadley. Ames est mis sur la voie par un inconnu et élit domicile dans Portsmouth Street, pour observer la maison Carver. La suggestion de l'inconnu devait être très pressante pour que Ames se donne autant de mal. Ce même Mr X rend ensuite visite à Ames et, à partir de là... Vous connaissez les grandes lignes de cette histoire à dormir debout. Et maintenant qu'un second meurtre a été commis et que l'assassin n'est toujours pas découvert, l'accusateur ne s'est pas encore manifesté !... Avez-vous bien songé aux monstrueuses implications de ce fait ?

– Nous en avons assez parlé la nuit dernière, gémit Hadley. Nom d'un chien ! Vous n'allez pas prétendre que quelqu'un s'est payé la tête de Ames ? C'est invraisemblable, même si cette affaire est louche. Et vous n'allez pas prétendre que Ames s'est payé notre tête à nous ! C'est impossible !

– Il se peut qu'il y ait encore une troisième explication, toute simple, et que je m'évertue à vous souffler en reliant plusieurs faits au moyen d'un point d'interrogation. Il se peut que je me trompe, murmura le Dr Fell, en ajustant son lorgnon, et si c'est le cas, vos collègues riront à mes dépens. (Il grommela dans sa barbe.) Mais tant pis ! Je continue : j'ai encore deux questions.

Hadley haussa les épaules. Quant à Melson, toujours méthodique, il avait sorti une enveloppe et notait les « faits ».

– Vous parlez de choses si évidentes, risqua-t-il, que personne n'y fait allusion. Je n'ai rien d'un expert dans l'art de la détection, mais il me semble que si l'accusateur n'a pas parlé, c'est peut-être parce qu'il...

– Hein ? cria le Dr Fell, d'un ton impatient.

– ... C'est peut-être parce qu'il – ou elle – a peur. La femme qui a poignardé le chef de rayon est sournoise comme un cobra. Elle a réagi si vite que c'est à peine si on l'a vue. L'accusateur doit y regarder à deux fois avant de déclarer publiquement : « J'ai surpris miss ou Mrs Untel avec un bracelet volé, ou en train de brûler ses gants ». Voilà pourquoi il refuse de témoigner tant que la meurtrière n'est pas entre les mains de la police.

– C'est une éventualité, reconnut Hadley en se redressant.

– C'est une éventualité qui ne tient pas debout, déclara le Dr Fell en branlant du chef. Réfléchissez ! Si c'est la peur qui se cache derrière tout cela, elle obéit à des règles bien étranges. Si Mr X, l'accusateur, avait déjà peur de la meurtrière lorsqu'il l'a vue en train de brûler ses gants maculés de sang, je serais tenté de croire qu'il a dû avoir la frousse chaque fois qu'il aurait pu être surpris en train d'écouter une conversation ; il n'aurait pas dû se sentir tranquille avant que tout Scotland Yard ne soit au courant. Mais si l'on considère que Mr X n'a pas agi de cette façon et s'est tranquillement confié à Ames, que se passe-t-il ? Ames, le second détenteur du secret qui le tient du premier, est aussitôt poignardé. A cette heure, la frousse de notre Mr X doit friser le délire. Pourtant, il ne parle pas, continue son petit bonhomme de chemin et dort sous le même toit que votre cobra apprivoisé. Si cela se déroule comme je viens de vous le décrire, ce n'est pas de la peur mais de l'insouciance qui frise la bêtise.

– Il y a du vrai, concéda Hadley après un silence. Très bien, écoutons donc vos deux dernières questions. Ensuite, nous tenterons de mettre les choses en forme.

– Hum ! Où en étais-je ? Ah ! Eh bien, j'ai déjà énoncé mon quatrième point, mais je me permets d'insister. C'est ce petit détail à propos des aiguilles d'horloge volées ; pourquoi ce voleur déséquilibré a-t-il volé les deux aiguilles ? Et pourquoi a-t-il attendu que l'horloge soit achevée et sous clef, au lieu d'agir lorsqu'elle était exposée aux yeux de tous ?

– Et le dernier point ?

Le Dr Fell toussota en grimaçant.

– En un sens, le dernier et cinquième point est le corollaire du quatrième, mais il paraît encore plus farfelu, si on ne l'explique pas convenablement par le biais des autres. Pour appuyer mon propos, je vous demanderai quels articles ont été dérobés chez *Gambridge*, le jour de l'assassinat.

– J'ai la liste complète consignée quelque part, répondit Hadley avec un regard dubitatif, puis il consulta ses papiers dactylographiés. Voyons... « Communiqué de presse, liste officielle des magasins *Gambridge*. » Nous y voilà... Une paire de boucles d'oreille en perles, d'une valeur de dix livres ; une bague en opale, sertie de petits diamants, d'une valeur de vingt livres ; ainsi que la montre de Carver. Le compte est bon.

– La montre de Carver était-elle étiquetée ainsi sur le présentoir ?

– A son nom, vous voulez dire ? Oh ! oui. Il y avait un petit carton devant chaque curiosité, avec le nom du propriétaire et un résumé historique... (La main de Hadley s'abattit sur la table avec un bruit sec et il se redressa.) Bon sang ! Quand je vous disais que je perdais la main, je vois où vous voulez en venir. Votre dernier point, c'est donc : « Pourquoi un locataire de la maison Carver, qui convoitait cette montre, a-t-il pris le risque insensé de la voler à l'étalage d'un grand magasin grouillant de monde, alors qu'il lui était plus simple de la voler sous son propre toit ? ».

– Exact ! D'autant plus que les alarmes antivol de Carver ne sont pas destinées à ses locataires. J'imagine qu'il est ravi de montrer sa collection à quiconque veut bien l'écouter. Nous en ferons l'expérience. Eh bien, qu'en pensez-vous ?

– Je ne sais trop que faire de tout cela, dit Hadley, hagard, après un silence. C'est fou ! Si vous parvenez à coordonner tous ces éléments, vous êtes encore plus doué que je ne le pensais. Lisez-moi vos fameuses questions à voix haute, ajouta-t-il tout de go, en se tournant vers Melson. Allez-y ! J'ai oublié leur formulation.

Indécis, Melson relut la liste, en s'aidant de son crayon :

– Voilà, en gros, ce que j'ai compris :

Points à examiner de près, afin d'établir un lien entre l'assassinat du grand magasin et celui de l'inspecteur George Ames :

1. Si, pour l'instant, on accepte les trois autres alibis, les soupçons se portent essentiellement sur Lucia Handreth et Eleanor Carver en ce qui concerne le meurtre du grand magasin.

2. Il n'y a aucune preuve tangible qui permette d'acquérir la certitude que l'assassin d'Evan Manders, chef de rayon de son état, soit aussi celui de l'inspecteur Ames.

– Bravo ! dit Hadley, lugubre. Voilà une façon de débroussailler le terrain en accusant tout le monde et n'importe qui. Vous commencez par annoncer qu'en vertu des témoignages, Lucia Handreth et Eleanor Carver ont pu tuer le chef de rayon, puis vous flanquez tout par terre en disant que l'assassin de Ames pourrait bien être quelqu'un d'autre... Écoutez, Fell, ne me demandez pas de croire qu'il y a deux meurtriers dans cette maison, chacun amateur de bains de foule, histoire de poignarder les gens au passage, parce que je n'y croirais pas. C'est trop ! Je n'en demande pas tant. Si j'arrive à prouver que l'une des deux femmes est bel et bien l'assassin du grand magasin, je ne douterai pas un instant qu'elle est également la meurtrière de Ames.

Le Dr Fell répliqua d'une voix tonitruante, qui se radoucit et céda au ton plus banal de la controverse :

– Je savais que vous diriez cela. Mettez-vous une bonne fois pour toutes dans le crâne que je n'essaie d'accuser personne. « Que disent les témoignages ? » C'est tout ce qu'il faut se demander. Poursuivez, Melson.

– Nous en sommes donc au troisième point :

3. L'accusation et les charges qui pèsent sur l'une des femmes, dans l'assassinat d'Evan Manders, proviennent d'un individu non identifié qui, en ces circonstances troublées, refuse de communiquer avec nous.

4. Pour se procurer une arme, l'assassin de l'inspecteur Ames a dérobé les deux aiguilles d'une horloge, alors qu'une seule aurait suffi pour exécuter son forfait ; il n'a pas accompli son vol lorsque cela lui était facile, mais a attendu que l'horloge soit sous clef, chez Carver.

5. De même pour le vol de la montre de Carver, alors que ce vol eût été plus aisé s'il s'était déroulé chez Carver, l'assassin du grand magasin a couru le risque énorme de dérober l'objet sur un présentoir, dans un lieu public bondé.

– Hé ! dit le Dr Fell. Hé, hé, hé ! Ce document vous a un petit parfum de professeur d'université, Melson, qui me donne envie de le conserver. Hum ! Mais il expose clairement la petite lueur de raison qui m'a traversé l'esprit. Je vous laisse réfléchir là-dessus, pendant que je m'habille. Ensuite, nous nous rendrons chez Carver.

13

LA MONTRE-TÊTE DE MORT

Il était 10 h 30 lorsqu'ils arrivèrent devant chez l'horloger, dans la voiture de Hadley. Une foule était massée à la porte, suffisamment malléable toutefois pour qu'un policier la repousse à intervalles réguliers ; elle refluait avec respect et se reformait peu à peu ; et le mouvement se répétait tandis que le policier faisait les cent pas, avec une régularité de balancier d'horloge. Un groupe de journalistes faisait l'assaut du sergent Betts et les appareils photos surgirent quand l'automobile s'arrêta. A la vue du Dr Fell, une ovation monta de l'attroupement et la presse passa à l'attaque. Non sans peine, Hadley parvint à entraîner Fell, qui avait tendance à pérorer sur la moindre question de son auditoire. L'inspecteur coupa court à ce petit jeu en déclarant : « Nous ferons une déclaration plus tard », tandis que Betts leur ouvrait la voie. L'imposante silhouette en cape noire salua la foule d'un coup de chapeau romain, et le Dr Fell lança un regard radieux par-dessus son épaule, au milieu des crépitements des flashes et d'un concert d'invitations au pub le plus proche. Une Kitty nerveuse leur ouvrit la porte et la referma sur les clameurs du dehors.

Il faisait frais et tout était tranquille dans la pénombre du vestibule. Hadley se tourna vers un jeune homme au teint basané et aux traits anguleux, qui avait suivi Betts à l'intérieur.

– Vous êtes Preston ? Vous êtes au courant des directives ? Les chambres de ces dames doivent être passées au peigne fin, sans rien négliger.

– Oui, Monsieur, répondit Preston, ravi de l'aubaine.

– Où sont-ils, Kitty ? demanda Hadley à la jeune fille. Tout le monde est debout et vaque à ses occupations, j'espère ?

– Pas tous, répondit la petite bonne.

Mr Carver et Mrs Steffins étaient levés. Mr Hastings, qui avait passé la nuit sur le sofa du salon de Mr Paull – et se sentait beaucoup mieux, précisa-t-elle avec un petit rire étouffé –, était sorti prendre l'air en compagnie de miss Eleanor. C'était tout.

– Je vais voir Mrs Steffins, décida Hadley à contrecœur. Dans la salle à manger, vous avez dit, côté cour ? Très bien. Voulez-vous nous voir à l'ouvrage, Fell ?

– Très peu pour moi, rétorqua celui-ci avec fermeté. Une petite causerie avec Carver me semble plus indiquée.

J'ai aussi envie de voir ce bon Chistopher Paull et mettre un peu d'ordre dans la liste des occupants, s'il n'a pas trop la gueule de bois. Venez, Melson. Je pense que cela va vous intéresser.

Le Dr Fell frappa à la porte du salon où s'était tenue la petite réunion de la veille, et la voix placide de Carver répondit. Par cette matinée fraîche et morose, un feu brûlait dans la cheminée de la pièce blanche. Une tasse de thé posée près de lui et un toast à demi-grignoté en équilibre sur sa soucoupe, Carver avait tiré la table vers les fenêtres. Une lentille de joaillier vissée sur l'œil, il était penché au-dessus d'un objet. Il se leva, hésitant et un peu agacé, mais se détendit lorsque ses yeux pâles reconnurent le Dr Fell. Sa haute silhouette voûtée se profilait sur les vitrines abritant les vieilles horloges aux couleurs fanées. Avec sa veste d'intérieur et ses pantoufles, il parut presque heureux de voir ses visiteurs.

– Ah ! Dr Fell et Dr ... Melson, c'est cela ? Bien, bien ! Je craignais de voir arriver... Asseyez-vous, Messieurs. Je me distrayais. Ce petit modèle... (Il effleura de sa lentille une étrange pendule plate, dont le chapiteau de bronze était orné d'une figurine représentant un nègre coiffé d'un turban et vêtu d'un costume oriental jadis éclatant, avec un chien à son côté.)... comporte, comme vous pouvez le constater, un cadran de facture française. Les artisans britanniques ont négligé ce genre d'objets qu'ils reléguaient au rang de simples jouets. Je désapprouve Hazlitt lorsqu'il se plaint des « caprices et de l'engouement des Français pour leurs montres et leurs horloges qui, semble-t-il, ont toutes les qualités, sauf celle de donner l'heure » ; disons que j'appelle cela du charlatanisme et de l'impertinence. Quant à moi, j'adore les figurines qui se mettent en mouvement lorsque sonnent les quarts, et j'ai eu l'occasion d'admirer de remarquables modèles, du plus humoristique au plus morbide.

» On trouve, par exemple, expliqua-t-il en s'animant

tandis qu'il ébauchait de ses longs doigts un dessin invisible, un mécanisme assez banal sur le capuchon du personnage qui représente le temps, assis dans une barque que le dieu Eros manœuvre à la rame, avec cette devise : *L'amour fait passer le temps* ; devise qui est devenue *Le temps fait passer l'amour*. J'ai vu aussi à Paris un mécanisme plus étonnant, mis au point par Grenelle, doté de figurines représentant la flagellation de notre Sauveur, la sonnerie des heures s'opérant à chaque coup de fouet. (Il frissonna.) Euh... Je ne voudrais pas vous ennuyer, Messieurs.

– Pas du tout, répondit Fell, affable, tout en exhibant son étui à cigares. Je ne possède que de vagues notions sur le sujet, mais cela m'a toujours intéressé. Vous fumez ? Bien ! Belles devises que celles que vous avez citées. Cela me rappelle une question que je tenais à vous poser. Auriez-vous inscrit une devise quelconque sur l'horloge que vous destiniez à sir Edwin Paull ?

Sur le visage de Carver, l'intérêt s'estompa.

– L'espace d'un instant, j'avais oublié que vous étiez de la police, Monsieur, répondit-il. Nous en revenons toujours là, n'est-ce pas ?... Il y a bien une devise, quoique ce ne soit pas très courant sur ce genre d'horloge. Je n'ai pas pu résister à ce petit trait d'esprit. Voyez vous-même.

Il traîna les pieds jusqu'au placard qu'il ouvrit, près de la cheminée. Melson et le Dr Fell scrutèrent le gros instrument dépourvu d'aiguilles, sur lequel miroitait une faible lueur jaune. Il paraissait mutilé, évoquant brusquement l'épouvante de la veille. C'est avec une sorte de frayeur que Melson lut les lettres gothiques inscrites autour du cadran.

– *Je veillerai à ce que justice soit faite.*

– J'en suis l'auteur, répéta Carver, en se raclant la gorge, tandis que les deux autres demeuraient silencieux. Cela vous plaît ? Un peu banal, sans doute, mais il me semble que seules les horloges, en tant que symbole de l'éternité, peuvent établir l'ordre équitable de l'avenir. Toute la force de la devise réside dans l'emploi du futur proche, qui trahit la détermination. La fatalité ou la vengeance n'ont pas de place ici. Seul le futur : « Je veillerai », imperturbable, patient et puissant, pouvait convenir. Je m'intéresse à ce genre de subtilités, comme mon ami Boscombe ; dans le diabolique...

Le Dr Fell jeta un regard par-dessus son épaule et referma le placard.

– Les subtilités vous intéressent, ahana-t-il mollement. Cette inscription ne signifie donc rien d'autre ?

– Je ne suis pas policier, répondit Carver, d'une voix si neutre que Melson faillit ne pas remarquer la lueur d'intelligence dans son regard. Vous pouvez l'interpréter comme bon vous semble, mon cher. Mais puisque nous y sommes, j'aurais aimé vous demander...

– Oui ?

– Si vous aviez avancé dans le sens de la suggestion assez abominable que Mr Hadley a faite la nuit dernière ? Je n'écoute pas aux portes, mais j'ai cru comprendre que vous rencontriez quelques difficultés dans l'établissement de l'emploi du temps de ces dames – au moment de cette affaire chez *Gambridge* – le 27 août.

– J'entends bien et je vais vous répondre par une question. Lorsque Hadley vous a demandé ce que vous faisiez cet après-midi-là, ainsi que ce que faisaient les autres, vous avez répondu que vous ne pouviez pas vous en souvenir. Entre nous, Mr Carver, dit Fell en lui adressant un clin d'œil, ce n'était pas l'exacte vérité. Le panégyrique de Mrs Steffins sur son cher et regretté Horace ne risquait pas de vous faire oublier la date. Hein ?

Carver hésita, ouvrit et referma ses mains, en les examinant. C'étaient de grandes mains, aux doigts noueux en spatule, non sans délicatesse toutefois, et dont les ongles étaient manucurés. Il tenait toujours le cigare que le Dr Fell lui avait offert et qu'il n'avait pas allumé.

– Entre nous, ce n'était pas vrai.

– Et pourquoi l'avez-vous oublié ?

– Parce que je savais qu'Eleanor n'était pas présente, expliqua-t-il comme s'il répondait à un interrogatoire. J'aime beaucoup Eleanor. Elle est chez nous depuis longtemps. J'ai presque trente ans de plus qu'elle, bien sûr, mais il fut un temps où j'espérais... Je l'aime beaucoup.

– Mais pourquoi le simple fait qu'elle soit en retard pour le thé vous a-t-il fait oublier tout l'après-midi ?

– Je savais qu'elle serait probablement en retard. En fait, je savais qu'à un moment ou à un autre, elle irait chez *Gambridge*. Voyez-vous, elle... Ah !... Elle est la secrétaire particulière d'un certain Mr Nevers, un imprésario de théâtre, dans Shaftsbury Avenue. (Il ouvrit et referma les mains, en les fixant.) Ce matin-là, elle m'avait dit qu'elle essayerait de sortir de bonne heure pour faire quelques courses, et elle m'avait demandé de « calmer Millicent », au cas où elle rentrerait en retard... Je m'en suis souvenu, car je suis moi-même allé faire un tour chez *Gambridge* en milieu d'après-midi, avec Boscombe, Paull et Peter Stanley. Nous voulions voir de près la collection de montres exposées et je me suis demandé si, par hasard, je ne la verrais pas là-bas. Mais, bien sûr...

– Si vous l'aimez tant que cela, déclara Fell avec une sévérité soudaine, expliquez-nous où vous voulez en venir.

– Nous avons eu quelques problèmes avec elle lorsqu'elle était enfant... (Carver se ressaisit et son regard s'éclaircit.) Cela me tracasse de mentir ou déformer la vérité. Non que je réprouve le mensonge, mais ensuite, je n'ai pas la conscience tranquille. Appelons cela de l'égoïsme, si vous préférez. (Il eut un sourire sinistre.) Hier soir, j'ai menti, mais je vous ai dit la vérité ce matin, et c'est tout ce que je sais. Je n'ai pas l'intention d'en dire davantage ; et aucun stratagème ne m'obligera à avouer ce que je veux taire. Si vous témoignez d'un intérêt quelconque pour ma collection, je serai ravi de vous la montrer. Sinon...

Le Dr Fell le dévisagea, impassible, presque sombre. Sa cape noire paraissait immense dans la pièce blanche ; il se tenait debout, un cigare dans une main et une allumette dans l'autre. Durant une vingtaine de secondes, il demeura figé dans cette position, tandis que Melson sentait qu'un effroyable orage se préparait et que, derrière le lorgnon, les petits yeux clignotants trahissaient l'épouvante. Melson sursauta en entendant le bruit sec de l'allumette qui s'enflamma.

– Puis-je vous donner du feu ? tonna-t-il comme pour plaisanter. Je suis très intéressé par votre collection. Ces pendules à eau, à présent...

– Ah ! les clepsydres !

Carver s'efforçait de meubler le silence. Un peu de son enthousiasme revint et il désigna les vitrines.

– Si vous êtes intéressé par les premiers moyens dont les hommes disposaient pour indiquer l'heure, toute l'histoire débute ici. Et pour bien comprendre, il vous faut garder à l'esprit les divisions du temps utilisées par les anciens. Les Perses, par exemple, partageaient la journée en vingt-quatre heures, en commençant par le lever du soleil. Les Athéniens utilisaient la même méthode, mais en partant du coucher du soleil. La journée égyptienne était de douze heures. Chez les brahmanes, on indiquait l'heure de façon plus complexe. (Il effleura la vitrine contenant la grande vasque en métal percée d'un trou en son centre.) Ceci, s'il s'agit d'une pièce authentique, doit être l'un des plus anciens mécanismes d'horlogerie qui existent encore au monde. Les brahmanes divisaient la journée en soixante heures de vingt-quatre minutes, et cet instrument constituait leur *Big Ben*. Elle était placée dans une cuve pleine d'eau, dans un lieu public à proximité d'un gros gong. Au bout de vingt-quatre minutes exactement, la vasque remplie sombrait dans la cuve et le gong retentissait pour indiquer qu'une heure venait de s'écouler.

» C'est le principe le plus primitif. Avant l'invention du balancier, toutes les pendules consistaient en un écoulement d'eau régulier, uniquement destiné à remplir une série d'encoches graduées qui indiquaient les heures...

Il désigna le mécanisme que Melson avait remarqué la veille : un tube de verre vertical avec des chiffres romains gravés sur une planchette, et une chandelle sur son support.

– ... comme cette pendule de nuit, dont la mèche brûle sans cesse. On prétend qu'elle date du XVIIe siècle et qu'elle est l'œuvre de Jehan Shermite ; elle est probablement identique à celle que Pepys décrit dans la chambre de la reine Catherine, en 1664.

L'esprit curieux de Melson s'était remis en marche. Il découvrit que, pour une raison obscure, Fell incitait Carver à parler de son passe-temps, et en tirait un certain profit.

– Les horloges à eau étaient-elles encore en usage à une époque aussi tardive ? s'enquit-il. Je les associais surtout aux Romains. On trouve quelque part un récit sur le déroulement des procès ou des débats sénatoriaux, dans lesquels les orateurs se voyaient accorder un temps de parole précis ; on y explique notamment comment on falsifiait les horloges pour réduire ou rallonger à loisir le temps de parole des orateurs.

L'enthousiasme avait complètement gagné Carver. Il se frotta les mains.

– Très juste, Monsieur. Très juste. On procédait avec de la cire... Mais les clepsydres ont fonctionné jusque vers 1700. Bien que notre mécanisme d'horlogerie soit apparu sous sa forme primitive dès le XIVe siècle, j'expliquerais ce fait par un énorme regain d'intérêt pour les clepsydres vers le milieu du XVIIe... Ne serait-ce que comme jouet astucieux. Les gens de cette époque s'intéressaient à tout ! Ils étaient comme des enfants, intelligents et brillants, tant en mécanique qu'en chimie. L'Académie des Sciences en était alors à ses premiers balbutiements en ce qui concerne la machine à vapeur ; nous avions le briquet à amadou, la sonnerie d'alarme, la gravure à la manière noire, les larmes du prince Rupert, ces pendeloques en verre fondu dans l'eau...

» Celle-ci, par exemple. (Il désigna le cadran avec une seule aiguille, monté sur châssis, derrière lequel un cylindre en cuivre était suspendu à une chaîne.) Elle est authentique, je le sais. A mesure que s'écoule l'eau du cylindre, le poids de ce dernier décroît et entraîne l'aiguille à la vitesse prescrite. Elle date de 1682, mais se révèle tout à fait banale si seuls les mécanismes ingénieux vous intéressent. Pensez à l'horloge à vapeur exposée au *Guildhall*...

– Un instant, je vous prie, intervint le Dr Fell. Humpff ! Vous semblez douter de l'authenticité de la plupart de ces objets. Mais qu'en est-il des pièces authentiques de votre collection, les montres, par exemple ?

L'enthousiasme de Carver atteignait son paroxysme.

– Les montres ! s'extasia-t-il. Ah ! dans ce cas, j'ai quelque chose qui vous plaira, Messieurs ! Voyons ! D'ordinaire, je ne le fais pas en présence d'étrangers mais, si vous voulez, je vais ouvrir mon coffre-fort et vous montrer de véritables trésors.

Il regarda instinctivement le mur de droite, comme la veille, songea Melson, lorsqu'il était entré dans cette même pièce, et son visage s'assombrit.

– Vous savez que le joyau de ma collection a disparu, bien qu'il soit resté sous ce toit...

– La montre que vous avez vendue à Boscombe ?

– La montre Maurer à tête de mort, oui. J'en possède une autre, d'un style et d'une qualité d'exécution identiques, un travail superbe, mais qui vaut dix fois moins, à cause de l'inscription et des références historiques de la première. Vous devriez la voir, Boscombe vous la montrera volontiers.

Le Dr Fell se renfrogna et grommela :

– C'est là que je voulais en venir. Cette montre me passionne, car à mes yeux, elle a provoqué toute une histoire. Pour une montre, même s'il s'agit d'une antiquité, elle a dû en bouleverser d'autres que vous. A-t-elle de la valeur ? Une grande valeur, je veux dire ?

Carver papillota et ébaucha un pâle sourire.

– Sa valeur, Docteur, est de loin supérieure à son prix. Mais je peux vous dire combien Boscombe m'a donné pour l'obtenir. Le prix que j'ai payé pour l'acquérir, il y a des années de cela : trois mille livres.

– Trois mille livres ! rugit le Dr Fell dans une grosse bouffée de fumée, en ôtant brusquement son cigare.

Il se mit à tousser et son visage devint écarlate. Ses gloussements se perdirent en une quinte de toux.

– Trois mille livres, dites-vous ! articula-t-il en battant des paupières, quand il eut repris son souffle. Mazette ! Attendez un peu que Hadley l'apprenne ! Hé, hé, hé !

– Vous... euh... vous comprenez maintenant pourquoi Mrs Steffins pense parfois que nous avons besoin d'argent. Mais vous savez sûrement à quoi ressemble cette montre ? s'enquit Carver. Jugez vous-même.

Toujours traînant les pieds, il gagna un long panneau central sur le mur de droite. Melson ne vit pas son geste, mais Carver dut appuyer sur un ressort, car une fente apparut et il enfonça le panneau dans le mur pour dégager une cavité haute et sombre, comme une alcôve, pourvue d'une porte. A droite de la niche, ils distinguèrent les contours d'un coffre-fort mural, et sur la gauche, une seconde porte.

– Un instant. Je dois débrancher l'alarme, expliqua Carver. Comme vous devez vous en douter, la montre-tête de mort fut un produit étrange de la première période du XVIe siècle. N'allez pas imaginer que ces montres sont telles que nous les jugeons aujourd'hui. La montre-tête de mort ne pouvait être portée, ne fut-ce que par commodité, car elle pesait dans les trois cent quarante grammes. On peut en voir aujourd'hui des spécimens au British Museum. Celle-ci est nettement plus petite.

Il composa la combinaison du coffre en tournant le bouton de sa main gauche, sans prendre la peine de la dissimuler avec sa main droite, puis il ouvrit une porte à l'intérieur, sortit un petit plateau garni de velours noir et l'apporta sur la table.

La montre était en forme de crâne aplati, la mâchoire pendante, le tout d'aspect plutôt sinistre. Dehors, la lumière du jour se troublait, le feu, dans la cheminée, projetait des lueurs jaunes et changeantes sur l'objet, et les nuances de l'émail argenté miroitaient faiblement sur le velours noir. C'était un beau spécimen dans son genre, mais Melson n'aimait pas cela. L'inscription de l'artisan, gravée en lettres calligraphiées sur le front et les orbites, donnait une touche véritablement macabre à la montre... Un homme avait inscrit son nom sur la tête de mort.

– Vous aimez ? demanda vivement Carver. Vous pouvez la prendre. Vous voyez, la mâchoire s'ouvre. Ouvrez-la... retournez-la... voilà ! Vous voyez le cadran. Les rouages sont à la place du cerveau, comme il se doit. (Il gloussa.) Elle est petite et légère, comme vous le voyez. C'est Isaac Penard qui l'a fabriquée, environ un siècle après celle de Boscombe, bien sûr, mais les deux sont semblables. A l'exception de...

– A l'exception de ? répéta le Dr Fell qui soupesait la montre dans le creux de sa main.

– A l'exception de son histoire, déclara Carver dont les yeux délavés étincelaient. A l'exception de l'inscription. Vous avez un crayon ? Merci. J'ai une enveloppe ici. Je vais vous la noter. Ha ! Des hommes comme vous n'auront aucun mal à...

Le crayon courait par saccades sur le papier, et Carver

respira profondément. Il jeta un regard en coin, se pencha en avant et, à la lueur du feu, esquissa un sourire démoniaque en poussant l'enveloppe vers eux. Le bois crépita dans l'âtre et le feu baissa. Les yeux écarquillés, Melson déchiffra l'inscription : « EX DONO FRS. R. FR. AD MARIAM SCOTORUM ET FR. REGINAM, 1559. »

Il y eut un silence.

– « Le cadeau, lut le Dr Fell, en rajustant son lorgnon,... de François, roi de France, à Marie, reine de France et d'Ecosse, 1559. » Donc...

– Oui, dit Carver en hochant la tête. C'est le cadeau de François II, lors de son accession au trône, à sa fiancée... Marie, reine d'Ecosse.

14

LE DERNIER ALIBI

– C'est un beau spécimen mais il n'a – si je puis dire – guère de personnalité, poursuivit Carver, car il ne comporte aucune évocation de ceux qui l'ont utilisée. C'est du métal mort. Mais celle qui se trouve là-haut, en revanche, est bien différente. Il n'y a rien de plus évocateur qu'une montre en ce qui concerne les morts. C'est aussi intime qu'un miroir. Rendez-vous compte, continua-t-il d'un ton calme, les yeux fixés sur l'âtre, en 1559, Mary avait dix-sept ans et le monde à ses pieds, Elisabeth n'était qu'une petite mégère encore novice, aux cheveux roux, à peine grimpée sur un trône chancelant. On était encore loin des intrigues, des amants égorgés et des cheveux blancs apparaissant sous la perruque, quand la tête roule sur le billot du bourreau. Pourtant, Messieurs, lorsque vous regarderez cette montre, là-haut, vous y verrez tout cela, comme dans un miroir.

Professeur d'histoire constitutionnelle, Melson ne goûtait guère ce genre de propos. Machinalement, il eut sa petite toux sèche, comme s'il était sur le point d'en découdre. En d'autres circonstances, cela aurait sans doute déclenché en lui une ferveur hostile, mais il demeura silencieux. Quelque chose dans la terreur latente qui régnait dans la maison l'empêchait de détourner les yeux de la montre, étincelante dans la main du Dr Fell.

– Je présume, observa celui-ci d'une voix altérée, que tout le monde dans la maison l'a vue... l'autre, je veux dire ?

– Oh ! oui.

– Est-ce que tout le monde partage la même admiration ?

Carver rendossa sa carapace de retenue et saisit le plateau.

– En effet... Vous voulez sûrement voir les autres. (On entendit un bruit de vaisselle.) Mince ! Quel fichu maladroit je fais ! Voulez-vous ramasser ce qu'il reste de cette tasse, Docteur ? Je passe mon temps à casser de la porcelaine. Hum ! Merci. Je suis victime de mon enthousiasme. Vous me jugez sans doute trop prudent, avec toutes ces alarmes pour ma collection. Il est vrai que le coffre-fort est fiable et qu'un cambrioleur aurait du mal à écouler la marchandise volée, mais... avec ce dispositif, je me sens plus en sécurité. Vous voyez cette porte ? (Il désigna celle de gauche, dans l'alcôve.) Elle donne sur un escalier qui mène au toit. Et bien qu'on y ait posé un gros verrou...

– Au toit ? répéta le Dr Fell.

Ses mots résonnaient encore lorsque la porte du vestibule s'ouvrit à la volée. Hadley pénétra dans la pièce, agité et tentant de dissimuler dans sa main quelque chose qui ressemblait à un mouchoir.

– Dites donc ! Fell, lança-t-il sans préambule. (Puis il s'interrompit subitement en voyant la mine du docteur.) Ne me dites pas, grinça-t-il, qu'il s'est encore passé quelque chose. Pour l'amour du ciel, ne me le dites pas !

– Harrumpf ! Je ne sais pas si l'on peut parler d'un fait nouveau, mais il me semble qu'il existe une autre voie d'accès au toit.

– Que me chantez-vous là ?

Carver arborait à présent un visage sévère et paisible.

– Je ne savais pas, Inspecteur, dit-il, que cela vous intéressait. Vous n'en aviez rien dit. (Il rangea le plateau dans le coffre-fort qu'il referma et tourna le bouton.) Cette porte donne sur un escalier qui dessert, entre autres, deux chambres au premier – aujourd'hui des débarras – et conduit directement sur le toit. Je crois qu'on l'utilisait, au début du XIXe siècle, quand cette pièce servait de salle à manger ; il était réservé au maître de maison qui l'empruntait pour regagner sa chambre, après son porto... Quelle importance ? Il y a deux verrous de ce côté et des verrous sur la trappe, côté grenier. Personne n'a pu s'introduire de l'extérieur.

– Non, déclara Hadley, mais un des locataires a pu s'échapper. On accède au toit, dites-vous ? (Il désigna la porte derrière Carver, au fond de l'alcôve.) C'est la chambre de Mrs Steffins, n'est-ce pas, de l'autre côté de cette porte ?

– En effet.

– Et ces débarras, à l'étage ? Donnent-ils aussi sur l'escalier ?

– Oui, reconnut Carver d'un ton neutre.

– Dites donc, Hadley, intervint le Dr Fell, vous avez une idée derrière la tête...

– N'importe quel occupant de cette maison pouvait gagner le toit à partir de cette pièce ou des chambres du haut. Et une fois là-haut, il pouvait redescendre par l'autre trappe – rappelez-vous que le verrou en est cassé –, atteindre la porte palière, l'ouvrir en faisant sauter le verrou à ressort de l'intérieur et hop !... (Hadley fit mine de poignarder quelqu'un.) Cela a déjà dû vous traverser l'esprit, non ? Vous m'avez l'air incroyablement obtus, tout à coup.

– Sans doute le suis-je, grogna le Dr Fell en tortillant sa moustache. Mais pourquoi tous ces tours de passe-passe ? Si vous aviez dû tuer ce brave Ames, n'aurait-il pas été plus simple de le suivre dans l'escalier, de lui régler son compte et de retourner tranquillement dans votre chambre ?

Hadley le considéra avec une certaine curiosité, comme s'il soupçonnait quelque arrière-pensée.

– Cela ne colle pas. Primo, il y avait le risque d'une bagarre ou d'une sonnerie d'alarme qui aurait réveillé toute la maison. Secundo, le plus important, une fois l'affaire réglée, vous ne pouviez retourner directement dans votre chambre en empruntant le même chemin sans risquer d'être surpris.

– Allons, allons ! s'énerva Fell, réprobateur. Ne dites pas cela. Vous couriez davantage le risque d'être vu par miss Carver et Hastings en train de prendre l'air et de profiter du clair de lune sur le toit, que bien au chaud, dans un vestibule plongé dans le noir.

Hadley lui adressa un regard soupçonneux.

– Etes-vous en train de concocter une de vos blagues subtiles ? Pour soutenir votre hypothèse, vous utilisez les éléments qui prouvent la véracité de la mienne. A savoir que quelqu'un a été vu sur le toit, et qu'il doit s'agir du meurtrier. Eleanor et Hastings ne se rencontraient pas régulièrement là-haut. L'assassin ignorait ce rendez-vous. Suivez-moi ! Nous allons explorer le toit.

Le Dr Fell ouvrait la bouche pour répondre lorsque Carver, qui les observait d'un air ironique, se fit un plaisir de tirer les verrous de la porte donnant sur l'escalier.

– Mais je vous en prie, suggéra-t-il en faisant de

grands gestes. Explorez ! Hum ! Explorez ! Je ne voudrais pas refroidir votre ardeur, Monsieur l'inspecteur. Tout ce que je sais, c'est que votre hypothèse est fausse.

– Et pourquoi cela, s'il vous plaît ?

– Millicent était dans tous ses états, hier soir, vous vous rappelez ? Elle en voulait à Eleanor, bien que ce fût le jeune Hastings qui eût cassé le verrou de la trappe. Elle m'a tout raconté. Pour être franc... (Sa bouche s'affaissa en un rictus amer.) Moi-même, je n'ai guère apprécié la chose. C'était inutile et dangereux, après toutes les précautions que j'avais prises. Je suis monté là-haut jeter un coup d'œil...

– Vous êtes allé voir la trappe, sur le toit ? Très intéressant, dit Hadley. Hier soir, la porte palière était bouclée, et votre pupille nous a confié qu'on lui avait volé la clef. L'avez-vous retrouvée ? Comment avez-vous pu emprunter ce chemin ?

Carver sortit un trousseau de clefs de sa poche et les examina.

– J'ai des doubles, répondit-il, pour chaque porte de la maison. Vous ne me l'avez pas demandé, sinon, je vous l'aurais dit. Voulez-vous celle-ci ? Avec plaisir. Tenez !

Il détacha une clef du trousseau et la lança en l'air. Elle étincela un instant et parut les narguer. Hadley la rattrapa au vol.

– J'ai examiné la trappe, poursuivit Carver. Eleanor s'était trompée ; le verrou n'était pas endommagé ; tout était en ordre et la trappe était verrouillée par huit bons centimètres de métal... Du toit, il était matériellement impossible de pénétrer dans la maison. Par conséquent, votre hypothèse tombe à l'eau : l'assassin n'est pas rentré par une trappe pour sortir par l'autre. Hum ! Si vous ne me croyez pas...

Il désigna la clef.

Un silence tomba, troublé par la respiration asthmatique du Dr Fell.

– Voilà où cela nous mène, Hadley, dit-il. Cette affaire part à vau-l'eau. La possibilité d'individus sur le toit est donc exclue. Nous monterons là-haut, histoire d'examiner le toit, mais pas pour l'instant. D'abord, il y a une montre que j'apprécierais d'admirer...

– Une montre ?

– Celle de Boscombe. Je ne veux pas l'examiner en détail, précisa-t-il en insistant inutilement. Je veux plutôt m'assurer de sa présence. C'est comme ce... Hum ! Ah ! Bonjour, miss Handreth.

Il s'était interrompu dès qu'on avait frappé à la porte et ne se dérida pas à l'entrée de la jeune femme. Lucia Handreth paraissait très gaie. Habillée, pour sortir, d'un manteau ajusté à col de fourrure, et coiffée d'un chapeau gris, elle enfilait des gants noirs et tenait une serviette coincée sous son bras. Aucune trace de son caractère rebelle de la veille ne subsistait. Les cernes sous ses yeux prouvaient qu'elle avait eu une nuit de sommeil trop courte, mais sa fraîcheur était vivifiante et elle sentait la violette.

– Je sors pour affaires, aussi surprenant que cela puisse paraître, déclara-t-elle en souriant à Hadley. Je savais que je vous trouverais ici. Pouvez-vous venir au téléphone ?

– Dites-leur de...

– Oh ! il ne s'agit pas de votre bureau. C'est à propos de mon alibi, expliqua-t-elle posément. Vous savez, au sujet de l'après-midi du 27, il y a une semaine. Je vous ai dit que je consulterais mon agenda : j'avais raison, c'était bien le jour du cocktail. Ce matin, j'ai appelé celui qui donnait ce cocktail, ainsi que son épouse. Je suis arrivée chez eux vers 4 h 30 et je suis restée jusqu'à 7 heures du soir. Ken est au bout du fil, en ce moment, il vous en donnera la confirmation. C'est un artiste, mais il réalise des couvertures de magazines ; peut-être est-ce assez respectable à vos yeux. Je sais que vous allez devoir vérifier par vous-même, mais je souhaite que vous lui parliez tout de suite, je serai plus tranquille. Je me suis fait beaucoup de souci à ce sujet.

Hadley jeta un regard complice au Dr Fell et parut ravi de suivre la jeune femme dans le hall. Fell, en revanche, était de plus en plus maussade. Il leur emboîta pesamment le pas mais n'alla pas au-delà du vestibule. Lorsque Melson eut remercié Carver, il s'en fut retrouver son ami qu'il découvrit, debout et imposant dans la pénombre, son chapeau romain en arrière, martelant rageusement le tapis de sa canne. Melson ne l'avait jamais vu dans cet état. Une fois de plus, il sentit la présence de forces maléfiques. Lorsqu'il lui adressa la parole, le Dr Fell sursauta et regarda autour de lui.

– Hein ? Ah ! Je suis incapable d'arrêter le mécanisme, s'écria-t-il, avec un coup de canne accablé. Je le sens venir, je le vois qui s'approche, d'heure en heure, depuis que nous sommes dans cette maudite maison. On se croirait dans un cauchemar. Comment arrêter le mal ? Quelle preuve tangible proposer à une douzaine d'hommes, tous loyaux et braves ? Que puis-je dire...

– Enfin, quelle mouche vous pique ? s'enquit Melson qui tressaillait chaque fois qu'il entendait des pas ou une porte qui s'ouvrait. Vous êtes contrarié à cause de l'alibi de miss Handreth à l'heure du crime du grand magasin ?

– Je suis contrarié, confirma le Dr Fell. Mais surtout, je suis toujours bouleversé quand je vois un innocent qui risque d'être pendu.

Melson le regarda, les yeux écarquillés.

– Vous voulez dire que miss Handreth est...

– Du calme ! intima le Dr Fell d'un ton acerbe.

Dans la pièce d'en face, Hadley s'inclina pour saluer miss Handreth, la mâchoire contractée en une grimace de satisfaction. Elle ajusta ses gants, tapota une dernière fois son chapeau et déclara :

– Êtes-vous rassuré, Mr Hadley ?

– Je vais devoir vérifier, bien sûr, mais...

– Je pense que cela devrait aller. Je puis m'en aller, maintenant ? Bien ! Vous pouvez toujours fouiller mon appartement, si vous le souhaitez. Au revoir.

Elle eut un large sourire laissant voir ses dents pointues ; ses yeux noirs étincelaient, puis la porte claqua, étouffant aussitôt les bruits de la rue. Les hautes fenêtres qui flanquaient la porte d'entrée laissaient entrer un jour maigre. Melson aperçut la courette, en contrebas, et le ballet incessant des visages avides, bouche bée, derrière les grilles, telles des têtes fichées sur des lances. Quelqu'un brandit un appareil-photo et la lumière d'un flash jaillit sur le fond de ciel automnal. Melson entendit alors Hadley chantonner derrière lui, tout content. Quoique ignorant en matière de chansons populaires, Melson reconnut néanmoins les paroles :

– ... *'proche de la fin...*

Puis, d'un ton mordant, Hadley déclara :

– Cette femme n'est pas dans le coup, Fell. A part l'artiste en question, il y avait un tas de gens en train de déjeuner, à l'autre bout du fil. Ils faisaient un potin du diable et s'arrachaient le combiné. Tous ont dit la même chose. Donc...

– Venez avec moi, coupa Fell. Pas de discussion, montez. Il nous reste encore une chose à découvrir.

Il ouvrit la marche de son pas lourd qui ébranlait les degrés malgré la moquette ; les autres le suivirent. Se rappelant soudain le mouchoir qu'il tenait à la main, Hadley voulut parler, mais Fell lui imposa le silence d'un geste féroce. La porte à deux battants de Boscombe était entrouverte. Ils frappèrent chez lui pour la forme et il vint aussitôt leur ouvrir. Les reliefs d'un petit déjeuner étaient encore sur la table et les rideaux étaient ouverts. Boscombe était impeccablement vêtu, le teint cireux à la lumière du jour ; il se versa un whisky soda sur le buffet et se retourna, la main sur le siphon.

– Bonjour, dit le Dr Fell. Nous avons déjà parlé à Carver... Une conversation très intéressante sur les montres ; nous serions curieux de voir la montre-tête de mort que vous lui avez achetée. Cela vous dérangerait-il de nous la montrer, je vous prie ?

Boscombe jeta un coup d'œil sur le coffret en cuivre, hésita, et son teint vira au jaune.

– Oui, répondit-il. Cela me dérangerait. Sortez !

– Pourquoi donc ?

– Ce n'est pas moi qui ai choisi de vous la montrer, expliqua-t-il avec peine d'une voix dure. J'en suis le propriétaire et personne ne la verra si je ne l'ai pas décidé. Si vous croyez que le fait d'appartenir à la police vous donne tous les droits, eh bien, vous vous trompez !

Fell fit un pas en avant. D'un geste brusque, Boscombe ouvrit le tiroir du buffet et y glissa la main.

– Je vous préviens que vous allez commettre un vol. Si d'aventure vous posez la main sur ce coffret, je vais...

– Vous allez tirer ?

– Oui ! Vous ne me faites pas peur !

Quelque chose, dans sa voix, trahissait la hargne et l'humiliation du vaincu. Il ne voulait pas subir une nouvelle défaite. Hadley grommela un juron et bondit. Melson vit le Dr Fell rire sous cape.

– Boscombe, déclara-t-il d'un petit ton tranquille, si quelqu'un m'avait dit hier soir que je vous trouverais sympathique aujourd'hui, je l'aurais traité de menteur... Mon opinion est en train d'évoluer. Il y a au moins assez de sang-froid et de générosité dans le petit bonhomme que vous êtes pour protéger quelqu'un, même s'il s'avère que vous vous trompez sur la personne...

– Hé là ! de quoi parlez-vous ? s'enquit Hadley.

– La montre-tête de mort de Maurer a été volée, déclara Fell. Mais non pas par la personne à laquelle pense Boscombe. Cela va vous intéresser, Hadley. Il se trouve que cette montre vaut trois mille livres, et elle a disparu.

– Vous mentez.

– Ne faites pas l'imbécile, mon vieux, dit le Dr Fell d'un ton sévère. Lors de l'enquête judiciaire, vous serez interrogé à ce sujet, et si vous êtes incapable de la présenter...

Boscombe se retourna vers le buffet et s'empara du siphon.

– Rien ne m'oblige à la montrer. Si je l'ai prêtée à un ami avant que cette affaire n'éclate, cela ne regarde que moi.

On entendit le jet bruyant du siphon. Boscombe se tourna vers eux.

– Vous êtes bouleversé à l'idée qu'on se paie le culot de débarquer chez vous, déclara le Dr Fell, ébahi. Et qu'on vous accuse d'avoir un comportement somme toute correct. Votre amour-propre en prend un sacré coup. Cessez cette comédie, mon vieux ! Le monde n'est pas si minable et pourri pour que vous ayez toujours besoin de vous méfier, de peur qu'il ne vous saute à la gorge. Quant à...

– Dites donc, vieux..., commença une voix pressée, derrière eux, sur le palier.

Puis l'inconnu ravala ses paroles. Ils se retournèrent et découvrirent un robuste jeune homme sur le seuil, perplexe. D'une main, il resserra autour de son cou le col de sa robe de chambre en soie fripée, tandis que de l'autre, il se cramponnait au chambranle. Ses cheveux blonds et fins étaient tout ébouriffés. Son teint, rose en temps ordinaire, était jaunâtre, et ses yeux chassieux, horrifiés. Il tenait encore sur ses jambes mais donnait l'impression que s'il lâchait le chambranle, il allait s'effondrer. Son débit était rapide et sa voix saccadée.

– Dites donc, mon vieux, répéta-t-il après s'être

éclairci la voix, vous n'auriez pas un vieux fond de bouteille, par hasard ? Quelle poisse ! Je... je crois que j'ai bousillé la seule qu'il me restait, à moins que je ne l'aie perdue. Je vous en serais drôlement reconnaissant...

Il tremblait de froid ou de fièvre. Boscombe le dévisagea, saisit la bouteille, versa du whisky dans le verre qu'il tenait à la main et le lui tendit. Le nouveau venu qui, aux yeux de Melson, ne pouvait être que Mr Christopher Paull, lâcha le col de sa robe de chambre et le montant de la porte pour se précipiter, le regard halluciné. Mr Paull était pieds nus et sa veste de pyjama n'était pas assortie à son pantalon. Mr Paull était tendu comme la corde d'un violon. Il accepta le verre de Boscombe et le tint sans rien dire pendant quelques secondes puis bredouilla un faible « A la vôtre ! » et l'avala en frissonnant.

– Ouh ! dit-il avec un sourire de spectre. On dirait que vous avez des invités. Je suis navré. Euh... (Il essuya d'un geste nerveux sa moustache en brosse.) Vous savez ce que c'est. On dîne entre copains de régiment et tout y passe, *Les gars de la marine*, etc. J'ai tout oublié. Impossible de me souvenir. Je ne sais même plus comment je suis rentré ici. Quelqu'un a chanté *C'est nous, les gars de la marine*, ça, je m'en souviens. Je suis désolé ! (Il but de nouveau. Son ton d'excuse se perdit en gargouillements.) Ah ! ça va mieux.

– Vous ne savez donc pas ce qui s'est passé la nuit dernière ? demanda Boscombe.

– Bon sang ! Qu'est-ce que j'ai fait ? s'écria Paull en écartant son verre de sa bouche.

– Vous n'auriez pas commis un meurtre, par hasard ? intervint Hadley.

Paull recula. Le verre tremblait dans sa main et il dut le poser sur le buffet. Pendant un instant, il roula de grands yeux incrédules, puis la peur assombrit son regard.

– Écoutez... Le moment est mal choisi pour mettre en boîte un pauvre type comme moi. (Il se tourna vers Boscombe.) Dites donc, qui sont ces lascars ? A votre place, je les ficherais dehors, c'est moi qui vous le dis ! Nom d'un chien ! Flanquer la frousse à un type dans mon état ; parce que je me sens plutôt mal, si vous voulez le savoir. Qui sont ces hommes ? Un meurtre, qu'ils disent ? Diable ! Quelle poisse !

Il tendit la main pour reprendre son verre et faillit le manquer.

– Il se trouve que j'appartiens au C.I.D...., à Scotland Yard, déclara Hadley en haussant la voix comme s'il parlait à un sourd. Vous êtes Mr Christopher Paull, sans doute. Un officier de police a été assassiné hier soir, tandis qu'il gravissait cet escalier. Sur le palier, précisément.

– Vous vous payez ma...

– Pas du tout. On l'a poignardé, à deux pas de la porte de votre appartement. Nous avons la preuve que vous êtes rentré vers 7 h 30, hier soir, et que vous vous trouviez chez vous, à l'heure du crime. Savez-vous quoi que ce soit à ce sujet ?

Paull lança un regard à Boscombe qui hocha la tête. Puis il se calma. Était-ce le choc ou la frayeur ? Melson n'aurait pas su le dire. Il resta un certain temps sans parler ; il fallut lui répéter plusieurs fois le récit des faits. Il gagna un fauteuil, s'assit et posa son verre sur la table, à côté de lui.

– Eh bien, Mr Paull ?

– J'en sais rien ! Bon sang ! Vous ne pensez tout de même pas que c'est moi qui ai fait le coup ?

– Non. Nous souhaitons seulement savoir si vous avez entendu ou vu quelque chose malgré votre état.

Paull parut quelque peu rassuré et sa respiration redevint régulière. Pressant ses mains sur ses yeux, il se balançait d'avant en arrière.

– Oh ! la barbe ! J'arrive pas à me concentrer ! Pas moyen d'extraire quoi que ce soit de cette fichue cervelle.

Tout est si emberlificoté ! Je n'ai pas de veine ! Et c'est sur moi que ça tombe... Un officier de police qui se fait assassiner ! Quelle poisse... Attendez voir ! Il y avait quelque chose... je ne vois pas bien ce que c'est. A un moment donné. Mais quand ? Laissez-moi réfléchir. Non, j'ai dû rêver. On croit se lever dans le noir mais ce n'est pas vrai. Quelle guigne ! Je pensais...

Comme pour chasser l'ombre d'un souvenir, il farfouilla dans la poche de sa robe de chambre. Il y découvrit quelque chose, car son visage changea d'expression. Hébété, il en sortit un gant de femme en chevreau noir, à moitié retourné. Comme il le remettait à l'endroit, une petite clef s'en échappa et tomba sur le plancher. La paume du gant portait une tache de peinture dorée.

15

LE GANT VOYAGEUR

Hadley resta un instant figé sur place, puis il se pencha et saisit le gant dans la main molle de Paull. Il en examina la paume à la lumière maussade et grise, près de la fenêtre. Les branches du grand érable effleuraient presque les carreaux, et un courant d'air s'engouffrait par la vitre brisée. L'inspecteur toucha les taches de dorure et d'autres taches pas tout à fait sèches.

– Du sang, articula-t-il.

Le mot ricocha entre les quatre murs et parut encore plus terrible dans la grande pièce à la décoration sinistre. Sans se presser, Hadley alla ramasser la petite clef. Lorsqu'il recula pour s'approcher du jour, sa silhouette se profila devant le paravent de cuir décoré de flammes et de croix. L'inspecteur était blême, mais ses yeux noirs brillaient et il arborait un air satisfait. Il sortit de sa poche la clef que lui avait donnée Carver au rez-de-chaussée, celle qui ouvrait la porte palière, la mit sur l'autre, et les tint toutes deux en pleine lumière. Elles étaient identiques. Puis il les rangea, chacune dans une poche différente.

– A présent, Mr Paull, déclara-t-il, dites-nous comment vous vous êtes trouvé en possession de ce gant.

– J'en sais rien ! grogna l'autre. Vous ne pouvez pas me laisser réfléchir ? Je réussirai peut-être à tirer au clair cette fichue histoire. J'ai une idée... Je ne sais pas... Je l'ai peut-être ramassé quelque part ? Non ? Attendez... J'ai parlé à une femme dans l'escalier. Non, c'était tante Steffins. Elle m'a mis ma cravate dans la poche. Il y avait de la lumière à ce moment-là. Je ne sais pas pourquoi je me rappelle ce truc-là.

– Savez-vous à qui appartient ce gant ?

– Bon Dieu ! pas à moi, en tout cas. Prenez-le si cela ne vous fait rien ! Comment le saurais-je ? (Il l'examina, dubitatif, comme s'il observait un serpent inoffensif.) C'est un gant de femme. Il peut être à n'importe qui... Hé ! mon vieux, servez-m'en un autre, voulez-vous ? Je suis tout à fait lucide à présent. Vaseux mais lucide. Allez, donnez-m'en un petit pour me remonter le moral.

– Mr Boscombe ?

Les narines de Boscombe frémirent, mais il demeura immobile, les bras croisés, adossé au buffet. De nouveau, il était sur la défensive. Il jeta à peine un coup d'œil sur le gant.

– Je ne l'ai jamais vu.

– Vous êtes formel ?

– Oui ! Et je suis également persuadé que vous êtes à deux doigts de commettre la plus grosse bévue de votre vie. Excusez-moi.

Il ajusta son délicat pince-nez et rejoignit Paull pour lui prendre son verre des mains.

– Hier soir, poursuivit Hadley, vous avez affirmé qu'avant la fin de cette enquête, nous viendrions vous demander conseil. Vous disiez avoir quelque chose à nous confier. Avez-vous quoi que ce soit à nous dire ?

– Une question en vaut une autre. (Il prit le verre de Paull mais resta le dos tourné.) Qu'est-ce que ce gant vous inspire ?

– Je n'ai pas besoin de me creuser les méninges quand je trouve les initiales "E.C." marquées au pochoir, à l'intérieur.

Boscombe fit volte-face et entra dans une colère froide.

– Il faut avoir un esprit superficiel comme le vôtre pour croire cela. Laissez-moi vous dire que le nom de famille d'Eleanor n'est pas Carver. Elle s'appelle Smith et sur ses effets personnels...

– J'y suis ! s'écria Paull subitement. Eleanor ! Bien sûr !

Il se redressa sur son siège, en tortillant sa petite moustache. Les marbrures de son visage s'estompaient. Il paraissait plus sûr de lui.

– Eleanor ! Dans le vestibule...

– Vous l'avez vue dans le vestibule ?

– Hé là ! Du calme ! Ne me bousculez pas ! implora-t-il, comme si sa mémoire menaçait de se renverser, tel un seau d'eau, s'il se risquait à agiter la tête. Les choses commencent à me revenir. Rien à voir avec votre fichu officier de police. Eleanor. Oh ! que non ! Puisque vous tenez tellement à savoir... Mais bon sang ! qu'a-t-il bien pu se passer ? Si vous me disiez...

Hadley eut quelque peine à maîtriser son impatience.

– N'attendez aucune aide de notre part. Essayez de vous souvenir. Nous ne voulons pas d'un témoignage déformé. Il doit concorder avec vos souvenirs. Eh bien ?

– Cela me revient, je crois. En partie, du moins. Ce qui me trouble, c'est d'être rentré si tôt. Oh ! zut !... Y avait-il un dîner... ou pas ? Je ne sais pas. Bref, je me suis réveillé...

– Où ça ?

– Dans ma chambre. Il faisait nuit. Je ne savais pas où j'étais ni comment je me retrouvais là, et j'étais tellement abruti que j'ai pensé que je devais rêver. J'étais assis dans un fauteuil et j'avais froid. Je me suis tâté les épaules et j'ai constaté que j'étais à moitié déshabillé ; j'avais retiré mes chaussures. En tendant la main, j'ai heurté une lampe, tiré sur la cordelette et vu que je me trouvais chez moi, mais la lumière était bizarre. Bon Dieu ! cela me revient, maintenant... Je me suis souvenu brusquement d'un truc qui me tracassait et j'ai pensé : « Zut ! Il faut que j'aille à ce dîner », mais impossible de mettre un pied devant l'autre, et la chambre me paraissait fichtrement bizarre. Pas moyen de trouver la pendule, alors, je me suis dit : « T'es fait comme une grive, mon vieux ! Faut que tu ailles à ce dîner ». Ensuite, j'ai traîné et tourné en rond dans ce que je croyais être ma chambre, jusqu'à ce que j'entende l'heure sonner. J'ai compté les coups...

Il frissonna. Hadley avait sorti son calepin et s'empressa de lui demander :

– Vous rappelez-vous l'heure qu'il était ?

– Pas de doute là-dessus, mon vieux ! Il était minuit. J'ai compté douze coups. Je me le rappelle, car j'étais en robe de chambre, à cause du froid. Puis je me suis assis au bord du lit pour réfléchir. Je me suis dit que je pouvais encore me rendre à ce dîner si je prenais un dernier petit verre pour la route. Et puis... non, là, il y a encore un blanc. Je ne me rappelle pas m'être levé de mon lit. Tout ce dont je me souviens, c'est que j'étais dans ma penderie, au milieu de mes costumes et que j'arrivais pas à tenir sur mes jambes ; j'avais une bouteille à la main. Il en restait encore un peu au fond, je l'ai bu en me disant : « Écoute, mon vieux, ce n'est pas assez pour te donner du cœur au ventre ». Je me sens toujours mieux avec une bouteille pleine. Et puis, je ne sais pas comment, je me suis retrouvé sur le palier tout noir...

– Comment cela s'est-il passé ?

– Je ne sais pas... Je vous jure que je ne sais pas !

Mr Paull s'agitait au fur et à mesure que ses souvenirs émergeaient péniblement du brouillard dans lequel était plongé son cerveau ; il s'empara avidement du verre que Boscombe lui apporta mais n'y toucha pas tout de suite.

– C'était vous, continua-t-il. J'y suis. Bien sûr ! Je me suis dit : « Ce vieux Boscombe. Toujours une bonne bouteille de côté. » J'ai pensé qu'il pourrait prendre la mouche si j'allais le réveiller pour lui réclamer un verre, mais je savais qu'il ne fermait jamais sa porte à clef. Je n'avais qu'à me faufiler chez lui sans bruit... et lui faucher une bouteille.

– Poursuivez.

– C'est ce que j'ai fait. Sur la pointe des pieds. J'ai éteint la lumière chez moi. Mais ce dernier verre !... Quelle horreur ! Tout tournait, même dans le noir. Je ne trouvais pas la porte. C'était épouvantable. (Il frissonna encore.) Et puis je l'ai ouverte tout doucement et je me suis lancé à l'aveuglette, la bouteille à la main.

– Et qu'avez-vous vu ? s'enquit Hadley.

– Je ne sais pas. Quelque chose... ou quelqu'un qui remuait. J'ai cru entendre un bruit, mais je ne peux pas le certifier... Eleanor, oui.

– Vous êtes prêt à le jurer ?

– Je sais ce que c'était ! grogna Paull, l'air soudain inspiré. Cela m'est venu à l'esprit, à ce moment-là : Eleanor va rejoindre ce type sur le toit. Elle en a l'habitude. Je m'étais promis de leur jouer un mauvais tour, un de ces quatre. J'ai eu envie de rire en pensant à la frousse qu'elle aurait si j'arrivais par derrière et si je lui faisais « Coucou ! » Puis je m'en suis voulu d'avoir eu cette idée. La pauvre petite, elle n'a pas tellement l'occasion de s'amuser. Ce n'est pas drôle pour elle, vous savez... T'es qu'un mufle, je me suis dit. Tu penses qu'à lui gâcher son plaisir...

Emporté par son élan chevaleresque, il eut les larmes aux yeux et sa main trembla lorsqu'il vida son verre.

– Tout le monde se moque de ce que vous avez pensé, cria Hadley. Personne ne veut savoir ce qui vous passait par la tête. Ce qui nous intéresse, c'est ce que vous avez vu. Lors de l'enquête judiciaire, quand vous témoignerez...

– Une enquête judiciaire ? bafouilla Paull en relevant brusquement la tête. Quelle poisse ! Qu'entendez-vous par là ? Je voulais juste lui flanquer la frousse...

– Ce que vous avez vu ou avez cru voir, dans le noir, c'était un homme qui venait d'être poignardé. Vous comprenez ? Un homme poignardé qui a succombé entre les deux battants de cette porte. (Hadley s'approcha des portes à grandes enjambées et les ouvrit à la volée.) Il y a encore du sang par terre. Maintenant, parlez ! Dites-nous ce que vous avez entendu, comment vous vous êtes procuré ce gant, et comment il se fait que personne ne vous ait vu alors que les portes étaient ouvertes, un instant plus tard... Mettez-vous dans la tête qu'un jury pourrait bien vous accuser d'homicide involontaire.

– Vous voulez parler de ce que j'ai entendu ? s'écria l'autre en proie à une panique grandissante.

– Entendu ?

– C'était un drôle de bruit, comme quelqu'un qui s'étrangle et qui trébuche. J'ai cru qu'elle m'avait entendu et qu'elle avait eu peur. Je me suis baissé et...

– A quelle distance vous trouviez-vous de l'escalier, à ce moment-là ?

– Je ne sais pas. Tout est dans le brouillard. Attendez ! Je crois que j'étais assez loin, car j'étais encore à ma porte. A moins que ce ne soit le contraire ? Je ne sais plus... Mais quand je me suis baissé, j'ai touché quelque chose, et c'était ce gant.

– Vous voulez dire que vous avez trouvé ce gant par terre, à une certaine distance de l'escalier ? Allons !

– Je vous dis que c'est vrai ! Vous auriez tort d'en douter. Je ne sais pas où il se trouvait exactement, mais il était par terre. J'ai failli laisser tomber ma bouteille en le ramassant, et il y avait un courant d'air. J'ai pensé qu'il valait mieux me faufiler dans ma chambre et attendre qu'elle soit partie. C'est ce que j'ai fait tout doucement, sur la pointe des pieds. Après, je ne sais plus rien. Je ne me souviens pas d'être rentré chez moi. Ensuite, il faisait jour, j'étais allongé sur mon lit, toujours à moitié déshabillé, et je me sentais patraque.

– Pourquoi avez-vous ramassé le gant ?

– Je... pour lui faire la surprise. Oh ! et puis, zut ! protesta Paull en ronchonnant. (Ses yeux étaient redevenus mornes et vitreux.) Je me suis dit : « La pauvre petite a perdu son gant. Si tante Steffins tombe dessus, elle va passer un sale quart d'heure. La pauvrette. Demain, je le lui rendrai en lui disant : « Hé, hé ! Je sais où vous étiez hier soir ! » Ha, ha !... Dites, mon vieux, je ne me sens pas très bien. Peut-être qu'avec un peu de temps, j'arriverai à me souvenir. Je crois que je me rappelle... (Il ébouriffa ses cheveux et secoua la tête, le regard vide.) Non, c'est parti. Mais si je réfléchis bien, il me semble que...

Le Dr Fell, qui n'avait pas bronché durant tout le récit, s'avança pesamment. Il mâchonnait un bout de cigare depuis longtemps éteint, mais il l'ôta de sa bouche et s'en débarrassa calmement dans un cendrier, avant de poser son regard sur Paull.

– Taisez-vous un peu, Hadley, grommela-t-il. La vie d'une personne en dépend... Voyons si je puis prêter secours à votre mémoire défaillante, jeune homme. Essayez de vous remémorer les faits : vous êtes sur le palier, il fait noir, il y a un courant d'air. Maintenant, pensez à la porte en haut des marches, celle qui mène au toit, là où vous pensiez qu'Eleanor allait... Avez-vous remarqué si... Y avait-il un courant d'air parce que cette porte était ouverte ?

– Mais oui, bon sang ! Elle était ouverte ! bredouilla Paull en se redressant. Absolument. C'est pour cela que j'essayais de penser à... parce que...

– N'essayez pas de l'influencer, Fell ! s'écria Hadley. Il est capable de se souvenir de n'importe quoi si vous le lui suggérez.

– Je ne lui suggère rien pour l'instant. Vous vous souvenez, n'est-ce pas, jeune homme ? (Il le désigna de sa canne.) Pourquoi êtes-vous certain que cette porte était ouverte ?

– Parce que la trappe qui donne sur le toit était ouverte, elle aussi, répondit Paull.

Un silence tomba. De nouveau, un vent de folie souffla sur la maison. Le regard de Melson s'accrocha à la lueur de la virole de la canne du Dr Fell, avant de se poser sur le visage poupin et blême de Paull, qui se découpait sur le dossier du fauteuil bleu. Les yeux du jeune homme s'agrandissaient sous l'effet d'une véritable révélation, sinon d'une certitude.

– Une folie ! bougonna Hadley d'une voix accablée. Reculez, Fell. Pas question de vous laisser forcer la main des témoins... Figurez-vous, Mr Paull, qu'une personne de confiance – disons quelqu'un qui, à ce moment-là, n'était pas ivre – nous a dit que la trappe était solidement verrouillée lorsqu'elle y a jeté un coup d'œil, peu de temps après. Dans l'intervalle, la porte donnant accès au grenier était fermée, et la clef avait disparu.

Paull s'adossa au fauteuil. Peu à peu, son visage quittait son expression égarée.

– Je commence à en avoir marre de m'entendre traiter de menteur. Si vous croyez que je m'amuse à vous raconter comment je me suis ridiculisé, vous feriez bien d'y réfléchir à deux fois. Je fais de mon mieux. Je sais distinguer le vrai du faux et vous pourrez me présenter tous les coroners, de Londres à Melbourne, je ne changerai pas d'avis... La porte était ouverte. Ainsi que la trappe. Je le sais parce que j'ai vu le clair de lune.

– Le clair de lune ?

– Et comment ! Cette porte donne sur un corridor sans fenêtre, qui débouche sur une espèce d'échelle. En haut, il y a un petit débarras, pas assez grand pour qu'on y tienne debout ; la trappe se trouve juste au-dessus. Je le sais, car on avait pensé aménager un jardin d'agrément là où le toit n'est pas en pente. Impossible, à cause de la fumée des cheminées, tout autour...

» Je sais ce que j'ai vu : un rayon de lune sur le sol du couloir. Si je pouvais le voir, c'est que la porte était ouverte, et si je voyais la lune, c'est que la trappe aussi était ouverte. C'est clair et net. La trappe était ouverte, pas de doute là-dessus. Nom d'un chien, c'est cela qui m'a fait penser à Eleanor !

– N'avez-vous rien vu qui puisse vous permettre de l'identifier ? s'enquit le Dr Fell.

– Non... C'était juste une forme qui remuait, des choses qui bougeaient.

Hadley contourna lentement la table en la martelant de son poing, tête baissée. Il tenait toujours le gant et son indécision ne dura pas.

– Je ne pense pas que cela ait beaucoup d'importance, puisque j'ai trouvé la clef qui ouvre cette porte dans le doigt du gant que la meurtrière a utilisé. Si j'ai un conseil à vous donner, Mr Paull, c'est de regagner votre chambre, de vous asperger d'eau et de prendre un solide petit déjeuner. Et si d'aventure l'inspiration vous revenait, venez m'en faire part. (Il adressa un regard entendu à Fell et à Melson.) Je crois, Messieurs, qu'un coup d'œil à cette trappe...

– Avec plaisir, dit Paull. Merci pour le verre, mon vieux. Je me sens un autre homme.

Il referma la porte si doucement que Melson le soupçonna d'avoir voulu la claquer. Aussitôt après, Hadley le suivit, regardant au passage la porte de la chambre de Paull qui, au même instant, se refermait. Melson devina dans l'œil de l'inspecteur – qui, mentalement, mesurait le palier – que l'escalier se trouvait assez loin de chez Paull... à partir des traces de sang par terre, disons... dans les quatre mètres cinquante. On avait ouvert les rideaux des grandes fenêtres du vestibule, et une lumière crue s'y répandait à flots. Quelqu'un s'était acharné sur les taches de sang du tapis élimé aux fleurs rouges, comme en témoignaient les larges auréoles décolorées, çà et là.

Il s'avérerait impossible, songea Melson, de déterminer sur quelle marche se trouvait Ames, lorsque l'aiguille d'horloge lui avait transpercé la nuque. Les taches commençaient à l'avant-dernière marche avant le palier, mais puisque il était probablement resté debout jusqu'à ce qu'il s'effondre en travers de la double porte, sur le palier, il fallait qu'on l'ait poignardé au bas des marches. Les traces partaient d'abord sur la droite, en montant, comme si, l'espace d'un instant, l'agonisant avait tenté de se retenir à la rampe, puis elles zigzaguaient à gauche, franchissaient la marche palière, zigzaguaient encore à droite et devenaient plus visibles, comme si Ames avait mis un genou en terre, avant de s'effondrer entre les deux battants.

Hadley regarda Fell qui dévisagea l'inspecteur. Tous deux avaient leur idée. Le combat allait s'engager, mais ni l'un ni l'autre n'osait passer à l'attaque. Hadley examina l'escalier, scruta la cage étroite jusqu'au rez-de-chaussée et, de nouveau, lança un regard en direction de la porte de l'appartement de Paull.

– Je me demande combien de temps il a mis pour... grimper jusqu'ici ?

– Deux à trois minutes, probablement. (Le Dr Fell s'exprimait d'un air à la fois bourru et distrait.) Il ne marchait pas vite, sinon, les traces ne seraient pas aussi faciles à suivre.

– Il n'a pas crié.

– Non. L'assassin s'est arrangé pour viser de façon que le problème ne se pose pas.

– Et par derrière... (Hadley lança un regard à la ronde.) Vous avez une idée de l'endroit où se tenait la meurtrière ? Si elle est venue par derrière, si elle l'a suivi...

– La personne qui a tué Ames s'est tapie contre le mur, face à la rampe, trois marches plus bas environ. L'assassin a frappé au moment où Ames est passé. Il est probable qu'il montait en se tenant à la rampe, comme nous le faisons tous pour gravir un escalier inconnu, dans le noir. Le coup l'a obligé à s'agenouiller, sans doute à l'endroit où les traces obliquent à droite, là où il s'est agrippé au montant à deux mains. Puis il a lâché prise, est parti sur la gauche et a continué, comme vous le voyez.

– Ames serait passé devant l'assassin sans le voir ?

– Cela, déclara le Dr Fell, en reniflant bruyamment, c'est l'élément de la reconstitution sur lequel j'attire votre attention. C'est une question de lumière. Comme nous l'avons entendu dire à plusieurs reprises, ce palier était plongé dans l'obscurité la plus totale. Question : comment diable l'assassin pouvait-il y voir pour frapper ? Eh bien, il n'y a pas trente-six possibilités et je l'ai vérifié hier soir... Regardez en bas. Il vous faut descendre un peu pour voir les hautes fenêtres de part et d'autre de la porte d'entrée. L'une des deux se trouve dans le prolongement de la rampe et il y a un réverbère à l'extérieur. Si quelqu'un monte dans le noir, on le distingue à peine, mais assez toutefois pour voir se profiler sa tête et ses épaules, tandis que le meurtrier demeure dans l'ombre. J'ai fait l'expérience hier soir en demandant à Eleanor de me montrer où elle se tenait dans l'escalier, lorsqu'elle a découvert le corps de Ames.

– Vous avez donc demandé à Eleanor Carver ? répéta Hadley d'une voix étrange en se redressant. Il faut que nous en reparlions... Allons voir le verrou de la trappe, quitte à monter sur le toit. Pourvu que nous puissions échanger quelques mots.

Sa voix trahissait une certaine tension, une tension entre deux vieux amis. L'inspecteur sortit une des clefs de sa poche et déverrouilla la porte palière. Elle s'ouvrait vers l'intérieur et il tâtonna sur le mur de gauche, à la recherche d'un interrupteur. Au plafond, une faible ampoule révéla un étroit corridor mal aéré et lambrissé de bois sombre. Une bande de moquette élimée tapissait le sol et, à l'autre bout, s'élevait une sorte d'échelle. Le plafond était bas à cause du débarras au-dessus et la poussière fit tousser Melson. Hadley lâcha la porte qui se referma avec un déclic, puis il passa à l'attaque.

– Fell, jeta-t-il, qu'est-ce qui vous prend ?

Le Dr Fell examina attentivement l'échelle, hésita et se mit à glousser. Dans ce corridor confiné qui sentait le moisi, son ricanement éclata comme un coup de tonnerre et se transforma bientôt en un bon gros rire gargantuesque, qui fit tomber toute tension. Sortant son foulard bigarré, il s'épongea le front et ses yeux papillotèrent.

– C'est nerveux, admit-il. Je ne savais pas que cela pouvait m'arriver. Voilà ce qu'il advient quand on passe toute la matinée sans la présence réconfortante d'une bonne bière. C'est bien le pire des divertissements : monter à une échelle ! Hé, hé ! Et aussi...

– Vous ne croyez pas que cette fille est coupable ?

– Eleanor Carver ? Pas le moins du monde, dit Fell en se mouchant avec un bruit de clairon. Ha ! Hum ! Non. Mais si vous jetiez d'abord un petit coup d'œil à cette trappe pour voir si le témoignage du jeune Paull a du bon ?

Hadley grimpa jusqu'à ce que ses compagnons n'aperçoivent plus que ses mollets. Ils l'entendirent se cogner contre la trappe, perçurent le frottement d'une allumette et une exclamation satisfaite. Il redescendit en s'époussetant les mains.

– Voilà qui dissipe tous les doutes, une bonne fois pour toutes. L'assassin n'est pas passé par ici et n'est pas ressorti par la trappe en la laissant fermée de l'intérieur, derrière lui. Elle est proprement verrouillée, mon vieux. Et il faudrait une sacrée pince pour faire sauter le verrou.

Le Dr Fell fit tournoyer son mouchoir.

– Ainsi, observa-t-il, rêveur, votre témoin-vedette était ivre et avait la berlue ?

– Tout juste. Ce qui prouve que seule El... Hé, là ! Que diable entendez-vous par mon « témoin-vedette » ?

– N'est-ce pas ainsi qu'on doit l'appeler ? Ne vous a-t-il pas fourni la preuve qu'Eleanor est la meurtrière ? A présent, enchaîna-t-il, non sans délectation, je comprends mieux Emerson lorsqu'il affirme qu'une logique insensée flanque la frousse aux esprits étriqués. Mais je m'inscris en faux, afin de rétablir un minimum de cohérence. Il vous faut tout de même choisir. Lorsque Paull nous présente un gant taché de sang, vous louez sa sagacité. Lorsqu'il affirme avoir vu un rayon de lune, en comparaison bien inoffensif – et qui, dans l'obscurité, s'avère en principe plus perceptible qu'un gant noir –, alors, vous vous mettez dans tous vos états et l'accusez de *delirium tremens*. Allons, allons ! Que vous croyiez ou non à son histoire, je m'en fiche. Mais vous ne pouvez pas accepter la partie qui vous plaît et vouer aux gémonies celle qui, comme par hasard, ne cadre pas avec votre hypothèse. Pour moi, qui suis un esprit simple, soit les deux affirmations sont justes, soit les deux sont fausses.

– Moi, cela me convient, rétorqua Hadley, s'il se trouve que les faits me donnent raison. La trappe est verrouillée ; Paull s'est trompé. Mais il reste le gant. Je l'ai dans ma poche. Vous ne doutez tout de même pas de son existence ?

– Je doute de son importance... Réfléchissez. Pensez-vous que l'assassin l'ait utilisé ? Pouvez-vous imaginer Eleanor Carver le quittant après avoir poignardé ce brave Ames, et le lançant en l'air, toute à la joie d'avoir accompli son forfait... pour que la police le retrouve, avec ses initiales à l'intérieur ? Soit dit en passant, il a dû faire un long voyage pour aller du haut des marches jusque devant chez Paull : *Le Mystère du gant voyageur*, un roman à suspense de Scotland Yard, par David F. Hadley... Foutaises, pauvre idiot ! Et de premier choix, cent pour cent britannique. Foutaises ! je vous dis ! Mettez Paull au banc des témoins, et un bon avocat fera de vous la risée du tribunal. Vous avalez tout rond cette preuve et prenez soin d'oublier la trappe ! Ne vous est-il pas venu à l'esprit qu'elle pouvait très bien se trouver ouverte à ce moment-là, et que si elle est verrouillée maintenant, c'est pour la stupéfiante raison que quelqu'un l'aura refermée plus tard ?

Hadley grimaça un sourire sinistre en tapotant sa poche où était rangé le gant.

– Pour la raillerie, vous n'avez de leçons à recevoir de personne, je le sais.

– Rien ne pourrait donc vous convaincre ?

– Je n'ai pas besoin d'un plaidoyer. Vous crânez, Fell. Vous vous êtes mis en tête que cette fille n'était pas coupable...

– Je sais qu'elle ne l'est pas. Que comptez-vous faire ?

– Lui montrer ce gant. S'il lui appartient... Maintenant, calmez-vous et considérez les faits. La moindre preuve joue en sa défaveur, jusqu'à son propre témoignage ; n'a-t-elle pas reconnu qu'elle avait l'habitude de glisser la clef dans un doigt de son gant ?

» Nous avons décidé que les suspects dans l'affaire du grand magasin se limitaient à miss Handreth et miss

Carver. Miss Handreth a fourni un alibi. Les témoins de chez *Gambridge* n'ont pas vu son visage, mais le reste correspond à son signalement. Elle a même admis qu'elle était au magasin à l'heure du crime...

– C'est bon, coupa Fell d'un ton amer. Je vais vous fournir une preuve qui colle à votre chef d'accusation et vous fera un plaisir fou. J'ai parlé avec Johannus Carver. Il la croit coupable, et en est venu à cette conclusion à la suite du vol et du meurtre commis chez *Gambridge*, à tel point qu'il nous a menti à propos de l'après-midi du 27, dont il n'avait soi-disant pas souvenir. Lorsque j'ai tenté d'élucider la raison de ce mensonge, il a dit : « Elle nous a posé quelques problèmes quand elle était petite »... puis il s'est ravisé et n'a plus bronché. La kleptomanie, mon cher. La kleptomanie, je vous parie un billet de cinq livres.

– Vous plaisantez ?

– Mais non ! tonna le Dr Fell. On s'empare de tout ce qui brille, tout le monde le sait. Et si Mrs Steffins n'y a pas fait allusion hier soir, c'est parce que son manque d'imagination l'empêchait d'associer quiconque vivant sous son toit à un meurtre. Tout ce qui brille : les bracelets, les bagues, les montres... Si, par chance, les objets convoités appartiennent à votre tuteur, les inhibitions fortement enracinées dans votre passé vous empêchent de les faucher, mais s'il n'en a plus la responsabilité, si quelqu'un d'autre s'en occupe, ou s'ils ont été vendus à un tiers... Ah ! ces inhibitions ! L'horloge a été vendue à sir Edwin Paull, Boscombe avait racheté la montre et les magasins *Gambridge* étaient financièrement responsables de l'exposition. Et je dis bien tout ce qui brille : montres, bagues..., couteaux de cuisine.

Hadley était aux prises avec son carnet.

– Vous êtes fou ! cria-t-il. Vous êtes en train de développer une thèse irréfutable contre votre propre client ! J'ai...

– Si je me permets de vous exposer ceci, répondit le Dr Fell, très calme, c'est, primo, pour que vous sachiez que la défense s'est montrée impartiale ; secundo, parce que je sens la malédiction s'abattre sur cette malheureuse depuis le début ; tertio, parce que je n'en crois pas un traître mot. C'est comme vos coïncidences, Hadley... c'est trop beau pour être vrai... Dois-je me lancer dans l'énumération des chefs d'accusation à votre place ? Il y en a encore tout un lot.

– Et quelle est la défense, d'après vous ?

Le Dr Fell se mit à arpenter le corridor d'un pas lourd. Il étouffait.

– Je ne sais pas, répondit-il, maussade. Je ne peux pas... Pas encore. Sortons d'ici ! On suffoque...

Le précédant, Hadley gagna la porte.

– Vous pensez connaître le nom de l'assassin ?

– Oui. Et, comme d'habitude, c'est la dernière personne que vous auriez pu soupçonner. N'insistez pas. Je ne vous révélerai pas son identité.

Hadley tripota le loquet à ressort.

– Miss Carver est coupable. J'en suis presque sûr. Je veux bien admettre que vos efforts pour la défendre m'ont mis mal à l'aise... Bien ! A défaut de preuves supplémentaires, je persiste dans mon idée jusqu'à ce que j'aie vérifié si le gant lui appartient. Je veux aussi passer en revue d'autres possibilités. En attendant, nous la laisserons tranq...

D'un geste décidé, il ouvrit la porte mais s'arrêta net dans son élan ; il était nez à nez avec le sergent au teint basané, Preston, le spécialiste de la fouille.

– Ah, Monsieur ! déclara Preston avec un large sourire. Je vous cherchais partout. Ça y est !

– Ça y est ?

– Oui, Monsieur. On a retrouvé la camelote... très bien cachée, dans sa chambre.

Melson sentit sa gorge se serrer et entendit Fell marmonner, tandis que Hadley posait la question...

– Dans la chambre de la jeune femme, précisa Preston. Celle d'Eleanor Carver. Voulez-vous descendre voir ?

16

LA PREUVE DERRIÈRE LE PANNEAU

Hadley évita de regarder le Dr Fell tandis qu'ils descendaient pesamment au rez-de-chaussée. Le sergent perçut la tension entre eux car, après avoir décoché un regard curieux à l'inspecteur, il ne dit plus rien. Melson voyait, non sans frémir, le dénouement se rapprocher : il ne s'agissait plus d'une accusation lancée à la légère mais d'une preuve tangible. Le visage d'Eleanor Carver lui apparut... Ses cheveux noués en queue de cheval, ses lourdes paupières, sa bouche volontaire et sensuelle formant des mots silencieux. Elle était en promenade avec Hastings ; à moins qu'elle ne soit rentrée ? En Angleterre, on ne leur laisse guère de répit. Trois dimanches entiers, une fois la sentence prononcée, puis c'est l'ultime promenade, à l'aube. Au rez-de-chaussée, Hadley se tourna vers Preston.

– Cousu dans un matelas, je présume ? demanda-t-il, acerbe. Ou caché derrière quelques briques branlantes ? Nous avons fouillé en détail, hier soir.

– Pas étonnant que vous n'ayez rien trouvé, Monsieur. C'est plus astucieux. J'aurais fini par trouver, bien sûr... C'est un événement fortuit qui m'a facilité la tâche. Voyez vous-même.

La chambre d'Eleanor se trouvait sur l'arrière. Devant la porte close, Mrs Steffins recula dans l'ombre de la cage d'escalier. L'appréhension la faisait trembler, comme si une rumeur confuse s'était déjà répandue dans la maison. Ils virent son regard briller dans la pénombre.

– Il se passe quelque chose ici, lança-t-elle d'une voix perçante. Je les ai entendus. Ils sont dans cette chambre depuis trop longtemps et ne veulent pas me laisser entrer. J'ai le droit d'y entrer... Je suis ici chez moi... Johannus !

Hadley, à bout de nerfs, soulagea sa colère :

– Fichez-moi le camp ! Et tenez-vous tranquille ou vous allez tous le regretter. Betts ! (La porte de la chambre d'Eleanor s'entrouvrit et le sergent lança un coup d'œil dans le vestibule.) Montez la garde devant la porte. Si cette femme fait du raffut, bouclez-la. Allons-y, Preston...

Ils pénétrèrent dans la chambre et refermèrent la porte sur des cris hystériques. La pièce était modeste mais assez haute de plafond ; on avait dû partager une chambre plus vaste par une simple cloison. Deux fenêtres étroites, garnies de petites vitres, s'ouvraient sur une arrière-cour désolée, pavée de briques, cachée à la vue par une remise en bois. Comme les autres pièces, les murs étaient délicatement lambrissés de blanc ; mais cela mis à part, on se sentait à l'étroit dans cette pauvre chambre étriquée. Un chat en peluche et deux ou trois portraits de vedettes de cinéma dans des cadres argentés bon marché ornaient la cheminée de marbre blanc. Le reste du mobilier était constitué d'un lavabo, d'une armoire dont la porte béante laissait voir des robes en désordre sur leurs cintres, d'une coiffeuse pourvue d'un grand miroir, d'une lampe en porcelaine, dont la forme évoquait une marquise du XVIIIe siècle, et d'un petit tapis sur le sol. Mrs Gorson était appuyée à la cheminée, ses yeux bruns globuleux stupéfaits ; elle tenait d'une main lâche un ballet mécanique et haletait.

– Eh bien ? s'enquit Hadley, lançant un regard à la ronde. Je ne vois rien. Qu'avez-vous trouvé, et où ?

– Ah ! C'est là toute l'astuce, Monsieur, dit Preston. Je vais vous montrer.

Il marcha jusqu'au mur, entre les deux fenêtres, là où était accrochée une vilaine gravure représentant un chevalier en armure serrant contre son cœur une jeune fille dénudée aux longs cheveux blonds. Le plancher craqua sous les pas de Preston. Il ôta la gravure.

– J'en étais au mur, Monsieur, et Betts était avec moi, quand cette dame a insisté pour venir faire le ménage. (Il désigna Mrs Gorson.) Elle utilisait le balai que voici et heurta malencontreusement ce panneau... Et voilà ! J'ai mis plus longtemps pour trouver le ressort. Mais regardez...

Il fit glisser son doigt sur toute la longueur du panneau et, comme dans le salon de Carver, une ligne verticale de soixante centimètres apparut. Il ne restait plus qu'à faire coulisser le panneau.

– Comme celui du vieux, grommela Hadley en battant des mains. L'architecte qui a construit cette maison doit avoir...

Il se précipita vers le sergent suivi de Fell et Melson.

– Avec ça, elle n'y coupe pas, hein ? s'enquit Preston d'un ton suffisant. Je me souviens quand on a déniché la cachette du fameux Brixley, l'assassin de Cromwell Road. Vous vous rappelez, Monsieur, celui qui avait emballé un des bras de sa femme dans un morceau de...

– Taisez-vous ! rugit le Dr Fell. Doucement, Hadley...

Tout dans la pièce suggérait la présence de la jeune fille et évoquait son image. Dans l'ouverture d'une bonne trentaine de centimètres de profondeur, quelques objets étaient emballés dans un vieux pull-over déchiré, lui-même jalousement caché derrière une boîte à chaussures. La boîte à chaussures contenait une aiguille d'horloge de douze centimètres de long, recouverte de dorure et un gant en chevreau noir pour la main gauche, taché de peinture dorée, dont personne ne doutait encore qu'il était la réplique de celui qu'Hadley avait dans sa poche. Frénétique, l'inspecteur porta le pull-over sur le lit et l'ouvrit.

Un bracelet de turquoises serties dans du platine, une paire de boucles d'oreilles en perles, un objet plat en forme de tête de mort, un peu moins gros que le poing. Le tout tomba pêle-mêle sur le dessus-de-lit lorsque Hadley retira le chandail, et le poli de la tête de mort miroita, sinistre, quand elle roula sur elle-même, telle une tête tranchée. *Tout ce qui brille...*

– Non ! s'écria une voix cassée.

Ils perçurent le fracas d'un manche en bois contre la tablette de la cheminée, et Mrs Gorson, haletante, s'avança en se dandinant, une main sur sa poitrine généreuse, les yeux exorbités.

– Ce n'est pas juste ! fit-elle, véhémente, un doigt pointé sur le lit. Dieu m'est témoin, ce n'est pas juste ! Je vous dis qu'ils la haïssent, croyez-moi !

Hadley se redressa.

– Ce sera tout, Mrs Gorson, déclara-t-il d'un ton cassant. Merci beaucoup.

– Mais... Monsieur, laissez-moi vous demander. Laissez-moi vous demander... (Le souffle court, elle s'agrippa au revers de son veston.) Dites-moi s'il existe quelqu'un qui la connaisse mieux que moi, hein ? Moi qui vis ici depuis onze ans, depuis la mort de l'ancienne Mrs Carver et qui connais Millicent Steffins... Oh ! J'ai vu clair dans son jeu, figurez-vous ! C'est lui qu'elle convoite, mais il ne veut rien savoir... Écoutez-moi ! Rien qu'un instant, Monsieur, et je pourrai vous raconter...

– Très bien ! Preston, faites-la sortir.

– Si je vous dis que c'est moi qui ai fait le coup, déclara soudain Mrs Gorson.

Les yeux hors de la tête, elle n'offrit aucune résistance lorsque Preston la poussa dehors, tel un ballot de linge sale. Elle se mit à hurler lorsqu'elle fut dans le vestibule.

– Betts, appela Hadley. Où diable êtes-vous ? Ah !

Vous avez vu ce qu'on a trouvé ? Bien ! Filez me chercher le mandat. Il n'y a pas de temps à perdre. Qu'on m'appelle ici pour confirmation, si c'est nécessaire. Est-elle déjà rentrée ?

– Non, Monsieur.

– Dites à Preston de rester à la porte, et qu'il me l'amène dès qu'elle rentre. Rattrapez-moi cette fichue Mrs Gorson, vite ! Et débrouillez-vous pour qu'elle ne souffle pas un mot sur ce qui s'est passé ici.

– Une seconde, Betts, intervint le Dr Fell. (Ses doutes s'étaient dissipés ; il était très calme, appuyé sur sa canne, et s'adressait au sergent en agitant vaguement la main, les yeux rivés sur Hadley.) Vous êtes sûr de vouloir l'arrêter tout de suite ? Pourquoi ne pas la mettre en garde à vue et attendre l'enquête judiciaire ?

– Je ne vais pas risquer ma retraite en refilant la responsabilité à un autre dans une affaire où la culpabilité de cette femme est évidente.

– Vous savez que vous n'avez pas le droit à l'erreur. Vous savez que vous n'avez pas laissé à cette femme une seule chance de s'expliquer. Vous savez que vous êtes en train d'agir selon les vœux du véritable assassin.

Hadley haussa les épaules et sortit sa montre.

– Si cela peut satisfaire votre conscience, je vous accorde cette faveur pour l'aide que vous m'avez apportée lors de précédentes affaires. Il est midi 20 ; elle va arriver d'une minute à l'autre... à moins... bon sang ! Pensez-vous qu'elle ait fichu le camp ? Elle ne travaillait pas aujourd'hui, et elle est sortie avec Hastings... (Il se frappa la paume d'un coup de poing et se retourna, assailli par le doute.) Si c'est le cas...

– Si c'est le cas, rien de plus simple que de la retrouver, dit le Dr Fell. Je ne m'y opposerai pas et vous pourrez lancer votre mandat à l'encontre d'une femme coupable. Mais elle est là. Quelle concession étiez-vous prêt à m'accorder ?

– Attendez un instant dans le couloir, Betts... Je parlerai à cette jeune fille. Vous vous comportez comme si j'éprouvais le plus grand plaisir à l'arrêter, mais laissez-moi vous dire que ce n'est pas le cas. Je ne demande qu'à me ranger à votre avis – malgré des preuves qui enverraient à la potence tous les saints du calendrier –, pourvu que vous me fournissiez un argument valable. Jusqu'ici, vous vous êtes borné à ridiculiser les preuves existantes et à vous plaindre de mon esprit obtus. Un pressentiment n'est pas tout. Je ne vous savais pas un des tenants de cette stupidité que l'on nomme « l'intuition ». Si donc vous avez des raisons de croire que miss Carver n'est pas coupable, je vous écoute et je fermerai les yeux sur ces preuves...

– Celles-ci ? demanda Fell d'un ton détaché. (Il lança un regard sur les objets en vrac sur le lit, puis sur la boîte à chaussures dans la cachette pratiquée dans le mur.) Je savais que nous allions les retrouver, pour la plupart, même si je ne pouvais préciser dans quelle pièce de cette maison ; ils ne m'impressionnent pas. Au contraire, ils me fournissent une hypothèse. Je savais que nous retrouverions l'aiguille d'horloge et le gant d'une certaine personne, et probablement aussi le bracelet et la montre. La seule chose que nous ne retrouverions pas, j'en étais sûr...

– Eh bien ?

– C'était la montre dérobée sur le présentoir, chez *Gambridge*. Mon hypothèse se tient. Deux obstacles insurmontables paraissaient s'y opposer – non pas à l'hypothèse elle-même, mais à votre tolérance à vous laisser convaincre. J'ai trouvé un moyen de surmonter l'un des obstacles, mais l'autre s'avère de taille, et je crains qu'il ne faille un miracle pour l'écarter... En outre, il reste une place infime dans votre hypothèse pour...

– Ce n'est pas une hypothèse mais un ensemble de faits bien réels et tangibles qui ont amené sur ce lit et dans cette boîte les objets que vous savez. Vous avez reconnu que, même en l'absence de ces preuves, nous pourrions inculper Eleanor Carver du crime du grand magasin...

– Ainsi que du meurtre de Ames, ne l'oubliez pas, dit Fell pointant son doigt sur lui. C'est l'assassinat de Ames qui prouve tout le reste.

– Eh bien, si les jurés admettent qu'elle a poignardé le chef de rayon, ils ne rechigneront pas à croire qu'elle a aussi tué l'inspecteur de police. Si nous l'envoyions à la potence pour le meurtre d'Evan Manders, elle ne trouverait guère de consolation dans le fait de savoir que, tout compte fait, le jury doutait de sa culpabilité dans celui de George Ames... Et mon chef d'accusation pour l'assassinat de Ames se révèle tout aussi solide.

– Je sais. Mais je ne veux pas entendre parler des preuves. Juste pour m'assurer d'une chose, avant que je ne commence, dites-moi exactement comment, selon vous, cela s'est passé hier soir.

Hadley s'assit au bord du lit et, sans se presser, se mit à bourrer sa pipe.

– Si je récapitule les faits, *grosso modo*, Eleanor savait qu'un officier de police surveillait la maison et tentait de lier connaissance avec l'un des occupants, dans ce pub...

– Un pub, soit dit en passant, où l'on sait qu'Eleanor n'a jamais mis les pieds, encore moins pour y entendre parler d'un officier de police déguisé.

Hadley le considéra avec une expression presque affable.

– Vous avez l'intention de combattre tous mes arguments, l'un après l'autre, c'est cela ? Peu importe. Carver soupçonnait l'homme d'être officier de police (il nous l'a lui-même confié) et Lucia savait qu'il en était un (son propre témoignage l'atteste également). Mais tous les deux ont-ils gardé le secret et n'ont-ils jamais fait le moindre commentaire à ce sujet, devant quiconque ? Non, justement... L'un des deux l'aura glissé dans la conversation, l'air de rien. Et si Carver avait de bonnes raisons de craindre que sa pupille chérie ne soit mêlée à l'affaire *Gambridge* (comme il vous l'a dit), il en aura peut-être parlé à demi-mots. Bref ! Elle aura pu l'apprendre de mille façons... D'autant que... d'autant qu'elle se doutait que quelqu'un l'espionnait dans la maison, quelqu'un qui connaissait son secret, prêt à la dénoncer à la police, le cas échéant...

– Ah ! grogna Fell. Encore ce mystérieux accusateur, n'est-ce pas ? Qui était-ce ?

– Mrs Millicent Steffins, répondit l'inspecteur, placide. Et je vais vous fournir un tas de bonnes raisons. Inutile d'insister sur le fait que primo, c'est le genre de personnes qui écrit des lettres anonymes, espionne ceux qui habitent sous son toit et rend visite à la police en secret ; secundo, elle connaissait l'existence du panneau secret dans le mur, à la différence d'un locataire ordinaire ; tertio, elle prendrait toutes les mesures nécessaires pour que Carver ignore qu'elle avait été la première à accuser sa pupille et à mettre la police sur ses traces... Voilà, acheva Hadley, avec un sourire narquois, comment moi, j'explique le silence de l'accusateur, sans me perdre en divagations nébuleuses.

– Parfait, parfait, interrompit Fell, irrité. Débarrassez-vous une fois pour toutes des choses que vous auriez pu omettre. Que vous inspire vraiment Mrs Steffins ?

Hadley tapota le tuyau de sa pipe contre ses dents.

– Rappelez-vous ce qu'elle a dit au sujet d'Eleanor.

– Et alors ?

– Vous admettrez que c'est un vrai moulin à paroles, une fois lancée sur le sujet.

– En effet.

– Et qu'elle a déploré haut et fort les rendez-vous galants d'Eleanor sur le toit, l'ingratitude d'Eleanor, l'égoïsme d'Eleanor, la cupidité d'Eleanor ; bref, elle lui reproche tout, à l'exception de...

– Je vous écoute...

– A l'exception..., répéta Hadley de la seule chose importante ayant trait à Eleanor. Elle savait qu'elle souffrait de kleptomanie – ce qui constituait une arme bien plus redoutable et sournoise que les piques qu'elle a utilisées –, pourtant, elle n'y a pas fait allusion, même lorsque nous avons abordé le vol chez *Gambridge*. Elle est restée muette comme une tombe sur ce chapitre, trop muette. En accusant l'une des femmes présentes, elle n'a pas bronché quand il a été question d'Eleanor, même si elle savait que la jeune fille se trouvait chez *Gambridge* ; il y a fort à parier qu'elle savait pourquoi Eleanor était en retard pour le thé. Tout ce qu'elle s'est bornée à dire, c'est : « Eleanor était en retard ». Et ce n'est pas – comme vous l'avez laissé entendre – parce qu'elle était incapable d'imaginer un habitant de sa maison commettant un meurtre. Nous avons carrément annoncé qu'une des femmes de la maison avait poignardé le chef de rayon. Et elle est allée trop loin, dans l'autre direction, Fell, au cas où nous l'aurions soupçonnée d'être la dénonciatrice d'Eleanor, la bien-aimée de Carver. Elle est restée aussi muette que l'accusateur, car l'accusateur, c'est elle.

Après ce long discours, Hadley s'adossa au pied du lit et tira de vigoureuses bouffées sur sa pipe agonisante. Une lueur d'amusement brillait dans ses yeux noirs.

– Alors ? Le vieil ours ronchonne dans son coin, hein ? fit-il en remarquant la colère du Dr Fell. Je vais vous dire une chose : je n'ai rien à faire avant le retour de ma victime, et cette affaire me tient à cœur au point qu'il m'est bien égal de développer davantage l'argumentation du ministère public. Quand j'en aurai fini, vous pourrez toujours vous lancer dans la plaidoirie de la défense, si cela vous chante. Le Dr Melson jouera le rôle d'un juré.

Le Dr Fell pointa sa canne vers lui d'un geste menaçant.

– J'enr... j'enrage, dit-il. Tel que vous me voyez, j'enrage. Je ne soupçonnais pas que vous iriez fouiner derrière mon dos pour faire concorder les moindres petits bouts de preuve, en vous appropriant sans vergogne les remarques que je vous ai faites. Très bien ! Laissez-moi vous dire deux ou trois petites choses, même si le moment est mal choisi. J'interviendrai au nom de la défense et je réduirai à néant votre accusation qui ne vaut pas un clou. Je ferai exploser votre édifice de logique et je danserai sur ses ruines. Sapristi ! Je vais...

– Inutile de vous énerver, intima Hadley d'un ton doucereux. (Il souffla sur sa pipe et un petit nuage de cendres s'envola.) Quelque chose vient juste de me traverser l'esprit... Betts !

– Monsieur ? répondit le sergent en passant la tête dans l'embrasure.

Il parut surpris de voir le Dr Fell qui brandissait sa canne en faisant des moulinets.

– Trouvez-moi Mr Carver.

– Attendez, intervint Fell. Inutile de rameuter des journalistes dans ce tribunal. Ou si vous préférez, pour appâter le vieil ours, il vaut mieux rester entre nous.

– A votre guise. Je vérifierai certaines choses plus tard. Betts, allez néanmoins interroger Carver à propos de l'horloge qu'il a fabriquée pour sir Edwin Paull. Demandez-lui si la transaction a été conclue et s'il a reçu un paiement. Preston surveille-t-il toujours l'arrivée de miss Carver ?

– Oui, Monsieur.

D'un signe de la main, Hadley le congédia et se réinstalla, accoudé au bois du lit, les yeux fixés sur le chat en peluche, sur la cheminée.

– Voilà établi le fait qu'Eleanor a peur d'être surveillée par un officier de police...

– Et qu'elle s'apprête à l'assassiner, sans doute, coupa Fell, acerbe.

– Je ne le pense pas. Elle n'en était encore qu'au stade de la peur, et le meurtre s'est produit, si je puis dire, par accident. Comme ceci...

– C'est la dernière fois que je vous interromps, Hadley, déclara le Dr Fell avec gravité. Et si je le fais à cet instant, ce n'est pas pour réfuter vos arguments, mais pour éclaircir un point. Je veux connaître votre position au sujet du vol des aiguilles de l'horloge. C'est votre problème majeur et, bizarrement, c'est aussi le mien. Si vous pouviez me fournir ne serait-ce qu'une vague explication sur ce qui a poussé Eleanor à piquer ces deux aiguilles... j'admets que la défense se trouve en porte à faux. Et ne me dites pas que vous l'avez surprise en possession d'une des deux aiguilles, et que cela prouve qu'elle a volé les deux. C'est l'idée même de cette preuve que j'attaque.

» Si elle a dérobé les aiguilles de l'horloge, c'est soit parce qu'elle est une kleptomane invétérée, soit pour mettre à exécution un projet meurtrier dont elle a prévu jusqu'aux moindres détails. Avouez que ni l'une ni l'autre de ces explications ne tiennent debout. A moins qu'elle ne se soit prise d'une passion subite pour les montres et les bracelets. Mais que voilà une drôle de kleptomane, qui sort à pas feutrés au beau milieu de la nuit, crochète une porte dans sa propre maison, retire laborieusement les deux aiguilles d'une horloge, qui n'ont d'autre valeur que celle de la ferraille, et les rapporte en triomphe dans sa chambre pour les cacher derrière son panneau secret. Quel que soit l'adjectif que vous utiliserez à son sujet, je présume que vous éviterez de dire qu'elle est folle à lier, sinon, vous aurez du mal à la faire pendre.

» Par ailleurs, ce projet meurtrier, si soigneusement élaboré, ne rime plus à rien appliqué dans son cas, compte tenu des indices qui vous permettent de prouver sa culpabilité dans l'assassinat de chez *Gambridge*. Elle serait ce petit cobra qui court après des bagues et des bracelets de pacotille, et qui perd la tête dès qu'on le touche, s'empare de la première arme venue, éventre un homme, décampe en un clin d'œil et n'en réchappe que grâce à une chance insolente ? Très bien. Mais je vais vous dire ce qu'elle n'a pas fait, déclara Fell en tapotant d'un doigt dans sa paume.

» Elle n'a pas imaginé de se servir d'une aiguille d'horloge diabolique pour tuer. Elle n'a pas attendu patiemment, tapie dans la pénombre, avec l'espoir qu'un policier fouineur viendrait lui rendre visite au beau milieu de la nuit. Cette aiguille d'horloge, Hadley, vous ne pouvez pas l'associer à Eleanor ou à quelque renseignement que vous possédiez sur elle, qu'elle soit kleptomane ou meurtrière.

Hadley demeurait stoïque.

– La défense est détraquée, dit-il. Si vous voulez bien m'écouter... Mais que se passe-t-il ?

Il se redressa d'un bond. A l'extérieur, ils perçurent l'écho d'une échauffourée ; une cavalcade, des éclats de voix et même une gifle sonore, puis un bruit sourd contre la porte. L'ouvrant d'un coup de pied, le sergent Preston apparut, nerveux, maintenant fermement une jeune femme qui se dégagea dans un mouvement violent et leur lança un regard étincelant de colère... Lucia Handreth s'arrêta net, les yeux rivés sur les objets en vrac sur le lit.

17

LE RÉQUISITOIRE DE L'INSPECTEUR HADLEY

Il était trop tard pour les dissimuler. Hadley s'y employa, d'un geste vif, en évitant d'effacer d'éventuelles empreintes digitales. La montre-tête de mort et le bracelet étaient exposés au regard de tous. Lucia Handreth regarda le panneau ouvert dans le mur, et ses yeux se voilèrent.

– Je vous l'ai amenée ici, comme convenu, Monsieur, annonça Preston, content de lui. (Sa joue blême de colère portait encore la marque rouge de cinq doigts et il redressa sa cravate.) Elle a essayé de me faire croire qu'elle ne s'appelait pas Carver, mais comme vous m'aviez dit de vous l'amener...

– Sinistre crétin ! aboya Hadley, abandonnant son rôle d'avocat serein. Vous ne connaissiez pas... ?

– Pas de vue, Monsieur, objecta Preston en reculant. Betts m'a parlé d'une jolie fille de la taille de celle-ci. Je n'étais pas là hier soir, et....

– Où est Betts ? Il aurait dû se trouver dehors pour voir si... (Puis Hadley se souvint qu'il avait demandé à Betts de chercher Carver.) Très bien, ajouta-t-il d'un ton bourru. Disons que vous ne l'avez pas fait exprès. Sortez maintenant. Vous feriez mieux de rester, miss Handreth.

Pendant ce temps, Melson observait la jeune femme ; ses joues étaient rouges, sa respiration, haletante et son col en fourrure, défait. Elle remettait de l'ordre dans sa toilette et seule une lueur de colère mordorée dansait dans ses yeux d'un brun limpide. Elle ne fit pas mine d'ignorer les objets sur le lit. Après qu'elle eut ajusté son chapeau, elle regarda l'inspecteur droit dans les yeux.

– C'était donc notre petite Nell, lâcha-t-elle avec mépris.

– Oui. Pourquoi « donc » ?

– Oh ! eh bien, j'ai mes raisons. Cela ne sert plus à rien de garder le silence maintenant, bien que je pense que vous autres, fins limiers, allez avoir le plus grand mal à tirer les vers du nez de ce pauvre Chris Paull. Avez-vous trouvé l'autre aiguille ? Vous m'avez l'air bien sûr de vous !

L'expression « tirer les vers du nez de ce pauvre Chris Paull » donnait à réfléchir. Melson espéra que son visage ne l'avait pas trahi ; Hadley demeurait impassible et le Dr Fell, absent, martelait le plancher de sa canne. Lucia était maussade et son ton ne laissait deviner aucune curiosité. Elle laissa errer son regard sur les bibelots qui décoraient la misérable chambre ; ses narines frémirent et elle eut un frisson, comme à l'évocation d'un souvenir désagréable. Lorsque Hadley lui proposa une chaise, elle parut hésiter, haussa les épaules et s'assit d'un air las.

– Ce pauvre vieux Don !..., s'écria-t-elle avec une moue. Cela ne va pas être très agréable, cela ne l'a été pour aucun d'entre nous. Je suis ravie que vous ayez fait aussi vite. Je n'aurais pas aimé passer une autre nuit sous le même toit que ce... cette chatte sauvage complètement folle. Oh ! c'est un beau gâchis. Mais je ne voulais pas vous le dire, voyez-vous, car on aurait pu me soupçonner de vouloir me venger, ou quelque chose comme cela, et puis j'ignorais que Chris le ferait... sous la contrainte. Je ne savais pas vraiment... Que vous a dit Chris ?

Son masque d'indifférence tomba et elle parut saisir la gravité de la situation. C'est d'un ton méprisant qu'elle avait dit : « J'ignorais que Chris le ferait », mais ses mains se crispaient de façon spasmodique.

– Ce qu'il a dit, miss Handreth ? répéta Hadley, puis il se mit à examiner sa pipe en réfléchissant. De quoi parlez-vous, au juste ? Il nous a dit beaucoup de choses, mais il avait la gueule de bois ce matin.

– Je parle du fait qu'il ait obtenu d'Eleanor qu'elle

arrête l'horloge... (En femme perspicace, elle avait perçu, dans la voix de Hadley, des inflexions qui sonnaient faux.) Mais vous ne savez rien ! ajouta-t-elle.

Avant que Hadley ne puisse répondre, le Dr Fell intervint.

– L'heure est venue de parler sans détours, miss Handreth. Il n'est pas question de vous soutirer des renseignements. Non ! Nous ne savons pas de quoi vous parlez... mais vous êtes allée trop loin pour faire machine arrière. Votre future carrière risquerait d'en pâtir, si l'on venait à vous accuser de rétention d'informations. Il est exact que nous avons parlé avec Paull. Il n'a pas parlé des aiguilles d'horloge, car nous ne l'avons pas interrogé à ce sujet. D'ailleurs, en y repensant, nous n'avons jamais précisé que l'arme du crime était une aiguille d'horloge... Il était déjà assez difficile de lui faire comprendre le reste sans faire allusion à ce détail.

– Vous voulez dire que vous n'avez pas réellement trouvé... !

– Nous avons retrouvé la petite aiguille qui manquait, en effet, confirma le Dr Fell, dans cette boîte à chaussures, là-bas. Montrez-la-lui, Hadley. Et ne vous faites pas de soucis pour la solidité des preuves. Je vous écoute, miss Handreth.

– Quand je pense, répondit-elle avec une sorte de sauvagerie après un silence, que malgré toutes les résolutions que j'avais prises, je me laisse ridiculiser par la police ! Vous avez eu de la chance ! Vous... (Son regard se posa sur le chat en peluche, sur la cheminée et, soudain, elle éclata de rire.) Mais c'est tellement idiot ! Enfin, tant que cela n'avait pas pris cette tournure atroce. C'était une plaisanterie. N'importe qui s'en serait rendu compte, sauf Eleanor ! (Était-ce de la gaieté, des larmes ou de l'épouvante ; ou les trois à la fois ? Elle se tamponna les yeux avec un mouchoir.) Oh ! Chris va tout vous raconter. Il m'a rapporté toute l'histoire avant que je ne le surprenne en train de la lui raconter, à elle. Il lui a tout dit parce que je n'avais pas voulu le plaindre. Je sais que je n'aurais pas dû éclater de rire, mais...

» Savez-vous pourquoi Chris Paull est allé rendre visite au vieux sir Edwin ? Il se croyait dans de sales draps et, à ce que j'ai compris, le vieux est une vraie terreur. C'est Chris, pour rester dans les bonnes grâces d'un parent fortuné, qui a insisté pour que le vieux commande cette fameuse horloge chez le meilleur artisan de la ville, alors que l'horloger du coin aurait aussi bien fait l'affaire. Chris a dit qu'il se chargerait d'offrir l'horloge à sir Edwin, et tout se serait déroulé comme prévu s'il avait été question de payer la facture normalement. Mais le vieux ne l'entendait pas de cette oreille. Il connaît Carver et c'est un fanatique des montres et des pendules ; tandis que Chris insistait pour lui offrir cette pendule, l'autre, disait-il, voulait « payer le maître de retour », en l'honorant dans les règles de l'art.

» Or, quelqu'un, dans la confrérie des horlogers, avait à vendre une vieillerie dont sir Edwin savait qu'elle faisait l'admiration de Carver. Une montre ou un truc de ce genre. Notre bon Chris devait l'acheter et, quand l'horloge de Carver serait finie – elle devait être prête pour aujourd'hui –, sir Edwin viendrait ici, en grande pompe, et offrirait la montre à Carver ; on chargerait l'horloge dans sa voiture et il emmenerait Carver avec lui, à Roxmoor, pour l'installer. Chris m'a expliqué la chose devant témoin, mais la suite est strictement confidentielle...

– Quand était-ce ? demanda Hadley qui ne cessait de griffonner sur son carnet.

Miss Handreth riait de nouveau d'un rire nerveux.

– Il y a trois... non, quatre jours. C'était lundi... N'est-ce pas ridicule ? Le revenu mensuel de Chris est confortable, mais dimanche dernier, ce pauvre imbécile s'est laissé entraîner au poker dans un club quelconque, alors qu'il n'était pas en état de faire la différence entre un full et deux paires. Il a tout perdu, avec un découvert à la banque par-dessus le marché. Il prévoyait une somme rondelette pour samedi, c'est-à-dire demain, mais entre-temps, il ne pouvait se permettre de débourser cinquante shillings pour la fameuse montre, et encore moins cinquante livres. Voyant son désarroi, je lui ai suggéré d'acheter cette montre sans cacher ses difficultés et de donner au vendeur un chèque postdaté de dimanche. Connaissant sir Edwin, il pouvait lui faire confiance, mais Chris n'a pas voulu en entendre parler. Selon lui, le propriétaire de la montre est un ami du vieil Edwin, et si jamais le vieux avait appris que son neveu était fauché, et pourquoi il l'était, il aurait pu y avoir du grabuge ; c'est pour éviter cela que Chris voulait acheter la montre coûte que coûte.

» Quand je vous disais que c'était idiot ! « L'horloge de votre oncle sera terminée d'ici jeudi ou vendredi, ai-je dit à Chris. Votre seul espoir est qu'un cambrioleur vienne la barboter, mais il lui faudra au moins une grue et un camion pour l'embarquer. » Il s'est mis dans une colère noire... C'est mercredi matin, le jour de son départ, que je l'ai entendu raconter l'histoire à Eleanor sur le ton de la confidence...

Comme un homme qui perçoit soudain une réponse à une question jusqu'ici posée en vain, Hadley tenta de se maîtriser lorsqu'il demanda :

– C'est mercredi soir que les aiguilles ont été volées ? Oui ! Et jusqu'à mercredi, miss Carver n'avait pas entendu parler des problèmes de Chris Paull ; autrement dit, pas avant que l'on ait déplacé l'horloge de l'endroit où elle était exposée, dans l'atelier de Carver ?

– Oui.

– Poursuivez. Que disait-il exactement ?

– Je n'ai pas tout entendu. Il reprenait mes propres paroles, sans en préciser l'origine, disait qu'il était fauché et que son seul espoir était un cambrioleur muni d'une grue et d'un camion. Je n'y aurais pas prêté attention... mais j'ai compris tout à coup que ce monstre prenait la chose au sérieux ! C'est bien d'Eleanor ! C'est sa conception de l'humour ! s'écria Lucia, furieuse. « Ce n'est tout de même pas si terrible ! » a-t-elle dit. Chris a larmoyé je ne sais quoi et a déclaré sans fournir d'autres explications : « Eh bien, tout ce que je peux dire, c'est que je donnerais cinquante livres au voleur qui ferait quelque chose pour cette horloge ». « Vraiment ? » a aussitôt demandé Eleanor... C'est tout ce que j'ai entendu.

– C'était bien assez, déclara Hadley.

Fell émit un grognement, se prit la tête dans les mains et s'ébouriffa les cheveux. Hadley le considéra d'un œil détaché et martela ses paroles.

– Comment concilier le vol des aiguilles de l'horloge avec ce que nous savons sur Eleanor ? ânonna-t-il. Pourquoi les deux aiguilles ont-elles été volées ? Pourquoi l'ont-elles été mercredi soir, quand l'horloge était sous clef, plutôt que mardi soir, lorsqu'elle était exposée ?... La réponse est facile, disiez-vous, et elle l'est, Fell. Cette affaire est claire comme de l'eau de roche. La défense n'a plus un seul argument valable.

– Humpff ! Merci beaucoup, miss Handreth, il est indéniable, déclara Fell, morose, que cela flanque tout par terre. Merci encore. Cela vous intéressera de savoir que, pour la première fois de votre courte carrière juridique, vous aurez réussi à envoyer quelqu'un à la potence.

Elle ouvrit de grands yeux effrayés et éprouva quelques difficultés à s'exprimer :

– Vous voulez dire que vous me faites marcher depuis le début ? Oh ! mon Dieu ! Je ne vous aurais rien dit si je n'avais pas été sûre que... si ce que je vous ai raconté a modifié votre jugement...

– Mon opinion n'a pas varié d'un iota. Vous n'avez fait que confirmer celle de la seule personne qui compte ici.

– Vous... vous ne pensez pas, dit-elle, le souffle coupé, que je mentirais sur...

– Non.

– Mettez-vous à ma place, supplia-t-elle en frappant l'accoudoir de son poing. Vous attendiez-vous à ce que je garde le silence, avec une telle femme dans les parages et Dieu sait quoi en tête ? Avec Don, qui est fou d'elle et qui a déjà connu assez d'ennuis avec son père ? Et... que pouvais-je faire ?

– Vous avez fait ce qu'il fallait, miss Handreth, déclara Hadley, glacial, sauf que si vous l'aviez fait hier soir, vous auriez pu éviter un tas de problèmes...

– En présence de Don ? Cela ne risquait pas ! Et puis, je n'étais sûre de rien jusqu'à ce que vous parliez de *Gambridge*, du vol et du meurtre qui y avaient eu lieu. C'est alors que j'ai commencé à y voir clair. (Elle frissonna.) Puis-je m'en aller, à présent ? La vie se révèle un peu plus complexe que je ne l'aurais cru.

Elle se leva, l'air las, et Hadley l'imita.

– Il me reste encore deux questions, dit-il en consultant son carnet. D'abord, saviez-vous qu'Eleanor Carver était kleptomane ?

Elle hésita et répondit :

– J'attendais cette question. Oui. Je me suis demandé pourquoi personne n'y avait fait allusion, hier soir, notamment Mrs Steffins. C'est elle qui m'en a informée. Cette vieille sorcière me déteste, bien sûr, mais quand elle se dispute avec Eleanor, il faut bien qu'elle se soulage auprès de quelqu'un...

Hadley lança un regard au Dr Fell.

– Ensuite, poursuivit-il, Eleanor savait-elle qu'un policier s'intéressait à quelqu'un, dans cette maison ?

– Oui. J'y ai moi-même fait allusion. La semaine dernière, je ne sais plus quel jour, Eleanor et moi nous promenions dans le parc et j'ai aperçu Mr Busy, assis sur un banc et lisant son journal. Quelque chose m'avait mise dans une colère noire et, bien qu'ayant résolu de ne rien dire au sujet de Ames, c'est sorti tout seul. J'ai dit quelque chose comme : « Soyez sur vos gardes ! Voilà notre grand détective sous un de ses fameux déguisements ».

– Qu'a-t-elle dit ?

– Rien d'extraordinaire. Elle a regardé dans sa direction et m'a demandé comment je le savais. Je me suis ressaisie et j'ai répondu que je l'avais déjà vu quelque part, au tribunal. Puis je me suis mise à rire en disant que c'était une blague.

Hadley referma son calepin.

– Merci. Ce sera tout. Ne dites rien à qui que ce soit pour l'instant.

Lorsqu'elle fut sortie, Hadley, découragé, resta muet en parcourant ses notes.

– Pardonnez-moi si je me suis montré un tantinet vindicatif dans cette enquête, dit-il enfin. Je l'admets, c'est une affaire de clan. Un membre de la police, au cas où vous l'auriez oublié, a été assassiné ; un homme sans arme a été poignardé dans le dos. Je ne serais pas fâché d'envoyer l'assassin à la potence.

» Maintenant, laissez-moi vous raconter ce qui s'est passé la nuit dernière. Cette fille avait les aiguilles d'horloge en sa possession, en lieu sûr, derrière son panneau secret. Elle ne cherchait pas d'ennuis. Elle devait retrouver Hastings sur le toit... et elle est allée à son rendez-vous, selon son propre témoignage, à minuit moins le quart.

» A présent, souvenez-vous de nos conclusions d'hier soir. Nous avons décidé que Ames faisait le guet et s'était introduit dans la maison, bien avant de tirer la sonnette à minuit pile. Il lui fallait un prétexte pour pénétrer ici, au cas où on l'aurait surpris ; et il devait aller jusqu'au bout, ne serait-ce que pour éviter les soupçons. Il surveillait Eleanor... probablement par les fenêtres du rez-de-chaussée. Lorsqu'il la vit quitter sa chambre à minuit moins le quart (vêtue d'un manteau indiquant qu'elle comptait s'absenter un moment), il est rentré, soit par la grande porte (qui était ouverte), soit en crochetant une fenêtre. Nous ne savons pas encore si oui ou non l'accusatrice, Mrs Steffins, lui avait parlé du panneau secret ; de toute façon, il aura fouillé rapidement la pièce pour découvrir des preuves.

» Toutefois, poursuivit Hadley, triomphant et emphatique, observez le témoignage qu'Eleanor nous a fourni : une fois devant la porte, là-haut, elle a découvert qu'elle avait égaré la clef au rez-de-chaussée...

– Allez au diable avec vos preuves ! grogna le Dr Fell. Sans doute est-elle descendue, comme elle l'a dit, mais...

– Ames l'entend alors venir ; je vous ferai remarquer qu'il n'y a pas de moquette dans cette chambre sur l'arrière, ou dans le vestibule, mais un plancher qui grince. Il éteint et cherche un endroit où se cacher, sous le lit, derrière la porte – elles s'ouvrent toutes à l'intérieur – n'importe où. Eleanor rentre dans sa chambre à la recherche de sa clef, la trouve et se rend compte que ses affaires sont sens dessus dessous. Le plus habile des policiers ne peut agir sans laisser de traces, vous le savez. Que fait-elle alors ? Elle se souvient de l'officier de police, se rue sur le panneau secret et l'ouvre pour voir...

» Tandis qu'elle a le dos tourné, Ames sort de la pièce, chaussé de ses tennis, pas assez vite et pas assez silencieusement. Mais elle ne va pas donner l'alerte, car elle sait qu'elle n'a pas affaire à un cambrioleur. Notre petit cobra qui, chez *Gambridge*, s'est emparé de la première arme qu'elle avait sous la main, sait exactement quoi faire à ce moment-là. Sous ses yeux se trouve l'une des deux aiguilles d'horloge qu'elle a dérobées pour Paull, ainsi que les gants qu'elle a utilisés pour ne pas se tacher les doigts.

» Mais Ames, me direz-vous ? J'y viens. Il est dans de sales draps, même s'il a eu le temps de prendre la poudre d'escampette. Elle ne lui faisait pas peur, car de son point de vue à lui, le risque était qu'elle croie avoir affaire à un cambrioleur et donne l'alerte. En cas d'arrestation, Ames aurait pu se disculper, bien sûr, mais la police, à qui l'on aurait reproché ses méthodes illégales, en aurait pris pour son grade ! Il se serait sans doute fait virer et sa proie l'aurait démasqué. Donc, il ne pouvait pas se permettre d'être arrêté. Et qu'Eleanor donne l'alerte ou pas, le plus sûr moyen, pour lui, de se faire capturer était de filer par la grande porte. Il n'ignorait pas qu'au même moment, à minuit pile, un policier faisait sa ronde. Et n'importe quel flic voyant, à la lumière d'un réverbère, un clochard en train de se sauver d'une maison plongée dans le noir, à minuit...

» Il se peut aussi qu'Eleanor n'ait pas vu Ames et n'ait pas pensé à l'intrusion d'un cambrioleur, puisqu'on n'avait rien pris dans sa chambre. Dans l'un ou l'autre cas, c'était de la folie que de se sauver. Le meilleur moyen, le plus courageux et, en définitive, la seule issue était... Eh bien, Messieurs les jurés ? suggéra Hadley.

Melson battit des paupières.

– Hein ? oui, admit-il. La seule issue était le perron. Il ne lui restait qu'à sonner chez Boscombe.

Il y eut un silence. Cette fois, ce fut Hadley qui gloussa.

– Exact ! Et si le flic se pointait, notre homme était tout bonnement en train de sonner chez quelqu'un avec qui il avait rendez-vous. Et si une femme se plaignait d'un cambriolage... « Comment, Madame ? Un cambrioleur qui sonne à la porte ? J'ai vu un homme sortir d'ici, la porte grande ouverte, et j'essaie de réveiller la maisonnée. » Il était debout devant la porte grande ouverte, attendant de la voir sortir. Et si elle ne venait pas, cela signifiait qu'elle ne l'avait pas vu. Il pouvait donc rentrer, monter à son rendez-vous et, plus tard, tâcher de reprendre sa fouille interrompue, fit Hadley.

– Humpff ! Notre éminent confrère a-t-il la moindre preuve pour corroborer cet épisode à la Arsène Lupin ?

– Votre éminent confrère en a une. Souvenez-vous qu'il n'en finissait pas d'appuyer sur la sonnette (comme Hastings nous l'a dit), bien qu'on lui ait demandé de monter directement. Il voulait s'assurer que la voie était libre. Souvenez-vous que vous-même avez trouvé la porte grande ouverte, lorsque vous êtes monté avec l'agent de police. Il l'aurait refermée, naturellement, s'il n'avait pas craint qu'on lui saute à la gorge dans le noir.

» Maintenant, revenons à notre petit cobra apprivoisé. Eleanor est sortie dans le vestibule, les mains gantées, armée de l'aiguille. L'ennemi se profile à la lumière du réverbère ; il sonne à la porte et appelle à l'aide. Elle n'a jamais vécu un moment aussi horrible. Si elle n'agit pas, elle est prise. Si elle agit, elle risque d'être prise en flagrant délit d'assassinat, avec une aiguille volée. Elle peut le poignarder, tel un vulgaire cambrioleur qui se serait introduit dans la maison, mais encore faut-il qu'il se donne la peine d'entrer ! Et va-t-elle oser prendre un tel risque ? Il faut à tout prix qu'elle fasse quelque chose avant qu'on ne réponde à sa sonnerie. Puis le voilà qui entre, traverse le vestibule, tandis qu'elle est cachée sous la cage d'escalier. Il commence à grimper...

» Elle le tient.

Hadley acheva son récit. Les mots se bousculaient sur ses lèvres, il fixait sur Melson un œil vengeur.

– Enfin, dit-il, et au cas où vous soupçonneriez un vieux loup de mer comme moi de faire du roman, je vais vous offrir la preuve ultime, absolue et irréfutable. Je procéderai en expliquant ce que Fell a tourné en dérision sous le nom de « Mystère du gant voyageur ». L'idée m'en est venue il y a un instant, tandis que j'examinais cette cage d'escalier et me rappelais quelque chose que mon aveuglement m'avait empêché de voir plus tôt. Je vais vous expliquer pourquoi ce gant voyageur a « voyagé ». Jetez-y un coup d'œil.

Il sortit de sa poche le gant qui, aux dires de Christopher Paull, se trouvait par terre, sur le palier, et le lissa sur son genou.

– Maintenant, imaginez-vous à la place d'Eleanor Carver, grimpant l'escalier à pas feutrés derrière Ames. Machinalement, elle a pris la paire, mais elle n'en porte qu'un seul. Elle a un gant et l'aiguille d'horloge dans une main, et dans l'autre, le deuxième gant avec la clef. Sur sa gauche, le mur ; à droite, la rampe. Vous saisissez ?

» Parfait ! Elle monte jusqu'en haut et s'arrête sur l'avant-dernière marche – là où commencent les taches de sang –, elle se penche en avant, s'abat de tout son poids sur Ames et le frappe. Sous la poussée, il tombe presque à genoux. D'instinct, il lève les bras ; elle lance sa main libre en l'air pour garder l'équilibre, et lâche le gant déjà taché de sang. Ames, les bras levés, accroche le gant au passage et l'expédie par-dessus la rampe, sur le palier...

– Bon sang ! s'écria Melson perdant son flegme académique. Dans ce cas, la main droite de la jeune fille aurait dû être à droite !

– Et nous avons bien ici le gant de la main droite, déclara Hadley. Mais ce n'est pas la main qui tenait le couteau. Le gant droit porte une tache dans la paume, ce qui est incompatible avec le geste consistant à empoigner la flèche d'acier. Donc... (D'un geste lent, il lança son poing contre le bois de lit.)... vous comprenez pourquoi la trajectoire du coup a entraîné Ames sur la droite. Et le témoignage des personnes qui ont vu le chef de rayon se faire assassiner chez *Gambridge* s'éclaire : « Nous nous trouvions à droite de la jeune fille, lorsque le chef de rayon est passé devant nous et lui a touché le bras. Elle a tendu son autre main et s'est emparée du couteau à découper... » Ce qui signifie, Messieurs, que la meurtrière de chez *Gambridge* était gauchère. Et vous avez sous les yeux la preuve irréfutable qu'Eleanor est gauchère.

Il se leva, marcha jusqu'à la cheminée et éteignit sa pipe sur le rebord en marbre. Hadley n'était pas peu fier de lui et de sa logique implacable, il ne dédaignait pas un peu de théâtre pour faire bonne mesure. Le sourire aux lèvres, il s'accouda à la tablette et les observa.

– D'autres questions, Messieurs ? s'enquit-il.

Fell allait réagir puis, changeant d'avis, il déclara :

– Pas mal, Hadley. « Que d'hommes et de chevaux devras-tu éviter, quand les étoiles dans leur course seront de ton côté ? » Humphh ! Bucéphale est devenu Pégase. Vous vous débrouillez plutôt bien, mon vieux ! Pourtant, je me méfie comme de la peste de ces affaires où la culpabilité d'un tiers repose sur le fait qu'il soit gaucher. C'est trop facile... Juste une question : si tout cela est vrai, que devient la mystérieuse silhouette que Hastings a aperçue sur le toit ? Celle qui avait de la peinture dorée sur les mains. Pensez-vous que Hastings ait menti... ?

Hadley reposa sa pipe et parut se souvenir d'un détail.

– Le mouchoir ! grommela-t-il. Sacrebleu ! Je l'ai depuis ce matin, depuis que je vous ai vu en train de regarder les montres avec Carver.

– Quel mouchoir ?

– Celui de Mrs Steffins. Je ne vous en ai pas parlé ? (D'une enveloppe, il sortit un mouchoir de batiste tout froissé, taché de cette substance qui tourmentait Melson, à lui en donner la nausée.) Ne prenez pas cet air ébahi ; ce n'est pas de la dorure mais de la peinture à l'huile qu'elle utilise pour décorer ses porcelaines. Preston l'a déniché dans sa chambre, au fond d'un sac de linge sale. Mais c'est encore tout frais, aussi frais qu'hier soir.

» Cette chère Mrs Steffins était sans aucun doute le guetteur des toits. Elle y avait accès de sa propre chambre qui communique avec l'escalier dérobé, dans l'alcôve du salon de Carver. Elle voulait enquêter sur cette idylle dont tout le monde, semble-t-il, était au courant.

» Rappelez-vous qu'elle était habillée de pied en cap, et n'oubliez pas ce tube de peinture dont je vous ai parlé... celui qui était écrasé, comme si on avait posé la main dessus. C'est exactement ce qui s'est produit. Elle est sortie de chez elle dans l'obscurité et a malencontreusement pressé le tube, en tâtonnant à l'aveuglette. Elle s'est essuyée au petit bonheur avec un mouchoir et s'est empressée de filer sur le toit, pour voir ce qui s'y tramait. Là-haut, voilà qu'elle tombe par hasard sur Hastings, épouvanté par ce qu'il a vu par la lucarne. A la vue de la peinture dorée sur ses mains, il a une frousse bleue et se jette sur l'arbre... avec les conséquences que vous savez. Mrs Steffins suit sa chute et voit Lucia qui le découvre dans la cour ; sinon, comment aurait-elle su qu'il se trouvait dans la chambre de miss Handreth ? Ensuite, elle descend à tâtons, découvre à la lumière électrique que sa main est tachée de peinture et se nettoie. Elle fourre le mouchoir dans un sac de linge et se prépare à jouer les hystériques au moindre soupçon... Cela vous paraît-il convenable ?

Le Dr Fell bougonna quelques mots mystérieux et ambigus.

– Mais cela n'est pas ma préoccupation majeure, poursuivit l'inspecteur. Je viens d'énoncer les arguments de la Couronne à l'encontre d'Eleanor Carver. Ce matin, vous avez développé cinq points en rapport avec le chef d'accusation, et j'ai répondu à chacun d'eux. Je l'ai fait en dépit de vos ricanements au sujet des preuves manifestes : les objets volés en sa possession, l'aiguille des heures, les gants tachés de sang. J'ai fourni non seulement des preuves tangibles mais aussi un mobile, le contexte du meurtre et le caractère de l'accusée. Et j'ai donné la seule explication qui puisse corroborer tous ces faits contradictoires de façon satisfaisante. Par conséquent, je déclare qu'il n'y a aucun doute quant à la culpabilité d'Eleanor Carver. Vous vous faites fort de mettre en pièces mon réquisitoire mais vous n'avez aucune preuve.

» Messieurs les jurés, déclara Hadley, avec un large sourire, cela est la conclusion des arguments de la Couronne. A vous de les détruire, si vous le pouvez.

Et il s'assit, l'air moqueur. Rajustant sa cape, le Dr Fell se leva pour présenter le dossier de la défense.

18

LA PLAIDOIRIE DU DR FELL

– Votre Honneur, déclara le Dr Fell en s'inclinant, l'air absent, vers le chat en peluche sur la cheminée. Messieurs les jurés.

Il s'éclaircit la gorge en poussant une sorte de cri de guerre, se drapa dans sa cape et se posta face au lit. Ainsi vêtu, avec sa chevelure grisonnante et ébouriffée, il évoquait un avocat trop bien nourri, prêt à livrer bataille.

– Votre Honneur, Messieurs les jurés, répéta-t-il en redressant son lorgnon pour regarder par-dessus les verres. Aux yeux d'un auditeur impartial, il semblerait que le hasard et les coïncidences se soient ligués pour fournir à mon éminent confrère tous les détails nécessaires à l'appui de sa thèse ; tandis qu'en ce qui me concerne, je n'aurais, comme on dit vulgairement, qu'à aller me faire voir. Son succès à cet égard se révèle assez troublant ; il lui suffit en effet de rechercher un indice pour qu'il en trouve six. Il lui suffit d'ouvrir la bouche et de lancer une hypothèse au hasard pour qu'aussitôt, la porte s'ouvre sur quelqu'un qui vient la lui confirmer. Je n'aime pas cela. Je ne crois pas qu'un coupable puisse laisser autant de preuves dans son sillage, comme les cailloux du Petit Poucet. Nous avons affaire à un meurtre et non pas à une course au trésor. Et c'est sur un raisonnement tiré de cette certitude que se fonde ma plaidoirie.

– Bravo ! Bravo ! lança Hadley, encourageant.

– Si mon éminent confrère consent à fermer son clapet, poursuivit le Dr Fell, imperturbable, et à cesser ses idioties pendant un moment, je vais la développer devant vous. Pour commencer, Messieurs, il s'agit d'une règle très connue dans l'aviculture...

– Je veux bien vous laisser toute latitude, protesta Hadley en se levant, mais je ne veux pas de blague. Je n'ai pas de temps à perdre et je vous rappelle qu'il y a eu mort d'homme, et que la vie d'un tiers est en jeu. Si vous avez quelque chose à dire, dites-le, mais ayez la décence de rester sérieux.

Le Dr Fell ôta son lorgnon, abandonna la pompe juridique et s'exprima d'un ton très calme.

– Vous ne comprenez pas, n'est-ce pas ? Vous ne me croirez pas si je vous le dis ? De toute ma vie, je n'ai jamais été aussi terriblement sérieux. J'essaie d'éviter l'arrestation de cette fille, peut-être menacée du pire – et, au passage, de sauver votre tête auprès des autorités – de la seule façon que vous puissiez comprendre... en pointant les difficultés auxquelles vous allez vous heurter. Je ne suis pas juge en matière judiciaire, mais je connais bon nombre d'avocats et leurs méthodes. Et je vais vous montrer ce que des ténors du barreau comme Gordon-Bates ou George Carnahan feraient de votre dossier. Je peux me tromper, mais Dieu sait que nous avons affaire à du concret !

– Très bien. Poursuivez, grogna Hadley, mal à l'aise.

– C'est une règle bien connue en aviculture, reprit le Dr Fell d'une voix tonitruante, tout en se rengorgeant. Elle permet d'éviter deux erreurs évidentes ; primo, ne pas mettre tous les œufs dans le même panier ; secundo, ne pas les compter avant qu'ils n'aient éclos. L'accusation a fait les deux, et elle s'est trompée. Elle a fait des deux charges qui pèsent sur l'accusée deux motifs d'accusation interchangeables. Si cette femme a tué Evan Manders, il faut qu'elle ait tué aussi George Ames. Et si elle a assassiné George Ames, il faut qu'elle ait aussi assassiné Evan Manders. Chaque accusation est censée justifier son pendant et en constitue une partie. Il nous suffit de semer le moindre doute sur l'une ou l'autre pour que toutes deux se voient discréditées.

» Ce gant, par exemple, ce gant de la main droite. L'accusation prétend qu'il n'aurait pu revêtir la main qui a poignardé Ames. La blessure, avec effusion de sang, aurait dû le tacher ; or, non seulement il est à peine souillé, mais encore cette tache se trouve-t-elle à un endroit impossible – selon l'affirmation catégorique du spécialiste – si cette main avait tenu l'arme. Bien ! Mon éminent confrère a apporté la preuve décisive que la meurtrière de chez *Gambridge* était gauchère. Puisque Eleanor Carver, en assassinant Ames, a dû procéder de la main gauche, les deux meurtrières ne sont qu'une seule et même personne.

» Voilà ! déclara le Dr Fell en hochant sa grosse tête, ce que j'appelle mettre tous ses œufs dans le même panier. Alors que ceci... (Il marcha lourdement vers le panneau dans le mur, ouvrit la boîte à chaussures, en sortit le gant de la main gauche, le fit tournoyer et le lança sur le lit.) ... c'est ce que j'appelle compter ses œufs avant qu'ils n'aient éclos, ou vendre la peau de l'ours avant de l'avoir tué. Voilà le gant qui, aux dires de l'accusation, aurait servi à accomplir le meurtre. Examinez-le, Messieurs, il est vierge de toute trace de sang. Or, mon éminent confrère affirme que le coup a nécessairement provoqué un jet de sang. Par conséquent – si l'on suit le raisonnement de l'accusation –, il nous est permis de prouver, primo, qu'Eleanor Carver n'est pas gauchère comme la meurtrière de chez *Gambridge* ; secundo, qu'aucun de ces deux gants n'a servi dans le meurtre de l'inspecteur Ames.

Hadley se dressa comme s'il était mu par quelque processus de lévitation astrale. Il s'empara du gant posé sur le lit et regarda le Dr Fell, les yeux écarquillés.

– Nous espérons nous être fait bien comprendre, tonna le docteur. Car il n'est pas question, cette fois, que l'accusation revienne sur ses affirmations et déclare que, tout compte fait, l'assassin a utilisé le gant de la main droite. Et je viens de vous démontrer qu'il était impossible que la meurtrière soit gauchère. Si le sang a éclaboussé le gant de la main droite resté libre, alors que celui-ci se trouvait à plus d'un mètre de la blessure, il nous faut exiger de l'accusation ne serait-ce qu'une infime trace sur le gant qui a frappé. Or, il n'y en a pas. Donc, Eleanor Carver n'a pas tué Ames. Donc, ce n'est pas la gauchère qui a poignardé Evan Manders. Et ces gants ne constituent pas une preuve. Et le dossier de l'accusation s'effondre sous le poids de sa propre logique.

Pour montrer qu'il était loin d'en avoir fini, le Dr Fell ponctua d'un « Humpff ! » sonore en sortant son foulard pour s'éponger le front. Puis un large sourire fleurit sur ses lèvres.

– Minute ! coupa Hadley, féroce. Peut-être me suis-je trahi... un peu. Emporté par la série des chefs d'accusation (mais ce n'était qu'une ébauche, comme je vous l'ai dit), je suis peut-être allé trop loin. Mais il reste les autres pièces à conviction...

– Votre Honneur, Messieurs les jurés, reprit Fell en fourrant son foulard dans sa poche. L'accusation vient d'adopter l'attitude que j'avais prédite, si bien qu'il s'avère inutile de souligner les graves préjudices causés à cette affaire. Mais laissez-moi poursuivre : la partie adverse a elle-même fourni la preuve que l'accusée n'a pas utilisé les gants. Reste qu'on en a trouvé un, non loin du corps, ainsi qu'un autre, derrière le panneau secret. Si ce n'est pas l'occupante de la chambre qui les a mis là, il en résulte qu'un tiers l'a fait à sa place – dans le but de l'envoyer à la potence, faut-il le préciser ? – et c'est ce que je vais tenter de prouver à présent.

» Considérant les autres « pièces à conviction » qui accusent la jeune fille, je vais tout d'abord m'occuper du meurtre de chez *Gambridge*. Comme cela a déjà été mentionné, j'ai souligné cinq points en rapport avec les deux crimes... Harumph ! Donnez-moi cette enveloppe, Melson. Voilà... Et quand viendra le moment d'en débattre, je vous demanderai la permission de les examiner à rebours.

Il jeta un regard méfiant par-dessus son lorgnon ; aucun sarcasme en vue. Hadley s'assit, le gant à la main, tout en mâchonnant sa pipe éteinte.

– Puisque nous avons démontré que l'accusée n'était pas gauchère, seule accusation précise, quel lien reste-t-il entre Eleanor Carver et la meurtrière de chez *Gambridge* ? Qu'il s'agissait probablement d'une blonde (quelqu'un a parlé d'une brune, mais ne nous attardons pas à ce détail), qu'elle était jeune et qu'elle portait des vêtements ordinaires. Cela provoque en moi une certaine stupeur, pour ne pas dire une certaine hilarité. Autrement dit, c'est le caractère imprécis du signalement qui vous permettrait de prouver qu'il s'agissait bien d'Eleanor Carver. Vous affirmez que la meurtrière ne pouvait être qu'une certaine femme, pour la bonne raison qu'il y en a mille semblables à Londres. C'est comme si vous affirmiez la culpabilité de John Dœ dans le meurtre à l'écharpe de Leeds, sous prétexte que l'homme qui avait été vu en train de quitter furtivement le lieu du crime aurait très bien pu être quelqu'un d'autre. Deuxièmement, Eleanor elle-même a reconnu qu'elle se trouvait chez *Gambridge*, cet après-midi-là ; et cela ne ressemble guère à l'aveu d'une meurtrière. D'ailleurs, je vais vous dire à quoi ça ressemble ; à l'effort d'une personne sachant qu'elle se trouvait là-bas, l'après-midi fatal, ayant noté la vague ressemblance de la suspecte avec elle, dans les comptes rendus des journaux, et sachant qu'aucune identification ne s'avérerait possible ; cette personne a lu le descriptif des articles volés et a compris qu'à une exception près, on ne pouvait pas non plus les identifier de façon formelle... pour lui faire porter la responsabilité du crime.

– Attendez ! intervint Hadley. C'est invraisemblable. En admettant que les témoins ne puissent l'identifier de façon formelle, nous avons les articles volés. Ils sont devant vous.

– Vous pensez qu'ils sont uniques en leur genre ?

– Uniques ?

– Vous avez là un bracelet et une paire de boucles d'oreilles. Vous pourriez aller chez *Gambridge* sur l'heure et acheter une vingtaine d'articles identiques. Ils n'ont rien d'unique et sont fabriqués en si grand nombre qu'il s'avère quasiment impossible de les distinguer du bracelet ou de la bague dérobés le 27 août. Vous n'allez tout de même pas arrêter chaque femme que vous verrez parée de l'un de ces bijoux. Non, mon vieux. Une seule pièce volée pourrait être identifiée sans l'ombre d'un doute – à savoir la montre de Carver, datant du XVIIe siècle, et qui se trouvait sur le présentoir, chez *Gambridge*. Celle-là est unique. Celle-là, et celle-là seulement, accuserait sans conteste Eleanor Carver. Et il est très significatif, susurra le Dr Fell, que ce soit le seul, parmi les objets volés, qui manque à l'appel.

Hadley porta les mains à son front.

– Vous espérez que je vais croire que c'est le hasard qui a amené ces deux répliques des objets volés derrière le panneau ? demanda-t-il.

– Non pas le hasard. Elles y ont été mises à dessein. J'essaie peu à peu de montrer à mon éminent confrère, expliqua le Dr Fell en frappant la tablette de la cheminée de son poing, que toutes les coïncidences qui nous mènent en bateau et nous embrouillent ne sont pas des coïncidences. La tendance d'Eleanor à la kleptomanie était bien connue ; c'est d'ailleurs ce qui a donné l'idée au meurtrier. Lui (ou elle) a vu l'occasion idéale dans le crime de chez *Gambridge*. La description plutôt floue correspondait à celle d'Eleanor ; Eleanor se trouvait dans le grand magasin ; Eleanor ne pouvait fournir aucun alibi. Mais il fallait justement des preuves. C'est pourquoi la personne qui se cache derrière cette sombre machination a surenchéri en fauchant la montre-tête de mort de Maurer, dans le coffret de Boscombe. Boscombe était censé croire qu'elle la lui avait volée – parce que ce démon savait qu'il la couvrirait. Vous-même étiez censé croire qu'elle l'avait volée – parce que Boscombe aurait pu vous donner n'importe quelle explication et que vous ne l'auriez pas cru. Et vous êtes tombés tous les deux à pieds joints dans le piège. A présent, passons aux « pièces à conviction » qui vous permettent d'accuser Eleanor. J'ai fait observer que la seule véritable pièce à conviction, la montre qui pourrait condamner Eleanor, a disparu. Pourquoi ? Il est certain que si quiconque voulait faire porter le chapeau à Eleanor, cette montre était la seule chose que lui (ou elle) aurait pris soin de cacher derrière le panneau. Or, elle ne s'y trouve pas. Et la seule hypothèse défendable pour expliquer son absence – que vous jugiez Eleanor coupable ou non –, c'est que personne ne l'a mise là, car personne ne l'avait en sa possession pour la mettre là.

» Dans mon cinquième point, je vous ai posé une question à ce sujet, tonna le Dr Fell en considérant l'enveloppe qu'il tenait. Voici ce qu'a écrit Melson : *Alors que ce vol eût été plus aisé s'il s'était déroulé chez Carver, l'assassin du grand magasin a couru le risque énorme de dérober la montre appartenant à Carver sur un pré-*

sentoir, dans un grand magasin bondé de clients. Pourquoi ?... Cela saute aux yeux. Jamais une femme n'aurait commis la folie de voler une montre que tout le monde avait vue des dizaines de fois. C'est quelqu'un d'autre qui a commis cette folie. Sans doute une femme quelconque, qui ne vit pas sous ce toit ; une inconnue dont nous n'aurions probablement jamais entendu parler et qui se cache dans une ville de huit millions d'habitants ! La meurtrière du grand magasin. Le monstre qui habite ici n'a fait qu'utiliser son crime pour fabriquer des preuves contre Eleanor et mettre la police sur sa piste. Ensuite, il a assassiné l'officier de police en l'amenant à constater des preuves fabriquées de toutes pièces qui auraient envoyé Eleanor à la potence pour les deux crimes !

Fulminant, Hadley lança sa serviette par terre et regarda Fell droit dans les yeux.

– Je n'y crois pas ! vociféra-t-il. Encore votre fichue rhétorique. Simple hypothèse ! Et encore, elle ne vaut pas un clou. Où sont vos preuves ? Comptez-vous accuser quelqu'un dont vous ne pouvez même pas prouver l'existence ! Vous...

– Est-ce que j'aurais gagné la partie ? s'enquit le Dr Fell, maussade. Je vois bien que vous êtes troublé. Pourquoi ne pas essayer de prendre des empreintes sur ce bracelet et cette montre-tête de mort ? D'après vous, Eleanor croyait cette cachette sûre ; si c'est vrai, il doit y avoir des dizaines d'empreintes. Si c'est faux, il n'y en a pas une ; c'est la seule chose que notre truqueur de preuves ne pouvait réussir. Comprenez-vous à présent pourquoi il vous suffisait de chercher un seul indice pour en trouver six ? Comprenez-vous pourquoi il vous suffisait d'ouvrir la bouche et de lancer une hypothèse au hasard pour que quelqu'un entre dans cette pièce et la confirme ? Dans ce cas, vous savez pourquoi cette affaire m'effraie et pourquoi je crois aux esprits méchants. Il y a un démon dans cette maison qui déteste cette jeune fille, un démon fourbe et patient, implacable et rusé, un démon qui la déteste comme un galérien déteste le fouet, et comme le raté déteste le gagnant. Un démon qui a patiemment tissé une corde pour la lui passer autour du cou, comme pour l'étrangler de ses mains... Dois-je poursuivre ou craignez-vous d'entendre ma plaidoirie ?

– Vous n'avez pas de preuve..., répéta Hadley presque à voix basse.

– Poursuivez, déclara Melson qui, opiniâtre, continuait à prendre des notes.

Soufflant comme un phoque, le Dr Fell les dévisagea tour à tour, la figure plus rouge que jamais, un pouce coincé dans l'ouverture de son ample gilet. La lumière grise filtrant par les fenêtres évoquait l'atmosphère sinistre de l'arrière-cour.

– Si donc l'on prend chacun des cinq points à rebours, reprit le Dr Fell, je passe au quatrième. Il s'agit de cette question contrariante qui revient sans cesse : pourquoi avoir volé les deux aiguilles et pourquoi ne pas les avoir dérobées lorsque l'horloge était exposée ? Je vais vous le dire. On a agi ainsi parce que toutes les preuves devaient converger sur Eleanor en tant qu'assassin de Ames. Si une seule aiguille était volée, personne n'était accusé. Mais si l'aiguille des heures, l'aiguille superflue qui ne pouvait servir d'arme, était volée, le vol se révélait une pure perte de temps et l'aiguille devait être retrouvée en la possession d'Eleanor, comme une preuve tangible du vol. Voilà pourquoi il fallait attendre jusqu'à mercredi soir pour dérober les aiguilles. Personne n'a songé que le voleur avait attendu jusque-là parce que l'horloge n'était pas encore recouverte de peinture dorée.

» Mon éminent confrère n'a-t-il pas perçu la simplicité de la chose ? Toute l'affaire repose sur une trace de peinture dorée ! Tel était le but recherché. Comment auriez-vous pu accuser Eleanor du meurtre de Ames s'il n'y avait pas ces ostensibles taches dorées sur une paire de gants appartenant à la jeune fille – l'un étant caché derrière le panneau et l'autre jeté à terre à côté du mort, mais pas trop près tout de même ? Et s'il vous faut encore une confirmation, réfléchissez à la clef : le meurtrier devait voler la clef d'Eleanor. Cette petite clef, Messieurs, constituait l'élément le plus important de l'entreprise, car sans elle, le projet tombait à l'eau. Eleanor était censée se coucher de bonne heure et n'aurait eu aucun alibi pour quelque nuit que ce soit – à moins qu'elle ne monte rejoindre son amant sur le toit. Il fallait l'en empêcher. Il fallait qu'elle soit prise au piège, sans pouvoir passer cette porte. Et quand le meurtrier n'avait plus besoin de la clef, elle pouvait réintégrer le doigt du gant, afin de fournir de nouveau un argument irréfutable en la défaveur de la jeune fille.

– Admettons ! intervint Hadley d'un ton précipité, du moins pour le moment. Mais que deviennent les gants ? Par Dieu ! plus j'y pense et plus je crois que tout dépend de ces gants ! N'avez-vous pas prouvé qu'aucun des deux n'avait été utilisé...

– Humpff ! Et cela vous embête, pas vrai ? (Le docteur gloussa, puis redevint grave.) Le fait est que je ne suis pas en train de vous raconter ce qui s'est réellement passé, ni ce qui ne s'est pas passé. L'heure n'est pas encore venue de vous révéler le nom de l'assassin.

– Vous essayez pourtant de me convaincre, répliqua Hadley, la mâchoire en avant. Nom d'une pipe ! ce n'est pas le moment d'épater la galerie avec ces mystifications de salon dont vous avez le secret ! Je suis toujours persuadé d'avoir raison...

– Mais ce n'est pas le cas, rétorqua Fell. Vos convictions sont ébranlées et vous vous trouvez dans cet état d'incertitude alors que je n'ai pas encore développé mon dossier. (Il vit l'inspecteur ouvrir et refermer les mains avec nervosité et riposta d'un ton vigoureux :) Je ne cherche pas à épater la galerie ! Je vous jure que l'affaire est trop sérieuse pour que j'aie recours à mon habituelle tactique : « regardez-bien-Messieurs-Mesdames-rien-dans-les-mains-rien-dans-les-poches ». Je n'ose pas vous donner ma version ! Vous êtes dans un tel état que vous seriez capable de filer séance tenante vérifier mes dires. Nous avons affaire au monstre le plus rusé qui soit, sous son apparence inoffensive. Un mot est lâché... et voilà l'ennemi invisible qui s'en saisit. Je ne veux pas vous voir vous ruer sur Eleanor en beuglant au risque de balayer tout ce que je me suis appliqué à édifier.

» Passons à mon troisième point, dont voici l'énoncé : *Toute l'accusation et les charges qui pèsent sur l'une des femmes, pour l'assassinat d'Evan Manders, proviennent d'un individu non identifié qui, en des circonstances d'une tension extrême, refuse de communiquer avec nous.*

» Nous sommes en effet au cœur du mystère de la machination. Méditez tout votre soûl sur ces mots pendant que je procède à leur analyse. Quelle explication peut-on donner ? L'accusation affirme que l'accusatrice est Mrs Steffins : elle déteste Eleanor et souhaite la dénoncer comme meurtrière, mais elle refuse néanmoins de témoigner au grand jour, car elle craint la colère du vieux Carver si l'on accuse sa préférée. Aucune personne saine de corps et d'esprit ne peut y croire un instant, même celles qui croient encore en la culpabilité d'Eleanor. Que nous dit le rapport de Ames ? L'informateur était prêt à faire sa déposition au banc des témoins.

» Au banc des témoins ! C'est comme si vous affirmiez détenir un secret que vous auriez peur de chuchoter sous votre propre toit, mais qu'en revanche vous ne craindriez pas de voir diffusé par la T.S.F. Si votre accusatrice craignait l'effet de certaines révélations sur Carver, chuchotées en privé, ce n'est pas leur divulgation en plein tribunal qui aurait risqué de les atténuer.

» Hadley, j'ai dit que plusieurs choses me semblaient louches dans le rapport de Ames. En voilà une. Si

Mrs Steffins est l'accusatrice, vous devez la considérer comme étant aussi la meurtrière. Quelle que soit la personne qui a débité à Ames ce tissu de mensonges, elle ne l'a fait que dans un seul but : attirer Ames dans cette maison pour qu'il y trouve la mort. Cette personne, selon Ames, affirme avoir vu en la possession de l'accusée, soit Eleanor Carver – et si Ames n'avait pas été si cachottier, cela n'aurait fait que resserrer la corde autour du cou de la jeune fille –, « la montre du présentoir de chez *Gambridge*, prêtée par J. Carver ». Où se trouve cette montre ? En tout cas, pas ici, avec le reste des preuves soigneusement préparées. Elle n'y a jamais été. C'était un appât pour Ames, un ordre d'exécution, comme la *Maurer* était censée condamner Eleanor. Et notre accusateur, qu'a-t-il vu d'autre ? Eleanor en train de brûler une paire de gants de chevreau, tachés de sang, le soir du meurtre de chez *Gambridge*. Hadley, avez-vous jamais tenté de brûler des gants de chevreau ? La prochaine fois que vous faites un feu de joie dans votre jardin, essayez donc, pour voir ; fallait-il qu'elle fût extraordinaire, cette femme, pour rapporter ces trophées accablants depuis Oxford Street et passer au moins une journée à attendre patiemment, penchée au-dessus d'un feu d'enfer, que le cuir se réduise en cendres... Relisez le rapport de Ames. Attardez-vous sur les invraisemblances, la conduite par trop circonspecte de l'accusateur, son insistance à garder le secret, la contradiction qu'il y a chez lui entre son désir de tout révéler et sa répugnance à introduire ouvertement Ames dans la maison. Et vous verrez qu'il ne saurait y avoir qu'une seule explication.

» Nous voilà donc enfin arrivés au deuxième point ; il souligne que l'assassin de Ames n'est pas celui de chez *Gambridge*, pour les raisons que j'ai énoncées. Quant à mon premier point, il évoque le nœud de l'affaire et la conclusion qui était censée être la nôtre : si nous acceptions tous les autres alibis, les soupçons ne pesaient plus que sur Lucia Handreth et Eleanor Carver. Et encore, cela peut se réduire à une certitude, lorsque miss Handreth fournit un alibi beaucoup trop solide pour qu'on puisse l'attaquer. Dès lors, j'acquis la conviction qu'Eleanor et elle seule allait être la victime d'une intrigue meurtrière des plus ingénieuses et des plus diaboliques que j'aie jamais vues.

» Votre Honneur, Messieurs les jurés ! (Fell se redressa et posa mollement une main sur la cheminée.) En conclusion, la défense est prête à reconnaître de bonne grâce plusieurs choses, personne n'ayant eu l'obligeance de nous fournir des preuves maquillées, comme à mon éminent confrère. Nous ne pouvons compter que sur la vérité et, comme nous ne jouissons malheureusement d'aucune faculté divinatoire, pas plus que de la coopération de la police, il nous est impossible de divulguer l'identité de l'assassin de chez *Gambridge*. Nous sommes dans l'incapacité d'exposer le moindre fait réel qui ne tombe en poussière dès qu'on l'examine de plus près. Nous n'avons aucune explication pour justifier la présence d'un policier qui sonne à la porte d'une maison, après en être sorti, qui, deux minutes auparavant, a été surpris en train de mettre à sac la chambre d'un des occupants, et qui, tout guilleret, rentre une seconde fois pour la plus grande commodité d'un assassin qui l'attend, tapi dans le noir. Nous n'imaginerons pas une meurtrière qui, par souci d'élégance et de précision, va jusqu'à enfiler ses deux gants quand un seul suffirait, et qui, inexplicablement, n'en utilise aucun. Il nous est même difficile de nous représenter un officier de police sur le qui-vive, gravissant vingt-trois marches sans soupçonner que quelqu'un le suit de près. Mais passons ! Notre vœu était de semer le doute dans l'esprit de la partie adverse, un minuscule brin d'incertitude pour le pousser à rendre un verdict de non-culpabilité ; et je prétends, Messieurs, avoir réussi dans cette tâche.

Melson et Hadley étaient si tendus qu'ils sursautèrent lorsque la porte s'ouvrit à la volée sans que l'on eût entendu frapper.

– Je ne veux pas risquer de commettre une erreur, cette fois, Monsieur, lâcha le sergent Preston d'une voix cassante. Mais je crois qu'elle est en train de monter les marches du perron. Elle essaie d'écarter les journalistes ; un jeune homme à la tête bandée l'accompagne. Dois-je... ?

Le ciel s'était plombé et le vent s'était mis à gémir dans la cheminée. Hadley et le Dr Fell étaient face à face et se défiaient du regard, tandis que Melson percevait le tic-tac de sa montre.

– Eh bien ? demanda Fell en faisant malencontreusement tomber une des photos encadrées du manteau de la cheminée.

Hadley agit en un clin d'œil : il roula tous les objets dans le vieux chandail, lança le tout dans l'ouverture du mur et referma le panneau.

– Inutile de l'alerter si elle n'a rien fait..., dit-il. (Puis, haussant le ton :) Où diable est passé Betts ? Pas de déclaration à la presse ! Pourquoi Betts n'est-il pas dehors en train de s'occuper de... ?

A son grand soulagement, quoique au bord de la nausée, Melson entendit le sergent répondre :

– Il est au téléphone depuis dix minutes, Monsieur. Je ne sais pas de quoi il... Ah !

On entendit une cavalcade. Impassible, Betts bouscula Preston pour refermer la porte.

– Monsieur..., commença-t-il d'une voix rauque.

– Que se passe-t-il ? Parlez, par Dieu !

– Un appel du Yard, Monsieur. Important. L'adjoint du préfet... Nous n'obtiendrons pas le mandat même si nous insistons. Ils ont retrouvé la femme qui a fait le coup chez *Gambridge*.

Hadley resta muet, mais ses doigts se crispèrent sur sa serviette.

– Elle est connue des services de police. Elle a tenté un hold-up aux magasins *Harris*, ce matin, et ils l'ont épinglée. Ils sont formels : quand ils l'ont ramenée chez elle, ils ont retrouvé la moitié des bijoux et toute la camelote volée au cours des affaires récentes. Quand ils ont découvert la montre de Mr Carver, elle a piqué une crise de nerfs et a tenté de se jeter par la fenêtre. C'est grâce aux empreintes qu'ils l'ont pincée, avec un de ses complices, mais l'autre...

– Qui est-ce ?

– Elle se fait appeler Helen Gray, Monsieur. C'est une bande organisée ; la femme fait les grands magasins et écoule la marchandise grâce à un fourgue. Elle a toujours deux complices pour la couvrir..., deux hommes.

L'expression singulière qu'il lisait sur les visages lui coupa le sifflet. Hadley recula et le plancher grinça. Il se tourna vers le Dr Fell en respirant bruyamment. Celui-ci affichait un calme olympien qui céda peu à peu à un sourire bienheureux. Il se rengorgea, s'éclaircit la gorge et s'éloigna de la cheminée d'un pas lourd, non sans avoir salué le chat en peluche d'une révérence majestueuse.

– La défense se retire, votre Honneur, s'exclama-t-il d'une voix de stentor.

19

COLLOQUE DANS UNE TAVERNE

Au bar de la *Duchess of Portsmouth* dans une petite rue tranquille du même nom, personne n'a oublié le déjeuner offert dans l'arrière-salle enfumée aux chevrons surbaissés, un certain jour de septembre, en début d'après-midi. Un monsieur fort imposant avait invité quatre convives pour un repas qui dura de 1 heure et demie à 4 heures et quart. On s'en souvient non seulement à cause de la générosité des portions – le personnage en question avait jeté son dévolu sur une tourte au bœuf et aux rognons – mais encore pour sa bruyante hilarité.

Le gros bonhomme passa la tête dans le bar, ôta son chapeau romain et annonça qu'il offrait la tournée des habitués réunis au zinc. Il fit un discours à la cantonade, émaillé d'allusions hermétiques au fait que son ennemi était à ses trousses ou quelques inepties du genre, mais il fut copieusement applaudi jusqu'à ce qu'un de ses compagnons, un grand type à l'allure militaire, l'entraîne de force, malgré les protestations de l'auditoire.

Ce repas devait rester pour toujours un bon souvenir pour Melson. Mais ce qui resta surtout gravé dans sa mémoire, ce fut la petite scène qui précéda le repas, tandis qu'Eleanor et Donald Hastings étudiaient le menu dans la salle à manger, et qu'il prolongeait avec ses deux compagnons une séance au bar, au cours de laquelle ils avaient cru bon de s'humecter le gosier avec un verre sur le pouce, avant d'attaquer la bière. Le Dr Fell et Hadley se regardèrent mais ni l'un ni l'autre ne prononça un seul mot. Puis Fell exhala un « Ha ! » de satisfaction en reposant son verre.

– Le plus beau, déclara-t-il en frappant le comptoir d'un poing admiratif, c'est la façon dont nous avons tous deux utilisé le témoignage d'Helen Gray et de ses deux complices – faux témoignages s'il en est ! – pour détourner les soupçons du crime même d'Helen Gray. Vous vous êtes servi de ses mensonges pour faire condamner Eleanor et je les ai utilisés pour la défendre. Bien sûr, nous avons cru Helen Gray. Pourquoi pas ? Voilà trois personnes n'ayant apparemment aucun lien entre elles, des témoins désintéressés qui racontent tous la même histoire. Helen Gray n'a pas couru ; elle s'est contentée de laisser tomber le couteau, s'est mise à hurler, a pointé son doigt en direction d'un individu invisible, a fourni un mensonge de spécialiste... et son témoignage a prévalu. Quant à savoir pourquoi elle a perdu la tête et poignardé Manders...

Hadley fixa son verre et en fit tournoyer le contenu.

– C'était la prison à coup sûr, elle était pincée et si l'on comparait ses empreintes avec celles déjà fichées. En tout cas, c'était idiot. Elle sera quand même pendue, c'est sûr et certain, et les deux autres avec. (Il se renfrogna.) Ce qui m'intéresse, c'est cette nouvelle combine pour le vol à l'étalage organisé. L'homme de la rue a des soupçons ? Et voilà que survient un jeune homme vêtu bien comme il faut. « Vous avez vu cette dame... ? Vous plaisantez ! J'étais moi-même en train de l'observer et... » Et un monsieur très respectable opine du chef d'un air timide. Helen Gray les remercie et les quitte, offusquée, avant qu'on ne puisse avertir les autorités. Pas mal ! Des bijoux fantaisie qui n'étaient pas donnés ! Ils ont dû en faucher une bonne centaine en quinze jours. Le chef de rayon l'avait sûrement déjà repérée... Si elle n'avait pas perdu la tête... (Il reposa son verre avec bruit.) Hé oui, nous l'avons crue. Mais maintenant que j'y repense...

– Une arrière-pensée, approuva le Dr Fell en hochant la tête avec une mine coupable. Oui, j'y ai songé, moi aussi.

– A quoi ?

– Le témoignage semblait prouver que la meurtrière était gauchère, mais Helen Gray n'a jamais voulu dire cela. C'était une bévue dans son récit théâtral. « Le chef de rayon s'est approché, elle a tendu son *autre* main. » Vous connaissez la suite. C'est le genre d'étourderie qui risque toujours de se produire dans un mensonge fabriqué à la hâte. Elle n'a pas dit que la femme était gauchère. Personne ne l'a interprété ainsi jusqu'à ce que... hum !

– Ça va ! ça va ! Inutile d'en rajouter !

– Le passage au sujet du corsage était assez réussi, continua Fell, affable. Je n'essaie pas d'en rajouter. Si cela peut vous rassurer, la vieille baderne qui vous parle s'est laissé duper ; encore que j'ai trouvé bizarre qu'Helen Gray, quoique assez près pour déchirer le chemisier de la fuyarde, n'ait pas vu son visage. Humpff ! Elle a fourré les gants dans ses poches et a attendu, le plus calmement du monde. Son témoignage à propos de la meurtrière aux mains gantées – qu'on a pu lire même dans la presse – était un autre indice pour démasquer notre assassin de Lincoln's Inn Fields... Non, Hadley, le seul reproche du genre « Je-vous-l'avais-bien-dit » que la vieille bête puisse vous adresser, dans cette pagaille, c'est que je vous avais mis en garde contre les affaires dans lesquelles la culpabilité de l'accusé repose sur le fait qu'il soit gaucher. Ce ne sont jamais des affaires très catholiques. Choisissez la voie de la prudence et ne croyez pas trop aux coups portés de la main gauche, aux mégots de cigarettes qui traînent et au dictaphone derrière la porte.

– A propos, Eleanor n'est pas gauchère, observa Hadley d'un ton rêveur. Je lui ai demandé d'écrire l'adresse de son employeur. Le problème, c'est de savoir ce que nous allons faire maintenant, ajouta-t-il, furieux.

Mais Fell se borna à lui dire qu'ils auraient une conversation féconde en temps voulu. Depuis que sa plaidoirie s'était vue confirmée, il demeurait anormalement silencieux. Avant qu'ils ne quittent la maison, il avait emprunté à Hadley l'une des clefs ouvrant la porte palière ; personne ne l'avait accompagné quand il avait émis le désir de jeter un coup d'œil au verrou de la trappe, mais il était redescendu radieux, pour ne pas dire guilleret, et avait eu une heureuse suggestion. Lorsque l'inspecteur, épuisé, s'était demandé comment aborder Eleanor, compte tenu des circonstances, il avait ébauché un plan qui reçut l'entière approbation de Hadley.

– Nous allons l'emmener déjeuner, bien sûr, et le jeune Hastings aussi, avait-il déclaré. Je projette une petite expérience.

– Une expérience ?

– A l'heure qu'il est, chacun dans la maison doit savoir que vous comptiez arrêter Eleanor. Même si miss Handreth se tait, il reste Mrs Gorson. Il y a de fortes chances pour que Mrs Steffins lui ait tiré les vers du nez et ce que sait la maîtresse des lieux, tout le monde le sait. Laissons faire. Nous allons sortir et inviterons Eleanor à déjeuner, à haute et intelligible voix. Comme elle se trouvait à l'extérieur, elle n'est au courant de rien et n'imaginera pas qu'il y a anguille sous roche. Quant aux autres, une seule interprétation leur semblera plausible. Et pendant ce déjeuner, nous pourrons mettre Eleanor au courant et écouter ses réflexions. Ensuite, nous reviendrons à la maison, sans Eleanor, nous interrogerons chaque occupant après l'avoir informé que la jeune fille est sous les verrous ; ensuite, nous annoncerons tout à trac qu'elle a été relâchée, lavée de tout soupçon. Qu'en dites-vous, mon vieux ? Je suis très curieux de voir la tête que fera une certaine personne lorsque nous assènerons notre dernière déclaration. J'en connais un qui va subir un sérieux choc, et c'est là que nous arriverons au point crucial.

– Bien ! avait dit Hadley. Parfait ! Mais supposez que quelqu'un fasse un scandale ou intervienne quand nous quitterons la maison avec Eleanor ?

– Nous soutiendrons que nous allons déjeuner. C'est la seule façon de les persuader du contraire.

Personne n'était intervenu et Melson en avait été surpris. Il s'était attendu à voir Mrs Steffins jaillir d'un coin sombre, tel un diable de sa boîte, mais personne ne s'était montré. Le professeur avait l'étrange impression de se trouver dans une maison hantée ; aucun bruit, tout le monde était immobile, l'oreille collée aux portes closes, aux aguets. Le feu crépitait dans l'âtre mais pas le moindre bruit de pas...

Le déjeuner, pendant lequel on n'évoqua pas l'affaire, du moins dans les deux premières heures, se révéla une réussite. Comme on l'a déjà signalé, le Dr Fell était hilare ; même Hadley se détendit, bien qu'il traitât Eleanor avec une politesse maladroite et exagérée, et ne pût la quitter des yeux. Pour la première fois, Melson entendit rire l'inspecteur qui alla même jusqu'à rapporter une anecdote anodine sur une actrice de cinéma en vogue et dont les appas en fascinaient plus d'un. Son rire inattendu révéla toutes ses dents. Eleanor et Hastings étaient très gais. Ils avaient « pris une décision », confia Eleanor au Dr Fell.

– Je quitte cette maison, annonça la jeune fille, aussitôt que possible. Voilà trop longtemps que je suis une sentimentale. Tout va s'arranger, à moins que la police ne fasse toute une histoire de mon départ. Mais il n'y a pas de raison, n'est-ce pas ?

– Ha ! dit Fell en regardant par-dessus sa grosse chope en étain. Une histoire ? Non, rien ne permet de penser cela. Hum ! Avez-vous des projets ?

La longue pièce au plafond bas, avec son âtre décoré de carreaux en faïence de Delft, était éclairée par des fenêtres aux vitres biseautées qui s'ouvraient sur les arbres d'un jardin. *Rus in urbe*, « la campagne à la ville », où le vacarme de la circulation ne venait pas les troubler. Il flottait dans l'atmosphère un mélange d'odeurs émanant des boiseries anciennes, de la bière et de trois siècles de bœuf rôti. Melson était ravi. En homme sensé, il préférait un bon rôti de bœuf bien cuit et une bonne bière qui a du corps à tous les mets délicats et bénis des dieux. Le plafond à chevrons lui procurait un plaisir intense, ainsi que la sciure jetée sur le plancher grossier, et les banquettes de chêne à hauts dossiers. Le bois des banquettes aussi était râpeux, mais le joli minois d'Eleanor Carver – d'une beauté sans apprêt – se détachait sur le fond sombre. Un bel entrain avait remplacé la nervosité de la veille. On sentait qu'elle était soulagée et satisfaite de la décision qu'elle avait prise. Melson examina le regard bleu pâle, les grands yeux en amande, les lèvres pleines, ardentes et qui savaient rire, les longs cheveux blonds cendrés relevés en queue de cheval. A côté d'elle, Hastings était bien habillé et son visage avenant, quoique encore enfantin, ne portait plus trace de teinture d'iode. Tous deux s'amusaient comme des fous, échangeaient fréquemment des regards, riaient, et tout le monde, sur les conseils tonitruants de Fell, ingurgitait quantité de bière brune.

– Des projets ? répéta-t-elle en plissant le front. Nous savons seulement que nous allons nous marier, ce qui est la pire des folies, mais Don dit que...

– Qu'est-ce que cela peut bien faire ? s'enquit Hastings, affable et résumant ainsi toute sa philosophie. (Il reposa sa chope avec bruit.) On se débrouillera pour traverser les six années de vaches maigres, après les examens. Le droit ! Qu'il aille au diable ! Je ferais mieux de me lancer dans les assurances. Ne croyez-vous pas que les assurances, c'est l'avenir ? La seule voie pour un homme qui...

– Tu ne feras pas une chose pareille, déclara Eleanor, la bouche pincée.

– Ho, ho ! dit Hastings en adoptant le ton de la confidence. Il suffit de.... (Il s'interrompit, lança un regard insistant au Dr Fell, rayonnant.) Il y a quelque chose de curieux, Monsieur. Pour être franc, j'ai toujours fui les flics comme la peste, mais vous n'avez pas l'air... enfin, vous voyez ce que je veux dire... Vous non plus, ajouta-t-il avec une bienveillance teintée de perplexité à l'adresse de Hadley. Vous savez, ce n'est pas drôle de porter un nom comme Hope... quand votre paternel a des ennuis et que les journalistes se déchaînent sur ce nom.

Hadley vida sa chope et la reposa. Melson avait comme l'impression qu'ils allaient aborder les choses sérieuses. Scotland Yard se réveillait pour le dessert...

– Vous devez une fière chandelle à la police, ou plutôt au Dr Fell, déclara l'inspecteur en les examinant.

– Balivernes ! tonna le docteur, ravi. Hé, hé ! Buvez encore un petit coup, tous les deux ! Hé, hé !

– Comment cela ?

– Eh bien, il y a eu du remue-ménage, ce matin... (Hadley joua avec sa fourchette et leva la tête, comme sous l'emprise d'un brusque souvenir.) Au fait, miss Carver, vous vous rappelez nous avoir accordé la permission de fouiller votre chambre... ? (Tandis qu'elle acquiesçait de la tête, le regard clair, il fronça les sourcils.) Y aurait-il, par hasard, un panneau secret dans votre chambre ?

– Certainement. Mais dites-moi, comment l'avez-vous su ? Vous l'avez trouvé ? Il est entre les fenêtres, sous une gravure. Il faut appuyer sur un ressort...

– Vous n'y conservez rien, je présume ? s'enquit Hadley d'un ton qui se voulait badin. Vos lettres d'amour...

Elle lui rendit son sourire, sans être le moins du monde troublée.

– J'aime mieux pas ! Voilà des années que je ne l'ai pas ouvert. Si ces choses-là vous intéressent, il y en a plusieurs dans la maison. Je peux vous en parler. L'ancien propriétaire était un vieil original, dans les années 1700 ou 1800...

Hastings semblait intrigué et enthousiaste.

– Tiens, tiens ! s'exclama-t-il en ouvrant de grands yeux. Pourquoi ne me l'as-tu jamais dit ? Bon sang ! S'il y a quelque chose que j'ai toujours souhaité, c'est bien une maison avec des passages secrets ! Ouh ! Imagine les parties de rigolade si les gens...

– Je ne parle pas de passages secrets, idiot ! Mais de cachettes. Je n'ai jamais utilisé celle qui est dans ma chambre. (Elle observa l'inspecteur, et peu à peu, son regard se fit plus dur.) Du moins depuis que je ne suis plus une enfant.

Hadley vit sa bouche se contracter.

– Et pourquoi ? Pardonnez ma curiosité, mais je pensais que...

– Oh ! je m'en servais, dans le temps. Quand j'étais petite et que j'avais un paquet de bonbons à dissimuler ; ou quand j'avais quinze ans, parce qu'un garçon, coursier pour une boutique dans Holborn – une boutique qui existe encore, ajouta-t-elle en souriant –, avait l'habitude de m'écrire des lettres... Et puis il y a eu d'autres occasions... (Quelle que soit la pensée qui lui traversa l'esprit, elle la chassa aussitôt et rougit.) Mrs Steffins a découvert où je cachais ces lettres et m'a rouée de coups. Depuis, je n'y ai jamais plus caché quoi que ce soit.

– Quelqu'un d'autre connaît-il cette cachette ?

– Pas que je sache. J., peut-être. (Elle lui adressa un regard sévère.) Pourquoi ? Qu'y a-t-il de mal à cela ?

Hadley sourit.

– Rien, en ce qui vous concerne, en tout cas, assura-t-il. Mais j'aimerais en être certain. Ce pourrait être important.

– Eh bien... Je ne vois pas... Attendez ! Peut-être Lucia Handreth. (Elle tenta d'atténuer l'hostilité que trahissait sa voix.) Don m'a révélé aujourd'hui qu'ils étaient cousins... Il aurait pu me le dire plus tôt, me faire confiance...

– Allons, allons ! s'empressa d'intervenir Hastings. Ce qu'il te faut, c'est une autre...

– Tu crois peut-être que ça m'intéresse, demanda-t-elle, la voix changée, de savoir que ton père a dévalisé une cinquantaine de banques, tué tous les directeurs, empoisonné des gens ou que sais-je encore ! Et puis, après tout, vous êtes cousins plutôt éloignés avec Lucia Handreth. (Elle s'arrêta net, vaguement confuse, et tenta d'éluder le sujet.) Qu'est-ce que je disais à propos des panneaux ? Ah ! oui. Lucia connaît peut-être leur existence, car il y en a un dans sa chambre. Elle me l'a demandé, du reste, mais je ne sais plus si je le lui ai dit ou non. Miss Lucia Mitzi Handreth sait y faire pour vous instiller son venin.

– Allons, allons ! dit Hastings en empoignant sa chope.

– A propos, miss Carver, y a-t-il quelqu'un qui vous déteste dans la maison ?

La surprise provoqua un silence subit.

– Qui me déteste ? Oh ! vous voulez parler de Mrs... Mais que voulez-vous dire au juste ? Tout le monde m'aime bien, je crois. (Elle ajouta, craintive :) Ce n'est pas vrai ? J'ai même été jusqu'à penser que quelqu'un que j'aime bien... m'aimait peut-être un peu trop. Que voulez-vous dire ? répéta-t-elle. Quelque chose d'horrible... si je sais lire sur votre visage.

– Calmez-vous... Pensez d'abord aux occupants en général. Puis à chacun d'entre eux en particulier.

Il attendit, le temps que sa remarque fasse son effet. Melson lui-même mit quelques secondes à comprendre et à envisager tous les aspects de l'hypothèse du Dr Fell. « Le démon le plus rusé sous un masque inoffensif », avait-il dit. Des lieux communs lui vinrent à l'esprit, d'autant plus terribles qu'ils étaient banals.

Le feu crépita, et le professeur frissonna lorsque Hadley se mit à parler.

L'inspecteur soutint par la suite que s'il n'avait pas insisté sur un aspect particulier du récit – aspect sur lequel il ne pouvait pas ne pas insister, étant donné la nature de la preuve –, ils auraient pu entrevoir la vérité à ce moment-là. Mais la question restait ouverte. En énonçant les chefs d'accusation, Hadley fit preuve de tact et précisa à chaque étape qu'il ne doutait pas un instant de l'innocence d'Eleanor. Il était loin d'avoir achevé quand Hastings se leva en proférant un juron et se mit à marteler la cheminée de son poing, tel un forcené. Eleanor resta assise, très calme, mais très pâle.

Elle fut un certain temps avant de pouvoir articuler un son, mais dans ses yeux, sa conviction se renforçait.

Lorsque Hastings revint s'asseoir et se prit la tête entre les mains, elle lui décocha un regard glacial.

– Eh bien, jeta-t-elle, les dents serrées, que penses-tu d'elle, à présent ?

– Ce que je pense ? dit Hastings en levant les yeux après un long silence. Ce que je pense de qui ?

– Ne fais pas semblant de ne pas comprendre, poursuivit Eleanor d'une voix sans timbre. (Puis elle explosa soudain, comme une furie :) Tu le sais aussi bien que moi. Tu le sais ! Comme tout le monde. Je disais que miss Lucia Mitzi Handreth s'y entend pour instiller son venin, mais je me trompais. Ce qu'elle cherchait, c'est envoyer quelqu'un à la potence. Je savais qu'elle ne m'aimait guère, mais à ce point...

– Tout ce que je sais, répondit Hastings d'une voix frémissante, c'est que j'ai payé ma dette à la police. S'il ne s'agissait pas de vous, Monsieur... (Il regarda le Dr Fell.) Bon sang ! C'est dur à avaler ! Ne refaisons pas la même erreur, Eleanor. Ce ne peut être Lucia. Nous devons nous tromper quelque part. Tu ne la connais pas...

– Ne te gêne pas ! Prends sa défense ! s'écria Eleanor. (Elle s'était raidie, tremblante, et soudain, ses yeux furent noyés de larmes.) C'est ce qu'elle a dit, hein ? Cette sale petite moucharde ! Je ne ferai pas comme elle, moi. Je ne resterai pas de marbre pour lancer des petites réflexions à froid et bien méchantes, avant de jouer les dégoûtées. Je me jetterai sur elle, je lui arracherai ses petits yeux de cafard et lui défoncerai le crâne !

Elle tremblait si fort que ce fut un Hastings ébahi et

maladroit qui la prit par l'épaule, mais elle le repoussa d'un geste et se tourna vers Hadley.

– Vous comprenez cela, n'est-ce pas ? jeta-t-elle d'un ton rageur. Qui vous a mis sur la piste et vous a raconté tout cela ? C'est elle ! Jusqu'à cette histoire d'aiguilles d'horloge. Elle en pince pour Don, c'est tout. Elle a... (Le caractère pitoyable de l'affaire transparut dans les inflexions de sa voix.)... Elle a raconté... ce que je faisais... quand ils me battaient à cause de... ces choses volées. Oui ! J'admets l'avoir fait. J'imagine que tu ne veux plus de moi maintenant, Don ? demanda-t-elle. Mais cela m'est bien égal. Tu peux aller au diable ! Je m'en fiche.

Elle frappa la table de son poing. Le Dr Fell fit la seule chose en son pouvoir pour la calmer : il sonna et commanda du cognac, en dépit de l'heure réglementaire. Ils attendirent que l'orage s'apaise, que Hastings puisse s'approcher d'Eleanor sans qu'elle manifeste le moindre geste de défense. Puis Hadley reprit la parole :

– Vous croyez donc miss Handreth coupable ? Dans ce cas, aidez-nous. Vous souhaitez voir le véritable criminel sous les verrous ? Alors, ressaisissez-vous et réfléchissez. Cette histoire d'aiguilles d'horloge, par exemple, vous en avez parlé avec Mr Paull ?

– Oui. C'est vrai ! Mais cela m'était sorti de la tête. C'est-à-dire que... j'ai dû y repenser mais... la porte de J. était toujours fermée à clef... Et comment aurais-je pu m'y prendre, de toute façon ?

– Quelqu'un a dû surprendre votre conversation.

– Bien sûr ! C'est elle.

– Oui, oui... Je veux juste m'assurer de votre innocence, voyez-vous ? Nous devons être certains que personne d'autre n'a pu vous entendre. Où avez-vous eu cette conversation avec Mr Paull ?

Après réflexion, Eleanor répondit, la mine sinistre :

– Personne d'autre n'a pu nous entendre, sauf

Mrs Gorson, mais elle ne compte pas. Nous avons eu cette conversation à 8 heures, mercredi matin, quand tout le monde était encore couché. J'allais partir au travail et Chris est descendu au rez-de-chaussée, sa valise à la main ; il allait prendre le 8 h 25 à Paddington. Nous sommes sortis sur le perron et il a envoyé un gosse, dans la rue, lui chercher un taxi. Tandis qu'on attendait sur les marches, il m'a confié ses problèmes. Il n'avait pas bu. Je me souviens maintenant que cette sal... cette chipie avait ouvert ses fenêtres donnant sur la rue ; les rideaux flottaient au vent. Nous parlions bas et nous étions seuls. Mrs Gorson est peut-être sortie une fois de l'office pour secouer un chiffon. J'ai dit à Chris... ce qu'*elle* a entendu, puis le taxi est arrivé et j'ai fait le chemin avec Chris ; il m'a déposée à l'angle d'Oxford Street et de Shaftsbury Avenue.

Les doigts de Hadley pianotaient sur la table. Il lança un regard à Fell mais s'abstint de tout commentaire, le temps que le garçon finisse de desservir et leur apporte café et cognac.

– Encore une chose, reprit-il. Lui avez-vous expliqué comment il fallait s'y prendre pour mutiler l'horloge ?

– C'est ce qu'elle vous a raconté ? s'enquit Eleanor, prête à bondir. Son compte est bon, c'est moi qui vous le dis !

– Pas exactement. Elle l'a juste laissé entendre...

– Parce que je me souviens, maintenant, interrompit Eleanor avec fougue. Je n'y ai même pas fait allusion avant que nous ne soyons dans le taxi, où personne ne pouvait nous entendre. Chris est resté un long moment silencieux, très agité. Puis il a dit : « Comment vous y prendriez-vous pour détraquer ce truc ? Vous vous voyez rentrer là-bas et lui flanquer un coup de marteau ? Enfin... je ne voudrais pas que ce diable d'engin soit fichu ». « Vous pourriez prendre un tournevis et dévisser l'une des aiguilles... », ai-je répondu.

– Une seule ?

– Oui. Ensuite, il s'est assombri, a dit qu'il devait se dépêcher d'aller à je ne sais quel club pour rédiger un mot, dans une dernière tentative pour emprunter de l'argent à quelqu'un. Si donc cette chère petite miss Handreth vous a dit qu'elle avait entendu...

– Une dernière chose. (Hadley sortit de sa serviette le gant de la main droite et se garda bien de montrer celui qui était maculé de sang.) Voici l'une des preuves destinées à vous compromettre. Est-ce qu'il vous appartient ? demanda-t-il d'un ton léger.

– Non. Je n'achète jamais de noir. (Après un bref mouvement de répulsion, elle consentit à l'examiner.) C'est de la bonne qualité. N'est-elle pas charmante ? Huit shillings six pence pour me mettre la corde au cou. Un peu trop large pour moi, de toute façon.

– A la vôtre ! dit Fell d'un ton poussif. (Il écarta son verre.) Au fait, puisque nous bavardons à bâtons rompus, voyez-vous un inconvénient à ce que je vous pose une question, moi aussi ? Non que je veuille fourrer mon nez dans des secrets qui n'ont rien à voir avec le meurtre, mais dites-moi seulement combien de fois, vous, les jeunes, vous vous êtes rencontrés la nuit, sur le toit ? Aviez-vous certaines nuits attitrées ?

Elle sourit, plus calme, à présent.

– Je sais que cela peut sembler idiot, annonça-t-elle, mais nous nous en moquons tous les deux. Oui, nous avions nos nuits à nous, le samedi et le dimanche, en principe.

– Jamais en semaine ?

– Presque jamais. En tout cas, sur le toit. Parfois, nous nous rencontrions en ville, le mercredi après-midi. Nous nous sommes retrouvés mercredi dernier. Don a essayé de me persuader de faire ce que je suis en train de faire aujourd'hui. J'en avais tellement marre que nous avons décidé de nous retrouver le jeudi soir. C'est comme cela que tout est arrivé... Cette chère Lucia n'ignorait rien de nos rendez-vous, je m'en suis bien vite rendu compte. Elle a dit à Chris que...

– Hello ! lança une voix à la cantonade qui fit sursauter le petit groupe.

La porte de la salle se referma sur Christopher Paull, agité mais affable, et un verre à la main.

– Hello ! répéta-t-il en agitant son verre. On a prononcé mon nom ou j'entends des voix ? J'espère que je ne vous dérange pas.

20

UNE LETTRE SOUS LE PLANCHER

L'inspecteur jura à part lui et fourra le gant dans sa serviette. Il avait oublié que la *Duchess of Portsmouth* était le lieu de rendez-vous de la maisonnée, ainsi qu'il l'avait expliqué à Fell ; c'était commode, car le pub n'était qu'à un jet de pierre du dernier domicile de Ames, qui n'avait pas encore été fouillé. Hadley aurait parié qu'aucun des occupants de chez Carver n'avait jamais eu l'idée de s'aventurer dans la salle à manger. Il se trompait. Melson l'entendit murmurer entre ses dents : « Soyez-d'accord-avec-tout-ce-que-je-dis ». Puis, l'air presque aimable, il se tourna vers le nouvel arrivant.

Mr Paull n'était pas franchement ivre mais semblait avoir l'esprit ailleurs. Une de ses mains s'agrippait à son chapeau et à son parapluie fermé, tandis que l'autre tenait son verre. Il était dans cet état indécis où l'équilibre du corps est brusquement menacé si un joyeux compère suggère « un petit dernier pour la route ». Il était rasé de frais, sa moustache en brosse était soigneusement taillée et ses fins cheveux blonds impeccablement coiffés. Il arborait un costume de serge bleue dont la coupe le faisait paraître plus svelte, et une cravate d'une couleur indéfinissable. Ses yeux, toutefois, demeuraient injectés de sang. Cordial mais nerveux, Chris Paull.

– Nous serions ravis de vous voir vous joindre à nous, déclara Hadley. Nous parlons du meurtre et il y a certaines questions...

– Sale affaire, jeta Paull, véhément. Sale affaire ! Vous ne trouvez pas ? Bon sang !

Il se mit à siroter son whisky soda à petites gorgées, empoigna une chaise et décocha un regard bref et craintif en direction d'Eleanor.

– Vous êtes au courant de ce qui s'est passé ?

– Oui ! Mais je n'arrive toujours pas à comprendre. Je me demandais si...

– Si quoi ?

– Eh bien... Oh ! et puis zut !... si vous n'auriez pas d'autres questions à me poser, lança Paull, mi-figue, mi-raisin. Dites-moi, j'étais encore bigrement ivre quand je vous ai parlé ce matin, non ?

– Vous n'allez quand même pas nous dire que vous ne vous souvenez de rien ? s'indigna Hadley.

– Non, je me rappelle tout, mais ce que je puis dire, c'est... (Il prit une profonde inspiration.) Ce n'était pas très chic de votre part de ne pas me parler du type qui s'est fait descendre avec... Qui était-ce, au juste ?

– En quoi cela vous intéresse-t-il ?

– Vous me rendez la tâche difficile, mon vieux. (Il vida son verre d'un trait.) Le fait est que j'ai parlé avec Lucia Handreth et...

– Vraiment ? s'enquit Eleanor, de cette voix contenue qui précède une explosion.

Ses yeux étincelaient. Puis elle frissonna et Melson soupçonna quelqu'un de lui avoir fiché un coup de pied sous la table. Paull lui lançait un appel.

– Ma vieille, j'en fais le serment solennel, je le jure sur une pile de bibles, je n'ai jamais dit que je vous avais vue dans ce hall ! C'était ce que je pensais...

– Qu'avez-vous pensé lorsque vous avez appris qu'on avait poignardé un officier de police à l'aide d'une aiguille d'horloge ? demanda Hadley.

– Je n'ai pas pensé à ce que vous croyez, parole d'honneur !

– D'autant plus qu'il s'agit de l'aiguille que vous aviez demandé à miss Carver de dérober pour vous...

De nouveau, Eleanor parut vouloir s'interposer, mais Hastings lui prit le bras ; son regard vif hésita entre Paull et l'inspecteur, puis il comprit ; il était penché en avant, un coude sur la table. Melson sentit qu'il était à deux doigts de tout dire, si besoin était.

– Mais c'est faux, mon vieux, protesta Paull, décontenancé. (Il jeta un regard par-dessus son épaule.) Inutile de hausser le ton. C'est entièrement faux ! En outre, je n'en avais pas besoin. J'ai trouvé à emprunter de l'argent. Je n'avais pas envie de me retrouver face au type – j'ai emprunté de l'argent avant –. Je suis allé au club et j'ai rédigé un mot pour expliquer. Je me suis dit que j'aurais mieux fait de prendre rendez-vous avec lui, figurez-vous, alors, j'ai pensé : « Nom d'un chien ! Le train est parti, mais si je peux obtenir un rendez-vous, je ne pourrai pas prendre le train, de toute façon. »

– Du calme. Vous voulez dire qu'en définitive, vous ne vous êtes pas rendu dans le Devon ?

– Oh ! que si. Mais pas avant mercredi soir. Je l'avais promis au vieux, alors, j'étais obligé d'y aller, mais j'avais l'argent et la conscience tranquille, alors, j'ai simplement fait demi-tour et je suis revenu en ville. Quoi ? Oh ! bien sûr, je suis tombé sur une sacrée bande hier après-midi, et quand je me suis levé ce matin, que le diable m'emporte ! j'étais fauché comme les blés, mais mon argent arrive demain, tout va pour le mieux.

Hadley mit un terme à ce discours qui s'emballait.

– Revenons à nos moutons, Mr Paull. Seriez-vous surpris d'apprendre qu'un mandat d'arrêt a été lancé contre la personne de miss Carver ?

Paull avait sorti son mouchoir qui tremblait entre ses mains.

– Vous ne pouvez pas faire ça ! fit-il, hargneux. Parlez ! Eleanor. Dites quelque chose. Ce que je pense, c'est qu'il y a des types qui sont des assassins, et d'autres, non. C'est pareil chez les femmes. Bon sang ! J'ai peine à le croire...

– Miss Handreth le croit, elle ?

– Lucia, c'est différent. Elle n'aime pas Eleanor. Mais moi, si.

– Pourtant, vous approuvez volontiers ce que dit miss Handreth.

– Moi ?... Non ! Je... je ne sais pas... Oh ! la barbe !

Hadley battit des paupières, posa un coude sur la table et regarda Paull avec attention.

– Dans ce cas, vous serez ravi d'apprendre que tous les efforts tendant à faire peser les soupçons sur miss Carver ont été vains. Elle est la seule véritable innocente dans cette affaire.

– Hein ? ! fit Paull après un long silence.

Le feu s'effondra dans un fracas de bûches crépitantes, et projeta d'étranges lueurs sur les murs ; dans la pénombre, les assiettes en étain parurent se déplacer sur leurs râteliers. Les vieilles boiseries grincèrent, sinistres. Paull voulut s'éponger le front mais suspendit son geste, comme s'il soupçonnait quelque plaisanterie.

Lorsqu'il reprit la parole, le soulagement fut sensible dans l'assistance ; Melson eut l'impression que l'ombre qui planait au-dessus d'eux s'était évanouie.

– Qu'est-ce qui vous prend de vous payer la tête d'un pauvre type comme moi ? Vous m'invitez à votre table et me regardez comme si j'avais fait un sale coup. Zut, alors ! Je suis ravi de voir que vous finissez par entendre raison. Vous entendez ça, ma vieille ?

– J'entends, répondit Eleanor, très calme. (Elle restait immobile, les doigts croisés, puis elle rejeta la tête en arrière, avec une grâce involontaire, sans le quitter des yeux.) Merci de votre aide, Chris.

– Oh ! ce n'est rien. (Certaines intonations, chez la jeune fille, le surprirent, mais il fit mine de rien, arborant une expression entre l'affabilité et l'échec.) Voulez-vous... que je reste encore un peu ? Sinon, je me sauve. C'est une sale affaire, mais puisque je n'ai pas créé d'ennuis à qui que ce soit...

– A mon avis, vous avez besoin de vous détendre, déclara Hadley d'une voix suave. Nos deux jeunes amis, ici présent, vous invitent au cinéma ; ils tiennent absolument à ce que vous les accompagniez. Ils jugent l'ambiance un peu trop tendue à la maison, et votre conversation risque de la faire empirer. Vous insistez vraiment pour qu'il vous accompagne, n'est-ce pas ? demanda-t-il en regardant Hastings qui hocha aussitôt la tête.

– On y tient vraiment, acquiesça-t-il tout en glissant subrepticement la main dans sa poche. Il faut fêter ça, non ? Nous ferions mieux de nous mettre en route tout de suite. C'est une séance exceptionnelle.

– Un instant, déclara Fell vaguement somnolent. Je me demandais... Dites-moi, Mr Paull, quelque chose d'autre a-t-il jailli des brumes d'hier au soir ?

– Non ! navré, mon... euh... navré, Monsieur. Pas le moindre détail. J'ai passé la journée à me creuser les méninges.

– Pas même lorsque miss Handreth vous a raconté ce qui s'était passé ?

– Je crains que non.

– Hé ! (Un seul de ses yeux se mit à pétiller de malice dans son visage rubicond.) Mais vous avez peut-être une idée... une hypothèse ? Depuis que... hum ! la nôtre est tombée à l'eau, nous sommes à la recherche de nouvelles pistes.

Paull reprit confiance et parut flatté. De sa poche intérieure, il sortit une flasque en argent, fit mine de l'offrir à la ronde et en avala une bonne rasade. Ce furent ces quelque trente centilitres de whisky qui firent pencher la balance. En gagnant de l'assurance, sa voix prit des accents rauques.

– Ce n'est pas tout à fait dans mes cordes. Comme je le dis toujours : il y a ceux qui pensent et ceux qui agissent. Si je faisais quoi que ce soit, j'appartiendrais à ceux qui agissent, mais ce n'est pas le cas. Vous me suivez ? J'ai encore une chose à vous dire. (Il martela la table de son index.) Je n'aime pas beaucoup ce Stanley.

– Vous voulez dire, déclara Hadley en se redressant après un silence, que vous soupçonnez...

– Hé, là ! Du calme ! J'ai dit que je ne l'aimais pas beaucoup, s'obstina Paull. Et c'est vrai. Et il le sait, alors, ce n'est pas un secret. Mais quand Lucia m'a tout raconté, je me suis dit : « Tiens, tiens ! » C'est sans doute sans intérêt. Avec le whisky, vous savez, on parle, on pense à des choses. Mais pourquoi met-on deux canons à un fusil ? Parce qu'il y a toujours plus d'un oiseau à tirer, voilà pourquoi. Un officier de police se fait tuer et c'est une sale affaire. Et dans la même maison, il y a un autre officier de police. Et les deux types se connaissaient et travaillaient ensemble, d'après Lucia. N'y a-t-il pas des questions à poser à ce sujet ?

Un éclat s'alluma dans le regard de Hastings et disparut ; il serra les poings et s'adossa à la banquette.

– Seigneur, comme j'aimerais vous croire ! dit-il. Mais cela ne sert à rien. Vous ne connaissez pas toute l'histoire... tout ce qui s'est passé... Cela mis à part, c'est moi... et moi seul qui peux témoigner contre ce salaud. Il n'a pas quitté la pièce, je l'ai vu !

– Vraiment ? s'enquit le Dr Fell.

Il n'éleva pas la voix, mais quelque chose dans le ton employé retint leur attention à tous et rendit plus profond le silence.

– L'avez-vous vu dans la pièce tout le temps ? poursuivit Fell plus haut. Vous avez vu Boscombe, c'est entendu. Mais avez-vous vu Stanley ? Jusqu'à preuve du contraire, il était caché derrière le paravent.

Hastings exhala un long soupir. Il fouillait sa mémoire, sans rien trouver qui puisse le satisfaire.

– Désolé. J'aimerais pouvoir être affirmatif. Peut-être n'ai-je pas vu Stanley. Pourtant, j'ai vu la porte à cause du clair de lune, et rien ni personne n'est rentré ou sorti.

Le Dr Fell parut se désintéresser du sujet.

– Pourquoi détestez-vous Stanley ? demanda-t-il à Paull.

– Oh ! la barbe ! Il est toujours là, à traîner, toujours sur votre chemin, toujours chez Bossie, à boire son cognac sans parler, pendant des heures, à part de l'Inquisition espagnole.

Le Dr Fell leva un œil mi-moqueur mi-endormi au plafond.

– Hum ! Encore l'Inquisition espagnole. Que d'écrivains l'ont encensée et combien le commun des mortels l'a mal comprise ! Souvenez-vous des propos horrifiés de Voltaire : *Ce sanglant tribunal, ce monument de pouvoir que l'Espagne a reçu, mais qu'elle abhorre.* Alors qu'à cette époque la France des Lumières pouvait se retrouver à la Bastille sans autre forme de procès et y croupir jusqu'à ce que mort s'ensuive. Certes, l'Inquisition amorçait son déclin, alors, et l'on n'arrachait pas la langue ni ne coupait la main à un quidam pour délit politique, comme cela se passait en France ; mais peu importe. J'avais un jeune ami, un écrivain, qui a eu un jour l'idée d'écrire le roman historique de sa vie, à propos des horreurs si pittoresques de l'Inquisition. Il débordait d'enthousiasme. Il décrivait les immondes Inquisiteurs et se réjouissait à l'avance des tortures, toutes plus ingénieuses les unes que les autres, que subissait son jeune héros, marin écossais de son état. Si je me souviens bien, l'histoire finissait par un duel à l'épée avec Torquemada, sur les toits de Tolède... Pour son malheur, mon ami se pencha sur les témoignages de l'époque ; il cessa de lire la littérature pour s'atteler aux faits réels, et plus il lisait, plus il était dégoûté. Et je dois vous dire, Messieurs, qu'il abandonna son projet, en proie au désespoir, et qu'il est aujourd'hui un homme aigri.

Même Hadley sortit de sa torpeur, au terme du récit de Fell.

– L'heure n'est pas aux conférences, lâcha-t-il. Seriez-vous en train de défendre la cause de l'Inquisition ? Vous ne niez pas que ce héros écossais risquait la torture et le bûcher ?

– Vous n'y êtes pas. Il ne courait pas plus de danger qu'en Ecosse. Dans sa ville natale, les brodequins et les poucettes faisaient partie intégrante de tout procès, quel que soit l'acte d'accusation. L'Espagne l'aurait brûlé aussi vite que l'aurait fait l'Angleterre, s'il avait réfuté l'existence de la vie éternelle, établie par l'ordonnance de 1648 ; de même que l'Ecosse a brûlé des centaines de prétendues sorcières et que ce cher vieux Calvin lui-même a envoyé Servet au bûcher. Disons que l'Espagne l'aurait brûlé, à moins qu'il n'abjure, choix ignoré en son propre pays. Pas un seul individu n'était conduit au bûcher s'il désirait se rétracter, avant la lecture de l'ultime sentence ; navré de vous le dire... Non, je ne prends pas la défense de l'Inquisition, déclara le Dr Fell, en frappant la table de sa canne. Je dis que personne ne l'attaque pour les véritables préjudices qu'elle a causés : ruine de la nation, tache indélébile sur l'histoire du pays, *mala sangre*, témoins secrets (tout comme sous la loi anglaise), certitude d'une condamnation, quel que soit le délit reproché et sa gravité. Considérez l'Inquisition comme néfaste mais non pas comme un cauchemar. Disons que des gens ont été torturés et brûlés, de même que sous la férule des autorités civiles en Angleterre ; mais les Inquisiteurs croyaient en l'âme humaine ; ce n'était pas une poignée de collégiens stupides prenant plaisir à torturer les chats.

Hastings alluma une cigarette. La petite flamme éclaira la pièce de plus en plus sombre et, pour la première fois, il parut plus âgé qu'Eleanor.

– Vous aviez une raison de nous raconter cela, Monsieur, formula-t-il sur le mode affirmatif plutôt qu'interrogatif.

– L'attitude de Mr Paull envers Stanley m'intéresse ; en outre...

– Oui ?

Le Dr Fell émergea de ses pensées et se redressa d'un seul coup. Ils eurent la sensation qu'on avait balayé les toiles d'araignée et chassé les images d'épouvante.

– C'est tout, déclara-t-il. Hum ! Allez donc au cinéma, vous trois. Voici mes dernières recommandations. Vous veillerez à ce qu'elles soient observées, jeune homme. (Il consulta sa montre.) Vous êtes tous censés revenir à la maison à 9 heures précises, pas avant, et vous ne parlerez pas. Compris ? Au revoir !

Ils se levèrent, un peu hésitants. Paull fut le plus rapide.

– Je ne sais pas ce que vous avez en tête, dit Eleanor, nerveuse. Ni pourquoi vous avez fait tout cela pour moi, mais je vous dis merci.

Elle ne put continuer. Tenant son manteau serré autour d'elle, elle ferma les paupières un instant et s'empressa de sortir, Hastings sur ses talons. Leurs pas résonnèrent un moment puis s'évanouirent. Restaient trois hommes autour d'une table, à la lueur du feu qui baissait, et personne ne prit la parole avant un long moment.

– Allons voir la chambre de Ames, finit par jeter

Hadley d'une voix morne. Nous perdons du temps mais je ne sais que faire. Le château de cartes s'est effondré, et en l'espace de deux heures, pas moins de dix hypothèses m'ont traversé l'esprit. Toutes vraisemblables, mais je n'arrive pas à en cerner une seule ! Et ce que ce jeune abruti de Paull a déclaré m'a aussi donné matière à réflexion...

– Oui, acquiesça le Dr Fell. Le contraire m'eût étonné.

– Par exemple, je ne cesse de repenser aux éléments que vous avez mentionnés ce matin, et à l'une des difficultés majeures. Ames a été attiré dans le quartier et amené à s'intéresser à cette maison par une lettre anonyme. Mais a-t-elle bien été anonyme ? Je n'arrive pas à l'avaler. De mon temps, lorsque le cas se présentait, je n'aurais guère prêté attention à une lettre non signée me convoquant dans une maison sous un déguisement stupide, dans l'espoir d'entendre quelque chose d'intéressant. Par Dieu ! que non !... Avec la masse de lettres loufoques qui, chaque jour, envahissent le Yard pour des affaires bien moins graves que l'assassinat de chez *Gambridge* ! Ames était consciencieux, certes, mais l'était-il au point de devenir cinglé ?... Par ailleurs, si la lettre émanait d'une source qu'il connaissait et en laquelle il avait confiance... Bon sang ! Rien ne va plus ! (Il cogna la table de son poing.) Les obstacles sont trop nombreux, et pourtant...

– Hadley, déclara Fell tout à trac, voulez-vous que justice soit faite ?

– Si je le veux ! Avec ce qui s'est passé ! Si je tenais une seule preuve pour coincer ce meurtrier, croyez-moi...

– Là n'est pas la question. Je vous demande si vous voulez que justice soit faite.

Hadley le regarda en roulant des yeux soupçonneux.

– Pas question de détourner la loi, trancha-t-il. Vous l'avez fait une fois, dans l'affaire du Chapelier Fou, pour protéger quelqu'un ; et vous aviez ma permission, je l'admets. Mais cette fois-ci... Qu'avez-vous derrière la tête ?

Le front de son interlocuteur s'était assombri.

– Je ne sais pas si je vais oser ! grommela le Dr Fell. Même si cela peut marcher. Et si cela ne marche pas, on ne risque pas grand-chose. Oh ! ce ne serait que justice ! Surtout, ne vous méprenez pas ! J'ai jonglé avec de la dynamite, un jour, dans l'affaire de Depping, et cela me hante parfois. (Il se frappa le front.) J'ai juré de ne jamais recommencer, et pourtant, je ne vois pas d'autre solution... à moins que...

– Mais de quoi parlez-vous donc ?

– Je vais laisser une chance à mon ultime espoir avant d'essayer. Ne vous inquiétez pas ! Votre conscience n'en souffrira pas. A présent, je vous accompagne au domicile de Ames. Ensuite, j'aurai besoin de quatre heures à moi.

– Seul ?

– Sans vous deux, en tout cas. Allez-vous suivre mes instructions ?

– Entendu, acquiesça Hadley après qu'ils eurent échangé un bref regard. Eh bien ?

– Il me faut une voiture banalisée et un chauffeur. Prêtez-moi deux de vos hommes pour exécuter un travail particulier ; ils n'ont pas besoin d'être intelligents – en fait, je préférerais qu'ils ne le soient pas – mais ils doivent se montrer discrets. Enfin, vous devez vous débrouiller pour que tous les occupants de la maison se trouvent chez Carver à 9 heures du soir. Vous devez être là, avec deux de vos hommes...

Hadley releva la tête, après avoir refermé son calepin d'un claquement sec.

– Armés ? s'enquit-il.

– Oui. Mais ils ne doivent pas se montrer, et quelles que soient les circonstances, ne doivent pas dégainer, sauf si je leur donne le feu vert. Je veux des types costauds et courageux, car il risque d'y avoir de la bagarre. Allons-y !

Melson, qui n'était pas un homme d'action, éprouva une désagréable sensation au creux de l'estomac, tandis qu'il suivait les autres dans la rue. Mais il se maîtrisa : il allait entrevoir l'assassin, ne serait-ce qu'un instant, avant qu'il n'aille en prison... si jamais il y allait... Comment prévoir vos réactions en pareils cas ? Après tout, il ne s'agissait que d'un homme... ou d'une femme. Oh ! et qu'est-ce que cela pouvait faire ?

Sous les lourds nuages gris, la rue était irréelle. L'air était de ce gris plombé que prend le ciel londonien à l'approche de l'orage ou au crépuscule, et le vent fouettait les arbres de Lincoln's Inn Fields. Dans la courbe de Portsmouth Street, quelques becs de gaz clignotaient. Des maisons basses en briques, aux fenêtres en saillie, s'alignaient et, phénomène curieux, la *Vieille Boutique aux Curiosités* donnait à la rue des allures de gravure de Cruikshank. Tout en consultant son calepin, Hadley les entraîna dans une ruelle boueuse entre des murs de briques, l'un de ces endroits inattendus où se nichent encore des maisons, avec leurs cheminées tordues et de maigres géraniums sur le rebord des fenêtres. Lorsqu'il tira la sonnette du n° 21, on tarda à leur ouvrir. Ensuite, une grosse femme haute comme trois pommes apparut et releva la casquette qui masquait ses yeux noyés dans la graisse ; elle respira bruyamment et leur jeta un regard soupçonneux. Ses clefs s'entrechoquèrent.

– Qu'est-ce que c'est ? graillonna-t-elle. Vous voulez une chambre ?... Non ? Vous voulez voir qui ? *Misterrames* ? Il est pas là, annonça-t-elle en faisant mine de refermer la porte.

Hadley avait glissé son pied à l'intérieur et c'est alors que les difficultés commencèrent. Lorsqu'il parvint enfin à éclaircir les choses, la femme se contenta de répéter qu'elle et son mari étaient de braves gens et qu'ils ne savaient rien sur quoi que ce soit. Non qu'elle fût effrayée, mais elle demeurait ferme sur ses positions et refusa de fournir la moindre information.

– Je vous demande s'il a jamais eu des visites ?

– Peut-être. Je ne sais pas. Quelles visites ?

– Quelqu'un n'est-il jamais venu le voir ?

– Peut-être. Peut-être pas. Je ne sais pas. Mon Carlo, c'est un brave homme ; nous sommes des braves gens, demandez à un agent de police. Nous ne savons rien.

– Si quelqu'un est venu le voir, vous avez dû lui ouvrir la porte ?

Cela n'eut aucun effet sur elle.

– Pourquoi ? *Misterrames*, il est pas infirme, il sera descendu tout seul. Je ne sais pas.

– N'avez-vous jamais vu quelqu'un avec lui ?

– Non.

Hadley revint plusieurs fois à la charge, avec moult variantes et répétitions, jusqu'à en fulminer de rage. Le Dr Fell essaya l'italien, mais son accent provoqua un flot de paroles incompréhensibles. Hadley était battu d'avance et il le savait. Le témoin qui a vécu dans la terreur de la mafia n'ouvre plus jamais la bouche, même si la mafia n'existe plus. Les menaces émanant de l'ordre public ne servent à rien. Enfin, conformément à la demande de l'inspecteur, la femme monta en se dandinant une sombre volée d'escaliers, et leur ouvrit la porte d'une chambre.

Hadley frotta une allumette et alluma un brûleur à gaz. Il surveillait la femme du coin de l'œil ; imperturbable, elle s'était plantée au beau milieu de la petite chambre sans confort qui comportait, pour tout mobilier, un lit de fer, une coiffeuse avec un broc et une cuvette, un miroir fêlé, une table et une chaise toute raide. La pièce était d'une irréprochable propreté, une grosse valise cabossée complétait l'ensemble, des vêtements étaient accrochés dans la penderie et une vieille paire de chaussures traînait dans un coin.

Tandis que l'inspecteur se déplaçait sur le parquet nu qui grinçait, Melson se surprit à observer la femme impassible qui suivait l'inspecteur des yeux. Hadley fouilla les vêtements dans la penderie, sans rien trouver, il examina la table de toilette, souleva le matelas et le tâta ; la femme ne bougeait pas, aux aguets, presque méprisante. On n'entendait que les grincements du parquet et le sifflement de la flamme bleue et jaune du gaz. Mais lorsqu'il se pencha sur le plancher, à un certain endroit, les lèvres de la femme remuèrent légèrement, et se pincèrent quand il s'approcha de la plinthe, près de la fenêtre.

Tout à coup, Hadley s'accroupit.

– Alors, comme ça, Mrs Caracci, marmonna-t-il, lugubre, vous m'avez menti.

– Non. Je ne sais rien, je vous dis !

– Vous m'avez menti. Mr Ames a fait venir une femme dans cette chambre, n'est-ce pas ? Vous savez ce que cela signifie ? Vous allez perdre votre licence pour louer des chambres meublées et vous serez expulsée ; peut-être même qu'on vous enverra en prison.

– Non !

– Prenez garde, Mrs Caracci. Je vous ferai passer au tribunal, devant le juge. C'était bien une femme, non ?

– Non. Il n'y a pas eu de femme dans cette maison ! Un homme, peut-être, mais pas de femme !

Elle se frappait la poitrine et respirait de plus en plus bruyamment.

– C'est tout ce que je sais ! Nous sommes de braves gens. Je ne sais rien...

– Sortez ! dit Hadley.

Il coupa court à un flot de jérémiades en la bousculant hors de la pièce, et referma la porte sur elle. Puis il sortit un couteau à cran d'arrêt qu'il ouvrit.

– Là-bas, sous la fenêtre, expliqua-t-il. Il y a une lame

disjointe. Peut-être de l'argent était caché là et elle l'aura pris.

Tandis que Melson et Fell se penchaient par-dessus son épaule, il souleva la lame et dégagea la cachette. Il en retira plusieurs objets dont un portefeuille en peau de porc portant les initiales G.F.A. et son matricule de policier, mais pas d'argent, un trousseau de clefs, une blague à tabac en soie et une pipe en écume de mer, une liasse d'enveloppes bon marché, un bloc-notes, un stylo à plume de bonne qualité, ainsi qu'un livre de poche intitulé *L'Art de l'Horlogerie.*

– Rien, grogna Hadley en se levant. C'est ce que je craignais. (Il feuilleta le livre.) J'imagine le pauvre diable en train d'apprendre son dernier rôle. Et il ne s'en est même pas bien tiré. Carver a vu que... Par Dieu !

Hadley fit un bond tandis qu'une feuille pliée en quatre s'échappait d'entre les pages : une lettre, avec une signature au recto ! Hadley grommela quelque chose en bataillant pour la ramasser.

« *Cher George,* pouvait-on lire. *Je sais que tu vas être surpris d'avoir de mes nouvelles, après toutes ces années, et je sais que j'ai essayé de te faire porter le chapeau dans l'affaire Hope-Hastings. Je ne cherche pas à faire amende honorable, mais plutôt à savoir si je pourrais m'attirer de nouveau les sympathies de la police, même pour obtenir un poste en uniforme. J'ai un tuyau pour l'affaire de l'assassinat de chez* Gambridge *sur lequel tu travailles et c'est DU SOLIDE. Garde-le pour toi et n'essaie pas de me contacter jusqu'à ma prochaine lettre. Je me mettrai en rapport avec toi. C'est quelque chose d'ÉNORME.*

La lettre était dactylographiée, datée du 29 août à Hampstead et signée *Peter E. Stanley*. Ils échangèrent un regard. Le gaz continuait à siffler.

21

LE CLAIR DE LUNE IMPOSSIBLE

A 8 heures et demie, ce soir-là, après que Scotland Yard eut connu quelque agitation, Hadley et Melson quittèrent l'*Embankment* à la hâte dans la voiture de l'inspecteur. Il était d'une humeur massacrante mais dut se radoucir car, à l'arrière, se trouvaient le sergent Betts et un agent de police en civil qui ne faisait pas loin d'un mètre quatre-vingt-dix-huit et répondait au nom de Sparkle. Mais il pestait néanmoins et conduisait comme un fou.

– Le sous-directeur de la police m'a convoqué, déclara-t-il, et je n'avais rien à lui dire, si ce n'est que Fell mijote Dieu sait quelle entourloupe, et il a disparu de la circulation. Je suis débordé, on a cambriolé la maison de campagne d'une personnalité et le directeur en personne a téléphoné. Une vraie pagaille.

– Et la lettre de Stanley ?

– Fell l'a prise. On m'a... Figurez-vous qu'on m'a demandé de ne rien dire pour le moment. Je m'en fiche, mais nom d'un chien ! Fell ne se rend pas compte... Et si Stanley était coupable ! Un officier de police, même s'il n'exerce plus, accusé du meurtre d'un de ses collègues ? Voilà qui nous promet un beau scandale au C.I.D. et le gouvernement lui-même risque d'être éclaboussé. Vous remarquerez que je me suis arrangé pour que le nom de Stanley ne figure pas dans les journaux d'aujourd'hui. Pas un mot, pas une ligne sur ses liens avec l'affaire... Mais s'il est coupable... Je prie pour qu'il ne le soit pas. J'ai sondé Bellchester, le sous-directeur, et il s'est mis dans tous ses états. Nous versons une pension à Stanley. Ce type est cinglé...

– Sérieusement ?

– Déséquilibré, je vous dis. Il a failli être interné à plusieurs reprises. Il devrait l'être, en fait, mais sa sœur a des appuis haut placés... Je ne sais trop qui, au juste. Bien entendu, il ne sera pas pendu s'il est coupable. Il ira à *Broadmoor*. C'est là qu'est sa place. Mais vous voyez d'ici l'éditorial du *Trumpeter* de demain ? *Laissons à nos lecteurs le soin de considérer le cas étrange de ce policier fou qui, depuis quelques années, se voit soutenu et dorloté par les autorités, plutôt que d'être placé en un lieu où il ne pourra plus nuire. N'est-il pas curieux que tout soit fait pour étouffer l'affaire, alors que cet homme, dans un accès de folie meurtrière, a tué un inspecteur qu'il jalousait de longue date, de la même façon qu'il a tué, voilà quelques années, un banquier à l'encontre duquel aucune preuve n'a pu être établie ?* Etc., etc. Moi, je vous dis que...

La grosse automobile fit une embardée pour éviter la voiture d'un marchand des quatre saisons, et poursuivit sa course sous la pluie qui brouillait les lumières de l'*Embankment*. Lors du dérapage, Melson sentit son cœur faire un bond mais il était soulagé : ils filaient vers le dénouement de l'affaire... Ses doigts se crispèrent sur la portière.

– Qu'en pense Fell ? s'enquit-il.

– Tout ce que je puis dire de Fell, c'est que lui aussi doit choisir. Si sa reconstitution se révèle correcte – au sujet d'Eleanor, s'entend –, alors, Stanley n'est pas coupable ! Ce serait du délire, et le reste avec. Vous ne croyez pas ? Si seulement je pouvais prouver que cette lettre est un faux ! Mais ce n'est pas le cas ! Je l'ai soumise à notre graphologue, ainsi que le tampon buvard sur la lettre elle-même, et il me certifie qu'elle est authentique. Cela fiche tout par terre. Du coup, Stanley est coincé... et pendant ce temps, la seule chose qui me reste à faire, c'est de suivre les instructions de Fell, de retourner là-bas et d'annoncer à la maison Carver que nous avons décidé de relâcher Eleanor. Une douche froide, non ? Enfin, je vous l'avais dit. Si ce jeune crétin de Paull n'avait pas...

Il ne poursuivit pas et se tut jusqu'à ce que la voiture se range sous la bruine devant le n° 16. Kitty Prentice vint leur ouvrir la porte. Ses yeux rouges et gonflés témoignaient d'une récente crise de larmes. A leur vue, elle sursauta et poussa un petit cri aigu, tel un jouet de caoutchouc, puis saisit sans façon l'inspecteur par le bras.

– Monsieur ! Oh ! Monsieur ! Ils ont arrêté miss Eleanor ? Hein, Monsieur ? Oh ! c'est horrible ! Mr Carver est hors de lui, même qu'il a téléphoné à Scotland Yard, et qu'il pouvait pas vous joindre, et qu'on voulait rien lui dire, et...

Le regard de l'inspecteur la réduisit au silence.

– Je ne puis rien vous dire. Où se trouvent-ils ?

Muette de peur, Kitty pointa son doigt vers le salon. L'instant d'après, elle fondait en larmes de nouveau.

Hadley traversa rapidement le hall et gagna la porte du salon. L'atmosphère avait changé dans la maison : les événements se précipitaient, la tension se mêlait à l'attente, les mains se tordaient et les visages se crispaient déjà, comme celui de Kitty. Dans le silence, Melson perçut le bruissement du tic-tac des horloges dans l'atelier qui donnait sur la rue, tel qu'il l'avait entendu la nuit précédente ; mais cette fois, il paraissait s'accélérer. La voix étouffée de Lucia Handreth lui parvenait :

– ... Je répète que je vous ai dit tout ce que je pouvais vous dire. Si vous ne cessez pas, je vais devenir folle. J'ai promis de ne rien révéler. Il faut vous attendre à...

Hadley frappa.

Le bouton de porcelaine tourna et la porte blanche s'ouvrit, tel le rideau d'un théâtre, sur un silence soudain. Immense et débraillé, toujours en veste d'intérieur et en pantoufles, Carver s'arrêta de faire les cent pas devant la cheminée. Ses mâchoires se contractèrent sur le court tuyau d'une pipe, et Melson aperçut l'éclat de ses dents.

Un mouchoir sur ses yeux barbouillés de larmes et le visage ravagé par les rides, Mrs Steffins dodelina de la tête dans son fauteuil, près de la table, hoqueta et resta pétrifiée à la vue de Hadley. Lucia Handreth se tenait droite comme un i, près de la cheminée, les bras croisés et les joues en feu.

L'espace d'une seconde, le tableau resta immobile, l'émotion se figea à son paroxysme, dans la singulière altération des visages ; la haine, les larmes, la peur ou la jubilation se lisaient sur les traits. Chacun ressentait ces émotions comme la chaleur d'un feu. Puis Lucia Handreth exhala un soupir, Carver avança d'un pas, et le bras de Mrs Steffins retomba sur la table.

– Je le savais ! s'écria-t-elle tout à coup, comme si elle en avait reçu la confirmation. (Sa figure devint hideuse et les larmes ruisselèrent sur ses joues.) Je le savais ! Je vous avais prévenu !

Carver s'avança encore d'un pas lentement, dominant la scène de ses larges épaules. Ses yeux bleu pâle restaient impénétrables.

– Vous nous avez fait attendre, déclara-t-il. Eh bien ?

– Que voulez-vous savoir ? dit Hadley brutalement.

– Ce que vous avez fait. Avez-vous arrêté Eleanor ?

– Miss Handreth, répondit l'inspecteur sans ironie volontaire, vous a donné une idée de la conversation que nous avons eue dans la chambre de miss Carver, aux environs de midi...

Le regard bleu pâle le sonda. Carver ébaucha un geste vague. Il paraissait plus imposant et plus près, bien qu'il n'eût pas bougé.

– La question n'est pas là, Monsieur l'inspecteur. La seule chose qui nous intéresse c'est... est-ce vrai ?

– Qu'en pensez-vous ?

– Quelle honte ! hurla Mrs Steffins en martelant sauvagement la table de ses poings. C'est une honte ! Arrêtée pour meurtre. Dans cette maison. Et son nom dans les journaux. J'aurais pu supporter n'importe quoi mais pas cela...

Hadley balaya l'auditoire de son regard impassible.

– J'ai quelque chose à vous dire, si vous voulez bien rester calme. Où est Mr Boscombe ?

– Il n'a pas parlé, mais cela ne l'empêche pas d'être un imbécile, déclara Lucia en lançant un coup de pied dans une colonne de la cheminée. Il est allé chercher son avocat pour la défendre. Il dit que vous n'avez aucun chef d'accusation et que vous n'en aurez jamais...

– Il a raison, dit Hadley, très calme.

De nouveau, le silence les cloua sur place. Melson perçut un grondement dans ses oreilles. La voix de Hadley résonna comme un coup de tonnerre.

– Les charges qui pèsent contre elle sont annulées. Nous n'avons aucun chef d'accusation... Nous l'avons conclu cet après-midi, assez tôt pour mettre autre chose en œuvre. Miss Eleanor était au cinéma avec le jeune homme qu'elle a l'intention d'épouser bientôt ; elle ne devrait pas tarder à nous rejoindre.

Melson observait Lucia et Mrs Steffins. Celle-ci arborait une expression stupide, tel un ivrogne qui tâtonne à la recherche de ses clefs. Puis elle comprit et son corps s'affaissa. Sa tête roula contre le dossier du fauteuil, dans un geste inconsciemment théâtral, tandis que ses lèvres tremblantes murmuraient « Dieu merci ».

– Vous êtes fou, dit Lucia Handreth.

Ce n'était pas une question mais une affirmation rapide, incisive, incrédule. Elle s'avança d'un pas. Sa poitrine se soulevait par saccades.

– N'en êtes-vous pas ravie, miss Handreth ?

– Ayez la bonté de ne pas faire de l'esprit. Je... je ne suis ni ravie ni déçue. Je n'y crois pas. Est-ce une plaisanterie ? Ce matin, vous me disiez...

– Oui. Mais depuis lors nous avons eu d'autres sons

de cloche. Je crains que votre témoignage ne soit pas... entièrement corroboré, si vous voyez ce que je veux dire ?

– Pourtant, avec toutes ces preuves... ? (Sa voix monta d'un ton.) Qu'a-t-elle dit ? Que vous a-t-elle raconté ? Vous voulez dire que Don va vraiment se mar... Que voulez-vous dire, à la fin ?

C'est alors que Carver traversa le champ de vision de Melson. Il mordit le tuyau de sa pipe éteinte et tira bruyamment dessus. Il avait l'air d'un homme à qui l'on vient d'ôter un grand poids ; non qu'il eût été en colère, ou même curieux, mais plutôt irrité par la fatigue causée à sa vieille carcasse.

– Merci pour votre bon sens, souligna-t-il d'une voix chevrotante. Vous nous avez causé la plus grande frayeur de notre vie. Il semble que nous soyons tirés d'affaire, maintenant. Que... qu'attendez-vous de nous ?

Ils entendirent une porte claquer, des pas qui résonnaient, et la sonnerie insistante du téléphone. Ne sachant que faire, Hadley leva la main et attendit. Le bruit de voix s'enfla avec le murmure de la pluie. C'est alors que Kitty apparut.

– Le Dr Fell est là, Monsieur, dit-elle à l'inspecteur. Et on vous demande au téléphone.

Par la porte entrebâillée, Melson entrevit la cape du docteur que la pluie avait trempée ; il leur tournait le dos et chuchotait quelque chose au sergent Betts et à l'agent Sparkle. Puis ils disparurent et le Dr Fell, son chapeau romain à la main, entra d'un pas pesant, tandis que Hadley sortait. Ils n'échangèrent aucune parole ; le visage de Fell trahissait son épuisement.

– Ah ! Bonsoir, lança-t-il à l'auditoire, un peu essoufflé. J'arrive à temps, j'imagine. Nous semons la zizanie dans cette maison, on dirait, mais je suis heureux de vous annoncer que ce soir, ce sera la dernière fois, je l'espère.

– La dernière fois ? répéta Carver.

– Je l'espère. J'espère faire la connaissance du véritable assassin ce soir, déclara Fell. Compte tenu des circonstances, je vous demanderai de bien vouloir sortir de cette pièce jusqu'à ce que je vous y convoque, dans un instant. Allez où vous voudrez mais aucun d'entre vous ne doit quitter la maison... Pas de crise de nerfs, Madame ! ajouta-t-il en s'adressant à Mrs Steffins. (Il l'écrasait de sa silhouette imposante.) Je devine que vous brûlez d'accuser miss Handreth d'être à l'origine de toute cette agitation. Peut-être l'est-elle, mais l'heure n'est pas venue d'en discuter... Mr Carver, voulez-vous emmener ces dames, je vous prie ? Restez tous à portée de voix.

Étouffée par la pluie, la cloche de Lincoln's Inn sonna 9 heures. Des coups retentirent, et comme s'il s'agissait d'un signal convenu, un doigt anonyme pressa le timbre électrique de l'entrée tandis qu'une main vigoureuse donnait de grands coups de heurtoir. Les nouveaux arrivants se turent. Eleanor secoua la pluie de son manteau et s'avança dans le vestibule, de sorte que ceux qui se trouvaient au salon puissent la voir. Derrière elle se dressaient les silhouettes de Hastings, dissimulant son bonheur sous un air renfrogné, de Boscombe, dissimulant le sien sous un masque de marbre, et de Paull – un peu éméché et trempé jusqu'à la moelle, perplexe, avec son parapluie roulé sous le bras.

– Me voici, déclara Eleanor. (Sa voix hésitait entre deux timbres, mais elle se tenait très droite.) Je ne suis pas en prison mais libre pour la première fois. (Elle regarda Lucia :) N'êtes-vous pas navrée ?

– Don, espèce d'imbécile ! hurla Lucia.

Elle porta la main à ses yeux, hésita, puis se précipita dans le vestibule, comme si elle voulait les rejoindre. Mais elle passa devant eux, le pâle sourire d'Eleanor fixé sur elle, et fila droit dans sa chambre dont elle claqua la porte. Les gémissements de Mrs Steffins prirent la relève ; Carver n'y prêta aucune attention ; il sortit lentement du salon et prononça deux ou trois mots à l'adresse d'Eleanor.

– Merci, J., répondit-elle. Montez donc avec nous, voulez-vous ?

Comme dans un rêve, Melson entendit le Dr Fell donner ses instructions ; le groupe se tut mais l'épouvante et la tension nerveuse revinrent lorsque le docteur se planta avec l'inspecteur Hadley dans le hall désert. Le dos à la porte, l'inspecteur fixait le Dr Fell.

– Eh bien quoi ? aboya ce dernier. Quelque chose ne va pas ?

– Tout va mal... à présent. Tout. On a vendu la mèche.

– Quelle mèche ?

– La police vient de m'appeler, répondit Hadley d'une voix accablée. C'est noir sur blanc dans les journaux du soir. Quelqu'un au Yard a parlé ; on n'a pas suivi mes recommandations. Hayes s'est mélangé les crayons avec le communiqué de presse, mais il ne sera pas tenu pour fautif. C'est moi qui en pâtirai dans les deux ou trois prochaines semaines, sans parler de ma retraite... Ils savent que Stanley était ici hier soir, qu'il a été mêlé à une drôle d'histoire, et le sous-directeur de la police m'a prévenu des conséquences s'il y avait des fuites. C'est moi qui leur servirai de bouc émissaire. Même si nous capturons le vrai meurtrier maintenant...

– Ne pensez-vous pas que j'ai prévu tout cela ? s'enquit Fell d'un ton calme.

– Prévu ?

– Du calme, mon vieux. Voilà trente-cinq ans que vous êtes dans la police et pas une seule fois vos nerfs n'ont lâché ; ce n'est pas le moment. J'ai senti qu'il y aurait du grabuge, et il n'y a qu'une seule façon d'y faire face, si nous pouvons...

– Trente-cinq ans, acquiesça Hadley avec un hochement de tête. (Il fixa le sol.) Vous avez organisé quelque chose ?

– Oui.

– Vous savez ce qui se passera si vous ratez votre coup, n'est-ce pas ? Pas seulement pour moi, mais pour...

Il s'interrompit. Kitty était là, plus effrayée que jamais, comme si elle fuyait la porte d'entrée.

– Monsieur, dit-elle, Mr Stanley est arrivé...

L'espace d'une seconde, l'inspecteur resta de marbre, puis, comme il s'apprêtait à bouger, Fell le saisit par le bras.

– C'est fichu, déclara Hadley. Il n'y a plus d'espoir. Quelqu'un va le voir et nous serons perdus. Il était censé rester dans l'ombre...

– Du calme, espèce d'idiot, dit Fell à mi-voix. Asseyez-vous là et, quoi qu'il arrive, ne bougez pas et ne parlez pas. C'est moi qui lui ai dit de venir. Faites entrer Mr Stanley, Kitty.

Hadley recula, s'assit à la table et le Dr Fell en fit autant. Debout, un peu en retrait, Melson se retint à une vitrine pour garder l'équilibre.

– Entrez, Mr Stanley, reprit le Dr Fell d'un ton somnolent. Ne vous donnez pas la peine de refermer la porte. Prenez un siège, je vous prie.

Stanley entra d'un pas singulièrement léger pour un homme de sa taille. Melson ne l'avait jamais vu en pleine lumière, et tout ce qu'il avait entendu à son sujet lui revenait à l'esprit. Tel un animal, l'ancien policier eut un recul nerveux. Son pardessus était trempé, mais il ne portait pas de chapeau et la pluie dégouttait de ses cheveux sur sa figure. Il avait les yeux caves et fixes. Son large visage aux oreilles décollées, qui, la veille au soir, paraissait terne, était à présent d'une pâleur parsemée de tavelures ; il souriait.

– Vous m'avez fait appeler, dit-il d'un air accablé, en écarquillant les yeux.

– C'est exact. Asseyez-vous, Mr Stanley. Cet après-midi, nous avons entendu certaines accusations – certaines allusions – contre vous...

Il s'assit, ses gros doigts écartés sur les genoux. Melson s'aperçut qu'en réalité, il ne souriait pas ; il avait un tic à la lèvre qu'il ne pouvait contrôler. Il était figé comme un mannequin de cire. Soudain, il se pencha en avant.

– Qu'entendez-vous par « des accusations » ?

– Avez-vous connu feu l'inspecteur George Ames ?

– Oui... autrefois.

– Ne l'avez-vous pas reconnu hier soir, en le voyant mort ?

– Non, répondit Stanley en se penchant davantage. Il avait une de ces têtes à ce moment-là... Ce n'était pas beau à voir, hein ?

Puis il se mit à rire.

– Je présume, demanda Fell, que vous êtes capable de reconnaître votre écriture si vous la voyez ?

Ce fut comme s'il avait fait claquer un fouet au nez de son interlocuteur ; Stanley fit un bond en arrière. C'est alors que Melson comprit ce que Stanley évoquait pour lui, depuis qu'il avait fait son entrée avec ses mouvements souples malgré sa carrure, son ton hargneux, son regard fixe et stupide, et ses gestes imprévisibles. Ils étaient en cage, avec cet être entre eux et la porte.

– Si je reconnais mon écriture ? Que diable voulez-vous dire ? Bien sûr que je la reconnais. Me prenez-vous pour un fou ?

– Avez-vous écrit ceci ? demanda le Dr Fell.

Glissant la main dans sa poche, il en sortit la lettre pliée en quatre et la lui lança. Elle tomba sur les genoux de Stanley mais il n'y toucha pas.

– Lisez-la !

De nouveau, le coup de fouet. Stanley prit le feuillet puis, lentement, le déplia.

– Avez-vous écrit ceci ?

– Non.

– C'est votre signature.

– Je vous dis que je n'ai pas écrit cela et je ne l'ai jamais vu auparavant. Vous me traitez de menteur ?

– Attendez de savoir ce qu'ils disent, Stanley. Je suis votre ami, sinon, je ne vous raconterais pas une chose pareille. Attendez de savoir ce qu'ils disent.

– Ce qu'ils disent ? répéta-t-il en se reculant un peu.

– Que vous êtes fou, mon vieux. Fou ! Que vous avez une araignée au plafond, qui a grignoté votre cervelle...

Stanley se pencha pour lancer la lettre sur la table. Il puait la laine mouillée et le cognac. Le mouvement de sa main velue fit entrouvrir son pardessus et sa veste, et Melson entrevit quelque chose dans sa poche...

Stanley portait un revolver.

– Fou, répéta le Dr Fell. C'est pourquoi vous avez assassiné George Ames.

Melson crut l'espace d'un éclair que ce diable d'homme allait se jeter sur eux. Il s'agita sur son siège et remplit soudain tout l'espace.

– Mais pour vous montrer ce que moi, je pense de votre cerveau, continua le Dr Fell en le fixant de ses yeux ronds et mordorés, je vais vous énumérer les preuves contre vous. Voici l'opinion qu'une certaine personne a de vous, telle qu'elle me l'a rapportée...

» Hier soir, tandis que Ames gravissait les marches de cette maison, vous n'avez pas pu sortir sur le palier par la porte à deux battants. Nous le savons tous et nous en convenons.

» Mais il reste un élément bizarre dans ce témoignage. Un homme, debout sur le palier plongé dans la pénombre, a entrevu un mince rayon de lune. La porte palière, celle qui communique avec le corridor qui mène au toit, était ouverte – vous me suivez ? – et ce corridor était éclairé par le clair de lune. L'homme affirme que la clarté de la lune provenait de la trappe du toit. Or, c'est impossible, puisque la trappe était bel et bien verrouillée et que personne n'a pu y toucher. Il a parlé d'un mince rayon de lune et non pas d'une flaque ou d'un carré de lumière, comme cela aurait été le cas si la trappe avait été ouverte. Un mince rayon de lune... comme par l'ouverture d'un de ces panneaux secrets qui pullulent dans cette maison.

» Rappelez-vous la disposition des chambres : celle de votre hôte se trouve à gauche, et le mur de celle-ci n'est autre que celui de ce corridor. Vous auriez pu vous-même vous éclipser de derrière le paravent, lui aussi planté sur la gauche, dans votre costume gris foncé, vous faufiler dans la chambre sans être vu et ouvrir le panneau secret pour sortir. Dois-je vous rappeler que les fenêtres du fond laissaient entrer le clair de lune ? Ce même clair de lune qui s'est infiltré par le panneau entrouvert au moment où vous vous êtes éclipsé, où vous avez fait sauter le loquet à ressort de la porte de l'intérieur, et où vous avez frappé Ames sur le palier !... Car voilà ce que vous avez fait, aux dires de votre ennemi, à moins que vous ne puissiez prouver le contraire. Son nom est...

– Attention ! s'écria Hadley.

La grosse main de Stanley s'écrasa sur la table, balayant la lampe au passage. Durant un court instant d'aveuglement, les bûches dans le foyer s'embrasèrent ; ils entrevirent les yeux de Stanley, l'éclat métallique dans sa main et perçurent sa respiration haletante.

– Reculez ! Je me charge de lui.

Une silhouette imposante obscurcit la lumière en provenance du vestibule. La lumière s'éteignit et la porte se referma avec fracas. La clef tourna dans la serrure, au moment où Hadley bondissait sur la poignée.

– Il nous a enfermés..., dit Hadley en tambourinant. Betts ! Holà ! Vous tous ! Attrapez-le ! Ouvrez-nous ! Fell, au nom du ciel, vous venez de lâcher un fou furieux... Betts ! N'allez-vous pas l'ar...

– Le Dr... Fell... a dit de ne pas l'arrêter ! cria une voix dans le vestibule. Et puis il a pris la clef !

– Sinistre crétin ! Arrêtez-le ! Faites quelque ch... Sparkle ! Défoncez cette porte !

Un poids s'abattit contre la porte, il y eut un grognement, puis un nouveau coup. Du premier étage leur parvint un cri, puis une détonation.

Ils perçurent la seconde détonation juste avant que la serrure ne cède à grand bruit, et une longue silhouette s'affala à genoux. Hadley repoussa violemment le battant, se releva en se contorsionnant et fonça dans l'escalier, Melson sur les talons. Toute la maison était en émoi, mais on sentait comme un soulagement dans l'atmosphère.

– Tu vois ? Ils me croient fou ! Je pourrais t'abattre sans danger. Je risque de te tuer, que tu dises ou non la vérité ; ce n'est pas à moi de le décider. Il suffit d'une balle dans la jambe... une dans le ventre... une dans le cou... et le tour est joué. Je dois prendre mon temps jusqu'à ce que tu ouvres ta sale gueule de menteur. Tu vois que personne ne m'en empêchera ? Il y a un officier de police à la porte, et il ne fait rien pour t'aider, bien qu'il possède lui-même une arme. Je l'ai vue dans sa poche revolver. Il ne bouge pas alors que je lui tourne le dos.

Un cri inhumain suivit, transformant les jambes de Melson en coton.

– Non, poursuivait la voix affable, tu ne peux pas t'échapper. Il n'y a que quatre murs dans une pièce et te voilà fait comme un rat. Je me suis conduit comme un idiot en tirant quatre balles dans la tête de ce banquier. Je n'avais rien contre lui.

Soufflant comme un phoque, Hadley abordait la dernière marche. Dans la fumée qui obscurcissait le palier, des visages blêmes flottaient immobiles, déformés par l'effroi. Entre les deux battants grands ouverts, Melson aperçut Stanley de dos et, plus loin, une figure qui n'avait plus rien d'humain, une silhouette tordue de douleur et de frayeur, agitant les bras en tous sens, et cherchant à se frayer un chemin vers le paravent.

– Celle-là, déclara Stanley, c'est pour ton ventre. Et il leva le bras pour tirer.

L'autre homme s'arrêta de crier.

– Faites-le sortir, murmura faiblement une voix étrange. C'est bon, j'ai tué Ames ! J'ai tué Ames et que le diable vous emporte ! J'ai tué Ames et je l'avoue ! Mais pour l'amour de Dieu, faites-le sortir !

La voix monta dans les aigus, désespérée. Le visage grisâtre se plaqua contre les flammes peintes du paravent et Calvin Boscombe, la bouche écumante s'effondra avec un soupir.

Stanley demeura un instant immobile, puis il inspira avec un frisson, remit l'arme dans sa poche et tourna un visage morne vers le Dr Fell. Celui-ci traversa lourdement la pièce et posa son regard sur le fantôme à la bouche béante étendu par terre.

– Eh bien ? s'enquit Stanley. C'était réussi ? Il a flanché.

– C'était un spectacle bien ficelé, répondit le Dr Fell en lui posant la main sur l'épaule. Cela dépasse toutes nos prévisions... Mais pour l'amour du ciel, cessez de tirer des balles à blanc, vous allez réveiller tout le quartier. (Il se tourna vers Hadley.) Boscombe n'est pas blessé, ajouta-t-il. Il vivra jusqu'à la potence. Je me demande ce qu'il pense de ces « réactions d'un homme sur le point de mourir », à présent ?

22

LA VÉRITÉ

Le *Daily Sphère : LE SUBTIL STRATAGÈME D'UN OFFICIER DE POLICE À LA RETRAITE QUI VENGE UN ANCIEN COLLÈGUE !* Le *Daily Banner : SCOTLAND YARD TRIOMPHE EN FAISANT CONFIANCE A UN INSPECTEUR TOMBÉ EN DISGRÂCE !* Le *Daily Trumpeter* : Notre photo : *à gauche, l'inspecteur-chef David Hadley qui a résolu l'énigme en vingt-quatre heures, à côté du sous-directeur de la police, l'honorable George Bellchester ; et à droite : Mr Peter Stanley, le héros du jour que, malheureusement, nous n'avons pu interviewer, puisqu'il a entamé une longue croisière pour raisons de santé.*

L'éditorial du *Daily Trumpeter* disait ceci : *Une fois encore, l'efficacité des gardiens de l'ordre public aura été démontrée, même si ces derniers n'ont plus aucun lien avec une institution qu'ils continuent à respecter, alors qu'ils sont en retraite. Seule la Grande-Bretagne peut s'enorgueillir qu'une telle...*

Le Dr Fell déclara :

– Hé oui, nom d'un chien ! C'était la seule façon de leur sauver la face, à tous. Reprenez donc une bière.

S'agissant moins d'une histoire de faces à sauver que d'un meurtre commis par un homme qui se croyait trop rusé, nous devons, afin d'éclairer notre lanterne, nous reporter à une conversation qui survint au petit matin de cette même journée, à l'hôtel du Dr Fell, dans Great Russell Street. Hadley avait besoin de se rafraîchir la mémoire au sujet des raisons de son triomphe, et avec Melson, il constituait le seul auditoire du Dr Fell lorsque celui-ci se mit à parler.

Il était minuit passé lorsqu'il commença, car il fallait

agir vite et obtenir de Boscombe, avec les témoins, qu'il signe sa déposition avant de recouvrer assez de courage pour risquer un démenti. Le travail était fini ; on avait allumé un grand feu dans la cheminée, disposé des fauteuils confortables et mis à portée de main une caisse de bières, deux bouteilles de whisky et une boîte de cigares. Le Dr Fell rayonnait et se préparait à son récit.

– Je ne plaisante pas en affirmant que j'étais sincèrement navré de vous avoir dupé tout au long de l'affaire, dit-il. Je devais non seulement vous faire comprendre par des allusions que je croyais en l'innocence de Boscombe, mais aussi le laisser entendre à Boscombe lui-même. Juste après notre arrivée chez lui, quand nous nous aperçûmes que la montre qu'il s'était volée à lui-même avait disparu, vous vous souvenez peut-être que j'ai prétendu sortir d'un des pires divertissements qu'il m'ait été donné de subir dans mon existence. Je poussai même le jeu jusqu'à faire des compliments à cette larve sanguinaire ; j'en avais la nausée comme si j'avalais de l'huile de ricin. Mais c'était nécessaire. Si Boscombe se révèle l'assassin le plus sadique de ma carrière, il en est aussi le plus intelligent ; il n'a laissé aucun indice tangible. Ma seule occasion de le prendre au piège était de courir le risque que j'ai pris. Vous vous trouviez dans un tel état ce matin que, si je vous avais fait part de mes déductions, vous auriez été tenté de les vérifier et, du coup, de lui laisser deviner qu'on le soupçonnait. Il nous aurait alors filé entre les doigts, et serait douté du piège que j'avais prévu de lui tendre avec Stanley. Boscombe ne craignait pas la justice mais il craignait Stanley ; ce pauvre Stanley avec son araignée au plafond, qui n'en aurait fait qu'une bouchée. Je le savais : c'était tout ce dont il avait peur.

– Mais l'alibi..., protesta Melson. Hastings a vu... et pourquoi n'a-t-il pas... ?

– Un instant, s'interposa Hadley, son carnet sur les

genoux. Mettons un peu d'ordre dans tout cela. Quand l'avez-vous soupçonné pour la première fois ?

– La nuit dernière. Je n'en ai été moralement certain que ce matin, à la disparition de la montre-tête de mort, et je n'en ai eu la certitude absolue qu'avant le déjeuner, en montant au premier sans vous, mon cher, et en découvrant le panneau coulissant dans le mur du corridor, qui est aussi celui de sa chambre. Il fallait qu'il y ait un panneau à cet endroit, sinon, l'histoire de Paull et de son clair de lune ne tenait pas debout.

» Mais procédons par ordre. J'ai d'abord cru en la culpabilité de Boscombe, à cause de l'une de ces coïncidences qui nous tracassaient tant. Il y en avait certaines, et, une en particulier, que je ne pouvais tenir pour un enchaînement d'événements fortuits. Les moins importantes s'expliquaient aisément, puisqu'il ne s'agit pas de coïncidences mais de conséquences logiques, inhérentes aux habitudes et aux humeurs des différentes personnes concernées.

» Je pouvais croire, par exemple, que le soir de ce jeudi fatal, Eleanor et Hastings s'étaient mis d'accord par hasard pour se retrouver sur le toit, quand bien même ce n'était pas dans leurs habitudes, en milieu de semaine. Il y avait eu du chambard dans la maison, à propos de l'horloge ; Eleanor était à bout de nerfs, Hastings, déprimé ; tôt ou tard, il fallait qu'ils se rencontrent. Boscombe envisagea cette éventualité et l'anticipa en dérobant la clef, même s'il n'était pas sûr qu'ils choisiraient le milieu de la semaine. Ceci, donc, n'avait rien d'une coïncidence.

» Plus tard, je n'eus aucune peine à croire que Mrs Steffins s'était rendue sur le toit pour surveiller les deux amoureux (nous y reviendrons tout à l'heure) car, comme vous l'avez souligné dans votre reconstitution, qui se révèle le seul élément de vérité dans votre réquisitoire contre Eleanor, c'était bien dans le caractère de

Mrs Steffins. Jeudi soir était, en toute logique, la seule nuit qu'elle devait choisir ; Mrs Gorson était sortie, Mrs Steffins pouvait donc boucler la maison de bonne heure et aller jouer les fins limiers sans risquer d'être dérangée par les questions domestiques.

» Mais une chose était trop énorme pour que quiconque veuille bien l'avaler.

» Je ne parvenais pas à croire que Boscombe, occupé à mettre sur pied une fausse « intrigue meurtrière », juste pour se payer du bon temps, jette par hasard son dévolu sur un détective déguisé, qui se trouvait là pour prouver la culpabilité d'un tiers dans la même maison ! Cela, Hadley, c'est le genre de coïncidence qui me donne le vertige. Si le hasard peut jouer ce genre de tours, alors, il est non seulement effroyable mais effrayant. Il fait son miel non seulement du surnaturel mais encore du démoniaque.

» Puis j'ai réfléchi et j'ai compris que cette coïncidence était apparemment soutenue par une autre tout aussi surprenante que la première. Boscombe ne s'est pas borné à faire ce qu'il a fait. Il a choisi en qualité d'unique témoin (selon ses prévisions) de son meurtre simulé, par hasard, un ancien officier de police, qui, autrefois, travaillait en étroite collaboration avec le détective déguisé, dont il ignorait la véritable identité ! En me concentrant, et en me répétant quelques passages de l'ouvrage intitulé *Que vous le croyez ou non*, je pouvais sans doute accorder du crédit à la première coïncidence, mais aux deux ensemble, non ! Ce ne pouvait être un pur hasard. Par conséquent, il s'agissait d'un véritable dessein, et de celui de Boscombe.

Hadley saisit le verre de bière qu'on lui tendait.

– Cela me semble assez clair, reconnut-il. Mais quel était le but de ce projet ?

– Attendez. Les questions à déterminer s'annonçaient

dans l'ordre suivant : « Qu'essaie de faire cet individu ? ». Puis « Comment ? ». Et enfin, « Pourquoi ? ».

» Avant toute chose, examinons son simili complot meurtrier, qui fut si facilement démasqué, et qui l'aurait été tout aussi facilement, même si Hastings n'en avait pas été le témoin involontaire. J'avais une idée assez précise de son déroulement ; n'importe qui ayant le temps de se pencher sur le problème aurait fait de même. Pour couronner le tout, Stanley était à deux doigts de vendre la mèche et il l'aurait fait, ce que Boscombe n'ignorait pas. Mais le plus étonnant, c'est le peu de soin, je dirais même la négligence avec laquelle Boscombe s'est employé à dissimuler quelque chose qui aurait pu lui causer le plus grand embarras. Considérons ce qu'il a fait.

» Supposez qu'il ait dit la vérité. Imaginez, pour le plaisir d'argumenter, qu'il n'envisageait rien d'autre que ce faux assassinat. Parfait. Quelque chose tourne mal et la « victime » de cette plaisanterie douteuse est brusquement terrassée sur le pas de sa porte ; il comprend aussitôt que Stanley et lui se retrouvent en fâcheuse posture... Eh bien, le mieux à faire était de dissimuler ce meurtre bidon et toutes les preuves qui s'y rattachaient.

» Mais que fait-il ? Il reste planté là, faisant des moulinets avec son pistolet, qu'il avait tout loisir d'escamoter ; il nous le fait voir, attire notre attention sur lui et se hâte de raconter une histoire boiteuse pour en justifier la présence. Il fait pire que cela. Bien qu'il ne soit pas stupide, il agit au vu et au su d'un agent de la police pas très futé – qui téléphone dans la pièce contiguë –, en prenant soin de cacher ostensiblement une paire de chaussures et des gants, que le policier n'aurait pas remarqués autrement.

» Inutile de vous rappeler tout ce que Boscombe a fait et dit ; cela procède du même principe. Pourquoi veut-il que l'on découvre ceci ? Une pensée effroyable me traverse l'esprit : parce qu'il a bel et bien poignardé Ames à l'aide de l'aiguille d'horloge, et pour un motif des plus sérieux ; le fait qu'il fasse mine d'avoir voulu abattre Ames d'un coup de pistolet, sans raison, par jeu, aura pour effet d'écarter les soupçons ! Autrement dit, il noircissait son propre personnage dans le but de le blanchir définitivement. C'est là, mes amis, que réside le paradoxe. Si nous admettions qu'il attendait l'homme, un pistolet à la main, nous ne pouvions pas le soupçonner de s'être éclipsé pour le poignarder un instant auparavant. En d'autres termes, nul ne soupçonnerait quelqu'un, même un assassin éventuel, de bouleverser ses propres plans.

» Sa manœuvre était déjà diabolique, mais il a fait mieux encore. Avant que nous n'examinions comment il s'était assuré de la réussite de sa machination, rappelez-vous qu'il ne voulait pas trop tirer sur la corde du « J'ai-voulu-commettre-un-crime-et-je-l'admets », sous peine de se retrouver au banc des accusés. D'où l'emploi du silencieux factice qu'il a de même brandi sous notre nez. Souvenez-vous qu'il glissait une allusion çà et là, jusqu'au final où, ruisselant de sueur, ses nerfs ont craqué et il a reconnu, non sans provocation, n'avoir jamais eu l'intention de tirer sur qui que ce soit. Nous étions censés penser : « Espèce de salaud ! Il joue au démon et effraie Stanley, mais il n'a pas les tripes pour commettre un véritable assassinat ; à rayer de la liste des suspects ». De nouveau, cette larve infâme a noirci son personnage pour le blanchir, tout en ricanant à notre barbe. Voilà ce qu'il souhaitait que nous pensions de lui. Et, le rouge au front, je dois admettre, Messieurs, qu'hier soir encore telle était ma pensée.

» Mais revenons à son rôle dans l'assassinat. Nous devons d'abord nous demander si Stanley était complice dans le meurtre réel ? A l'évidence, non ; sinon, la supercherie était inutile. Stanley était censé être son témoin et devait être le meilleur et le plus convaincant des témoins : celui qui pensait que Boscombe avait l'intention de tuer l'individu, mais qui savait pertinemment qu'il ne l'avait pas fait.

» En supposant que les choses se soient passées ainsi, comment les organiser ? Si Boscombe poignardait Ames, cela ne saurait échapper aux yeux d'un témoin innocent se trouvant dans la même pièce. C'est alors que surgissent plusieurs faits intéressants qui ne se justifient en rien. Primo, la pièce était plongée dans l'obscurité ; secundo, Stanley était caché derrière un lourd paravent prévu par Boscombe ; tertio, au pied du grand fauteuil bleu de Boscombe, il y avait de curieuses traces de craie.

Hadley bougonna une exclamation et feuilleta son calepin à rebours.

– Des traces de craie ! Ces fichues marques à la craie, elles m'étaient complètement sorties de la tête ! Oui... les voilà. Je me souviens, à présent. Je les avais oubliées...

– Parce que vous aviez oublié Boscombe, ironisa Melson. Moi aussi, je le crains.

Le Dr Fell s'éclaircit la gorge, après une bonne lampée de bière.

– Dans le prétendu projet de Boscombe, reprit-il, attardons-nous d'abord sur l'idée de la nécessité d'une pièce sombre, comme Boscombe l'a expliqué à Stanley, selon le témoignage de Hastings. Ce n'est guère convaincant, si peu même que seul un homme aux nerfs fragiles, comme Stanley, s'y est laissé prendre. Boscombe affirme qu'ils doivent laisser la pièce dans l'obscurité lorsque la victime montera chez lui, « de sorte que quiconque se trouvant sur le palier n'aperçoive pas la lumière quand la victime franchira la porte ». Mais si n'importe qui sur le palier voit la victime, et si l'on veut prouver que la victime tentait de cambrioler la maison, on a du mal à saisir pourquoi Boscombe avait peur d'un détail aussi significatif ; là n'est pas le pire point faible. Si le projet se présentait ainsi, voilà une curieuse façon de pousser le mouton dans la gueule du loup. Vous l'invitez à venir chercher de vieux vêtements, à monter dans le noir, à ouvrir la porte... et tout cela pourquoi ? Pour voir une pièce obscure dans une maison plongée dans le noir et attendre tranquillement qu'on vienne vous apporter les vêtements en question.

» La raison pour laquelle Stanley doit se cacher derrière le paravent est encore moins convaincante ! Personne n'a jamais été capable d'expliquer pourquoi Stanley devait se cacher dans le noir derrière le paravent. En quoi la présence d'un ami de Boscombe était-elle si alarmante pour quelqu'un venant simplement chercher des vêtements usagés ? Cantonner un témoin dans le noir et derrière un paravent présuppose l'existence d'une victime dont la vision de nyctalope s'allie à la pénétration des rayons X !

» Peu importe. Primo, l'obscurité devait permettre à Boscombe de se déplacer sans être vu dans son pyjama noir, et sans être entendu, avec ses pantoufles de feutre...

– Un instant ! interrompit Hadley. Hastings regardait la scène au clair de lune...

– J'y viens. Secundo, derrière son paravent, Stanley ne pouvait voir, par l'étroite fente qu'on lui avait indiquée, que ce que Boscombe voulait bien qu'il voie, selon une certaine lumière prévue, quelque chose qui le ferait jurer que Boscombe n'avait pas quitté la pièce... Et tertio, les marques à la craie... Elles sont d'une importance capitale ; elles étaient censées donner l'emplacement exact des pieds du fauteuil, sans erreur possible, de sorte que le champ de vision, de quelque point que ce soit derrière le paravent, tombait où le voulait Boscombe.

» Il fallait une source de lumière, sinon, Stanley ne pouvait rien voir ; c'est pourquoi la lucarne était entrouverte, tel un projecteur de théâtre bien réglé. Le méticuleux Boscombe n'a pas été stupide au point de l'occulter complètement (non qu'il ait voulu permettre à Hastings de contempler la scène, sur le toit...), car il avait un besoin vital de cette source de lumière.

» Et l'ironie de cette affaire ironique, c'est que l'homme pour lequel toute cette mise en scène était prévue – Stanley, le témoin –, nous ne l'avons pas interrogé. Ce fut Hastings qui se montra...

– C'était le sens de ma question, protesta Hadley. Pourquoi Hastings ne l'a-t-il pas vu s'éclipser ? Hastings ne mentait pas, tout de même ?

– Oh ! non. Il disait la vérité. Mais j'étais en train de vous exposer les éléments qui m'ont fait douter de l'histoire de Boscombe et soupçonner sa culpabilité. Avant de passer au meurtre lui-même, reprenons la fable du complot depuis le début, et observons ce qui s'est passé.

» En premier lieu, il nous faut bien comprendre le véritable caractère de Boscombe. Je le déteste, Hadley, d'une haine singulière. Il est le seul criminel qui ait jamais croisé mon chemin et auquel je ne puisse trouver une once... non pas de bonté, ce qui ne signifie rien, hormis sur le plan spirituel, mais de sympathie. Tout chez lui se réduit à une attitude de suffisance glacée. Il n'y a pas d'amour-propre là-dedans, uniquement de la suffisance. A un moment ou un autre, l'idée a sans doute germé dans son esprit perverti qu'il aimerait accomplir ce qu'il faisait semblant d'accomplir avec son assassinat à la gomme : tuer quelqu'un pour le plaisir d'observer les « réactions » de la victime lorsqu'elle va mourir, et se nourrir de sa propre vanité, tel un vampire se nourrissant de son propre sang. Mais sa suffisance le rendait trop paresseux pour manifester un quelconque intérêt pour la question, jusqu'à ce qu'Eleanor mette en pièces cette vanité et que, pour la première fois de son existence, il ait à subir les moqueries de quelqu'un. Eleanor devait donc mourir.

» Plus tard, lorsqu'on écrira sur les criminels célèbres, je vois déjà comment il sera traité. « Boscombe, avec sa figure de papier mâché et son sourire macabre et sournois, rendu fou de peur par une arme après que son propre plan se fut retourné contre lui. » Il sera comparé à Neill Cream, le monstre chauve aux yeux louches et aux crocs menaçants rôdant à la recherche des prostituées, des comprimés de strychnine dans sa poche. Mais Boscombe n'avait même pas la faiblesse humaine de s'intéresser aux prostituées, ou la « franchise » d'utiliser le poison. Je vous ai fourni un indice au sujet de son intérêt pour l'Inquisition espagnole. Je vous ai dit que, quels que soient leurs torts, les Inquisiteurs se révélaient au moins des individus convaincus qui croyaient au salut de l'âme. Boscombe était inaccessible à l'existence de l'âme. Il aurait pu passer sa vie entière à étudier, sans jamais comprendre que l'on puisse faire le mal avec des intentions louables, l'âme humaine restant pour lui un prétexte nébuleux pour excuser le sadisme hypocrite. Par-dessus tout, il était fasciné par ce qu'il nommait « l'ingéniosité », mais que nous appellerons plus prosaïquement « la vanité ».

» Tel est l'aspect de son caractère que nous devons saisir si nous voulons comprendre son crime. Lorsqu'il a décidé de commettre un meurtre, il n'a même pas eu la « franchise » d'utiliser le poison. Eleanor devait mourir. Très bien. Mais il n'allait pas tuer quelqu'un comme vous et moi le ferions d'un coup de fusil ou de massue. Il devait tisser une trame autour de ce meurtre, à la fois dense et complexe ; plus les fils s'emmêlaient inutilement et plus sa vanité à les entremêler était flattée. Son ouvrage grandirait ainsi, jour après jour, jusqu'au final : la pendaison.

» Eleanor – vous vous rappelez ? – fut la seule à avoir pénétré son véritable caractère. Lorsqu'il décida, non sans condescendance, de la prendre pour maîtresse, faute d'avoir mieux à faire, et même de s'essayer au mariage, comme on s'adonne à un jeu de l'esprit, le rire de la jeune fille lui renvoya sa propre image. Elle rit, Messieurs, et elle le vit en un éclair débarrassé de son masque. Elle comprit dès lors pourquoi il la détestait. Lorsqu'elle vit sur le palier un homme mort qu'elle prit pour Hastings, elle se mit à crier que Boscombe l'avait assassiné. Elle savait... Et cet après-midi, quand vous lui avez demandé qui la haïssait, elle vous l'aurait dit, mais vous avez devancé sa réponse. Vous avez tellement insisté sur le témoignage de Lucia Handreth qu'elle en a naturellement tiré la seule conclusion qui s'imposait.

Hadley hocha la tête et le Dr Fell continua :

– Revenons à Boscombe. Nous avons déjà vu comment il décida de faire peser l'assassinat de chez *Gambridge* sur Eleanor, suivant l'inspiration du moment. Carver nous a en effet confié que Boscombe se trouvait chez *Gambridge* de bonne heure cet après-midi-là, lorsque lui-même est allé jeter un coup d'œil sur l'exposition de montres. Carver a aussi reconnu qu'Eleanor se trouvait plus tard dans le même magasin. Nous savons maintenant – d'après la déclaration de Boscombe – qu'il est resté en arrière quand les autres sont partis, ne serait-ce que pour avoir l'occasion de croiser la jeune fille. Il n'avait aucun plan, jusque-là ; il se bornait à la filer ; qu'il ait ou non assisté au meurtre perpétré sur les lieux, il savait qu'Eleanor s'y trouvait, seule, et par conséquent sans alibi ; c'est quand il a lu les détails dans les journaux du lendemain que le plan a commencé à prendre forme dans son esprit.

» Comment mettre à profit ce qu'il savait ? Il ne pouvait la dénoncer ouvertement à la police sous peine de se trahir ; et ce n'était pas digne d'un Boscombe rusé et vaniteux ; mais surtout, il manquait des preuves tangibles pour la charger du crime. Inutile d'écrire une lettre anonyme à l'inspecteur chargé de l'enquête ; elle atterrirait au panier, en même temps qu'une bonne centaine d'autres, et même si elle suscitait des recherches le pot aux roses risquerait d'être découvert. Ce n'était pas le genre d'enquête qu'il attendait.

» Restait son ami Stanley ! L'inspecteur George Ames, selon les journaux, figure parmi les enquêteurs. Toujours prompt à chanter la litanie de ses malheurs et à se plaindre de ceux qui l'ont fait mettre à la porte, Stanley aura probablement parlé du rôle de Ames dans l'affaire Hope-Hastings. Ames et sa ténacité, son intelligence limitée, son extrême réserve. Eurêka ! Si un quidam demandait à Ames de venir, déguisé, en un certain lieu, il ne le ferait pas, mais si Stanley le lui demandait ?

– Mais vous dites que Stanley n'était pas au courant, protesta Hadley. Cette lettre porte la signature de Stanley, donc, il savait !

Le Dr Fell secoua la tête.

– Vous n'avez pas besoin que quelqu'un tape une lettre à la machine pour vous. Il vous suffit d'avoir sa signature au bas d'une feuille de papier. Et pour l'obtenir, vous n'avez qu'à vous débrouiller pour qu'il vous écrive un message quelconque. Moyennant deux ou trois shillings, le premier pharmacien venu vous vendra un flacon de liquide correcteur qui effacera le message originel, de façon telle que seule la microphotographie (qui n'est pas en usage à Scotland Yard) permettra de le révéler. Vous n'avez plus qu'à expédier une série de messages signés de la main de Stanley, en les tapant sur votre machine à écrire.

» Observez à présent la façon dont s'y prend Boscombe ! Et pour cela, examinons les passages louches du rapport de Ames : la troisième des trois fameuses « coïncidences », trop stupéfiante pour qu'on l'avale. Nous avons déjà vu les deux premières. Que nous dit la troisième ? Tandis qu'une certaine personne apprend à Ames que quelqu'un est coupable dans cette maison, tout en refusant de l'aider à y pénétrer, une seconde personne l'y invite en pleine nuit pour lui remettre des vêtements usagés. En un sens, c'est le corollaire de la première coïncidence, et nous voilà au point de départ. Nous doutions de ce détail lorsque Boscombe nous en a fait part, et pourtant, voilà que Ames le mentionne ! La seule explication est, primo que le rapport était un faux, ou secundo que Ames, pour une raison inconnue, ne disait pas la vérité.

» Je vous ai posé la question, et vous m'avez démontré que ce ne pouvait être un faux, puisque c'est Ames en personne qui l'avait apporté au Yard. Je vous ai donc demandé s'il n'était pas un homme à jongler avec les faits, s'il pensait agir pour la bonne cause ? Et vous avez reconnu que c'était possible.

– Pourquoi aurait-il déformé les faits en rédigeant un rapport à ses supérieurs ? s'enquit Melson.

– Je vais vous l'expliquer en vous racontant ce qui s'est passé. Boscombe comprend qu'il tient un plan idéal pour accomplir à la fois un meurtre truqué et un meurtre réel. Un meurtre truqué, parce que plusieurs mois auparavant – pour le simple plaisir de torturer Stanley –, il a déjà fait part à celui-ci d'un nébuleux projet « d'assassinat pour rire », auquel il ne souhaitait probablement pas donner suite. (Vous remarquerez que Hastings n'en a entendu parler qu'une seule fois.) Et un meurtre réel, parce que la mise en scène prévue pour abattre Ames entraînera l'inculpation d'Eleanor.

» Dans son déguisement, Ames surveille déjà tout son monde, au pub, car « Stanley » n'a porté aucune accusation précise ; il attend de le voir apparaître en personne. Mais à sa place, c'est Boscombe qui se présente à lui... et lui dit : « Je sais qui vous êtes ; je suis un ami de Stanley ; c'est lui qui m'envoie ». Méfiant, Ames déclare : « En quoi cela vous regarde-t-il ? Pourquoi Stanley n'est-il pas venu lui-même ? ». Et Boscombe de répondre : « Pauvre idiot, plusieurs d'entre eux ont deviné que vous êtes officier de police. Il ne faut pas que l'on vous surprenne avec Stanley ou qu'on vienne à l'apprendre. Stanley vous a parlé de moi, j'ai vu les articles volés en possession de la femme». Puis il débite son histoire, exactement comme elle est transcrite dans le rapport de Ames, à un détail près. « Bien entendu, je vous ferai entrer dans la maison, déclare-t-il, mais nous n'avons aucune preuve, et je vais m'attirer des ennuis en vous racontant tout cela ; vous devez me couvrir, en référer à vos supérieurs, au cas où je serais obligé d'intenter un procès en diffamation, si l'homme qui vous a renseigné – moi, Calvin Boscombe – n'avait rien à voir avec celui qui vous a fait entrer dans la maison. Si la vérité éclate sur le meurtre, j'admettrai que j'ai été votre informateur et que je vous ai fait entrer dans la maison, mais il me faut un alibi, noir sur blanc... Sinon, je refuse de vous aider. C'est une affaire pour vous : promotion, meilleur salaire, etc., si vous réussissez votre coup. Je veux que les choses soient faites dans les règles, j'y tiens beaucoup. »

» Que pouvait faire Ames ? Cela ne lui coûtait rien d'accepter, et il risquait de tout perdre s'il refusait. Prétexte bien mince mais il y a cru... et il en est mort.

» Ils sont donc convenus du jeudi soir, car ce soir-là, la maison, en l'absence de Mrs Gorson, serait bouclée de bonne heure, et personne à l'office ne remarquerait les visiteurs tardifs ; Ames monterait dans le noir et en silence chez Boscombe, où il rencontrerait Stanley. Pour ajouter une touche d'authenticité, si Ames traînait dans les parages, il verrait Stanley entrer dans la maison ; et comme il n'était pas très futé, il se dirait qu'il n'avait plus une minute à perdre pour aller lui parler. Mais le sort a voulu que Ames ne parvienne pas vivant chez Boscombe.

» Pendant ce temps, Boscombe préparait ses preuves pour charger Eleanor. Le bracelet et les boucles d'oreille qu'il avait achetés, et la montre-tête de mort ne suffisaient pas. Il devait disposer d'une paire de gants censés appartenir à la jeune fille. Quel autre objet pourrait encore désigner Eleanor ? C'est alors qu'a germé son idée de génie, lorsque survinrent les ennuis de Paull : les aiguilles d'horloge.

– Attendez un instant, coupa Melson. C'est là le hic, non ? Comment Boscombe l'a-t-il su ? Lorsque Paull a parlé à Eleanor, que ce soit sur le perron ou dans le taxi, Boscombe n'a pu les entendre !

– Par l'entremise de Paull lui-même. J'ai eu une petite conversation avec le jeune Christopher, ce soir. Paull a réagi en tout comme nous aurions pu nous y attendre. Vous aurez noté que la seule personne que Boscombe tolérait avec quelque mépris était Paull. Paull l'amusait et flattait sa vanité, par contraste. Et en outre, Paull trouvait Boscombe plutôt sympathique. Comme il cherchait quelqu'un à qui emprunter de l'argent, Boscombe constituait le prêteur idéal, mais il n'osait pas l'aborder...

– J'y suis ! fit Hadley. En dernier recours, lorsqu'il a quitté la maison ce matin-là, il a subitement songé qu'il serait plus facile d'écrire à Boscombe ce qu'il n'avait pas eu le cran de lui demander de vive voix...

– Et Boscombe l'a rencontré, lui a tiré les vers du nez et s'est débarrassé de lui en achetant son silence. C'est à lui que Paull a écrit son message. S'il n'était plus obligé d'aborder le sujet, d'homme à homme, avec Boscombe, et de lui cracher le morceau, il était prêt à le rencontrer, une fois Boscombe au courant de ses ennuis. Ce ne devait pas être la première fois que cela se produisait...

» Nous voilà donc au dernier acte. C'est jeudi soir, Boscombe et Stanley sont dans la chambre du premier et attendent leur victime. Boscombe est entouré des accessoires du meurtre truqué, dont il n'a aucun besoin... Dans sa chambre à coucher, il cache ceux dont il a vraiment besoin.

» Le mercredi soir, il a dérobé les aiguilles d'horloge,

en portant « les gants d'Eleanor ». Bon sang ! N'avez-vous pas remarqué depuis le début que Boscombe est le seul homme de la maison avec des mains assez petites pour avoir pu enfiler ces gants ? Vous avez eu dix fois l'occasion de voir ces petites mains délicates ; il n'avait même pas besoin de les glisser dans les gants pour éviter de se tacher avec la dorure en enlevant les aiguilles. Un des gants, ainsi que l'aiguille des heures et les autres preuves, furent dissimulés derrière le panneau secret, le mercredi, Eleanor étant au travail. L'homme savait qu'il ne risquait rien ; il connaissait la terreur instinctive et viscérale qu'Eleanor éprouvait pour cette cachette murale qu'elle n'utilisait plus depuis des années. Et le jeudi soir, les accessoires dont il avait besoin, l'aiguille des heures et le gant de la main droite, étaient prêts à l'emploi, dans sa chambre.

– Etes-vous en train de me dire que le gant a été utilisé, en fin de compte ? demanda Hadley.

– Oui, mon vieux.

– Mais nom d'une pipe ! Vous avez vous-même prouvé qu'aucun de ces deux gants...

– Etes-vous en train de faire un petit amalgame ? s'enquit Fell en fronçant les sourcils. Il me semble me souvenir que c'est vous qui l'avez prouvé ; en réalité, tandis que je ne cessais de répéter la même chose, c'est vous qui en avez fait la démonstration. Je n'ai jamais, quant à moi, déclaré que le gant de la main droite n'avait pas été utilisé. Tout ce que j'ai dit, c'est que le gant de la main gauche, dans votre hypothèse admirable, subtile et erronée, n'était pas celui que nous recherchions... Je n'ai pas osé suggérer que le droit était le bon, pour ainsi dire, car dans votre état d'esprit, c'eût été dangereux. Vous teniez tellement à prouver la culpabilité que dans la foulée, vous en auriez fait volontiers une ambidextre.

– Vous avez donc utilisé une fausse preuve, dit Hadley

en scandant les mots et en lorgnant son crayon. Et cela pour prouver...

– La vérité. Vous avez raison, approuva le Dr Fell avec entrain. Et nous avons tous deux agi ainsi du début à la fin. Laissez-moi tenter une petite expérience ; aidez-moi, Melson, je ne veux pas que ce gros bêta se mette à tricher. Prenez ce coupe-papier bien pointu. Maintenant, dirigez-vous vers ce sofa et enfoncez-le d'un coup dans l'un des coussins rembourrés de plumes. Ne vous en faites pas, j'en réponds vis-à-vis de l'hôtel. Dès que vous aurez frappé, reculez d'un bond, non pas parce que vous ne voulez pas... hum ! des plumes sur votre gant, mais parce que vous voulez éviter d'en avoir sur vos vêtements. Comme Boscombe. Allez-y !

Priant qu'on ne le prît pas en photo, Melson frappa avec violence et sauta en arrière.

– Bien, déclara Fell, affable. Qu'avez-vous fait dès que le couteau s'est enfoncé ?

– J'ai ouvert la main. Il y a une plume...

– Et voilà pourquoi, Hadley, il y avait du sang sur la paume du gant et pas ailleurs ; pas beaucoup, car à moins qu'une artère soit sectionnée, un homme saigne peu à l'instant où il est frappé. Votre hypothèse n'était valable que si l'assassin retirait l'arme de la blessure, en la serrant dans son poing ; pas dans le cas contraire.

» Il nous reste un dernier problème à tirer au clair : pourquoi l'homme à la lucarne n'a-t-il pas vu Boscombe quitter son fauteuil, et pourquoi Hastings était-il prêt à jurer qu'il ne l'avait pas quitté des yeux. Cela s'explique, si vous examinez le témoignage.

» Pensez d'abord à ce que Boscombe voulait que Stanley voie, dans le seul but de certifier sa présence. Notez la hauteur, la largeur et la profondeur exceptionnelle du fameux fauteuil bleu. Où se trouvait-il ? Souvenez-vous de ce que Hastings a vu depuis le toit : « Le côté droit du dossier du fauteuil, face à la porte ». Autrement dit, le rayon de lune n'éclairait qu'un seul côté du dossier et de l'accoudoir, tandis que le reste du fauteuil, sur la gauche (imaginez-vous en vue plongeante), était dans la pénombre. Quel détail revenait sans cesse dans le témoignage de Hastings, après qu'il eut regardé en bas la première fois... il y a des mois de cela ? Quelqu'un était assis dans le fauteuil ; Stanley ou un autre ; il ne pouvait en être sûr, car il ne voyait qu'une partie du crâne de ce dernier dépassant du dossier ; et surtout, la seule chose qu'il voyait de l'homme assis, c'était sa main qui s'ouvrait et se refermait sur l'accoudoir. Vous vous rappelez combien il a insisté sur ce point ?

» Revenons au jeudi soir : imaginez Stanley en train de scruter la pièce, par la fente du paravent. Presque tout le fauteuil se trouvait dans le noir, de même que le devant, à cause de l'ombre portée du dossier, à l'exception du flanc et de l'accoudoir. Bien ! Stanley était censé voir Boscombe s'asseoir dans ce fauteuil, une fois les lumières éteintes, mais qu'allait-il voir, en fait ? Quelle est la chose qui a fasciné Hastings ce soir-là, la chose sur laquelle il s'est appesanti... ?

– Le rayon de lune qui faisait miroiter le pistolet, répondit Hadley, et qui éclairait la main qui le tenait... Oui ! la main... par Dieu ! Maintenant que vous m'y faites penser... la main calme et immobile !

– Exactement ! Une partie de ce que Stanley était supposé voir. Hastings avait un meilleur point de vue, mais plus limité à cause de la disposition de la pièce. Et il ne pouvait certifier qu'il avait vu Boscombe dans ce fauteuil, même s'il en était certain. Souvenez-vous de ceci ; Stanley, un mètre quatre-vingt-seize, quatre-vingt-dix-huit, était assis dans ce fauteuil, le soir où Hastings les a surpris en train de parler de leur projet, et il n'a vu alors qu'une partie du crâne de Stanley ! De même que ce soir-là ; il ne voyait qu'une main... dépassant sur l'accoudoir. Si le fauteuil se révélait déjà trop grand pour la carrure imposante de Stanley, il devait « avaler » le petit Boscombe. Si donc on s'en tient au témoignage de Hastings, il n'a pu voir, au pire, que le pistolet et peut-être une partie de la « main » qui le tenait.

» Boscombe s'est esquivé par la gauche, dans l'obscurité totale, vêtu de son pyjama noir. Comment s'est-il débrouillé avec le pistolet, nous ne le savons pas encore, car il a effacé toute preuve, mais j'ai mon idée. Vous rappelez-vous, Melson, lorsque nous sommes entrés pour la première fois dans cette pièce, la nuit dernière ? Moi, en toute innocence, je me suis avancé pour m'asseoir dans cet énorme fauteuil. Sans raison, Boscombe m'a pris de vitesse et s'est assis avant moi. C'est qu'il y avait quelque chose d'enfoui sous le coussin du siège, quelque chose comme un tire-botte qui avait servi à maintenir le revolver bien droit et, entourant la crosse du pistolet, un de ces gants de coton blanc prévu pour l'assassinat truqué. Il lui a suffi d'un instant pour mettre son dispositif en place, dans le noir, à l'insu de son acolyte, et pour le retirer ensuite. Hastings a bien entendu le « bruissement » émis par Boscombe lorsque celui-ci s'est levé et rassis, de même qu'il a perçu sa respiration haletante, mais il n'y a rien d'extraordinaire à ce qu'il ait admiré l'incroyable immobilité, voire la rigidité de sa main.

» Boscombe aurait pu se passer de cet attirail ridicule. Stanley aurait volontiers certifié sa présence si l'autre lui avait suggéré qu'il s'était assis et était resté caché. C'était stupide, infantile et atroce, à l'image de Boscombe. C'était imparable... aux yeux de Boscombe.

» Notre assassin à la mine de papier mâché s'éclipse donc par la gauche et longe le mur du fond qui mène à sa chambre. Il a tout son temps. Il a dit à Ames de sonner, d'attendre et, s'il n'obtenait pas de réponse dans les minutes qui suivaient, de monter au premier. Boscombe est prêt. Le rayon de lune qui entre par les fenêtres de sa chambre à coucher lui donne assez de lumière pour empoigner l'aiguille d'horloge et le gant qu'il a préparés. Il sort par le panneau secret, poignarde Ames, et revient par le même chemin. Son alibi est indestructible. Il a choisi minuit parce qu'Eleanor, même dans le cas peu probable où elle monterait sur le toit, ne s'y rendrait pas avant minuit et quart. Il s'est trompé ce soir-là, car elle y est montée, et avant minuit et quart. Mais si la chance a joué contre lui pour cela, elle l'a favorisé ensuite, la jeune fille étant montée une première fois aux alentours de minuit et quart, puis une seconde fois, après avoir tout retourné dans sa chambre, à la recherche de la clef disparue, quelques minutes après le meurtre ; juste à temps pour s'attirer les soupçons, comme il le souhaitait.

» Ayant fermé le passage de la porte palière en dérobant la clef, il a de même interdit l'accès par la trappe. Le verrou cassé avait été réparé et poussé. Si Eleanor ne pouvait s'aventurer sur le toit, Hastings ne pouvait pas davantage en descendre pour voir pourquoi elle ne montait pas. Boscombe n'a rien laissé au hasard ; il a même prévu les éventualités qui n'étaient pas censées se présenter ; il a tendu ses fils, fier de son habileté à ne jamais en couper un seul. Il a joué une douzaine de parties d'échecs simultanément et s'en est délecté. Il s'est montré agile, brillant, ingénieux, et il a échoué. L'idée qu'il va être pendu ne me cause pas grand chagrin.

Hadley respira profondément et referma son carnet. Le feu baissait. La pluie s'était remise à tomber, et Melson se demandait déjà en quoi ce bref intermède allait affecter son travail sur l'évêque Burnet.

– Il n'y a rien à ajouter, déclara l'inspecteur en levant son verre. Hormis... ce que vous avez fait cet après-midi et en début de soirée...

– J'ai tenté de rassembler des preuves tangibles. Bon sang ! Je n'en détenais aucune pour accuser l'homme ! Le panneau secret dans sa chambre, par lequel il peut sortir sur le palier ? Oui, et alors ? Il m'aurait ri au nez.

Deux témoins auraient certifié, bon gré mal gré, qu'il était assis dans son fauteuil pendant le meurtre. Son alibi était inattaquable, et pourtant, il me fallait le briser.

» Par égard pour vous, j'ai d'abord essayé des méthodes douces. Il y avait une chance bien mince qu'un des employés du rayon bijouterie de chez *Gambridge* se souvienne d'un individu ayant acheté des répliques des articles volés. J'ai lancé deux de vos hommes sur cette faible piste. Si d'aventure on avait identifié Boscombe comme l'acheteur d'un bracelet et d'une paire de boucles d'oreille, il aurait pris la défense d'Eleanor (Dieu sait qu'il s'est montré habile sur ce chapitre !), en déclarant que les bijoux lui étaient destinés. Et pendant que nous aurions pensé qu'il voulait la défendre, la boucle était bouclée... Ma dernière piste, tout aussi mince, était la fameuse lettre de « Stanley ». S'il s'agissait d'une lettre envoyée à Boscombe, et effacée à l'aide d'un liquide correcteur, j'espérais qu'un test à la microphotographie permettrait de révéler un message du genre : *Cher Boscombe, voici les livres que vous souhaitiez*, ou n'importe quel autre qui nous aurait permis de le coincer ! J'ai rendu visite à un vieil ami français qui vit à Hampstead ; il faisait équipe autrefois avec Bencolin à la Préfecture de Paris, et s'occupe encore de criminologie. Il a fait le test et de vagues mots sont apparus sur la lettre – assez pour prouver l'innocence de Stanley dans la rédaction de cette pseudo-missive, si le pire survenait – mais rien qui accuse Boscombe.

» J'étais contraint de jouer mon dernier atout, le plus dangereux, celui qui pouvait basculer dans l'irréversible. J'étais obligé de me rendre chez Stanley, la seule personne que Boscombe craignait. Je devais tout lui raconter et concocter un plan avec lui : demander à un déséquilibré de faire semblant d'être fou ! Je savais qu'il le ferait. Je savais que s'il le faisait, et que nous réussissions, vous et votre département seraient définitivement mis hors de cause. Le danger était que l'homme perde la boule et tente d'abattre Boscombe avec des balles réelles... J'ai quelques cheveux blancs de plus, ce soir. Il a fourni l'arme et j'ai fourni les balles à blanc ; j'ai gardé l'arme sur moi, sous un prétexte quelconque, et je l'ai amené en voiture chez Carver. En fait, il est arrivé avec moi. Puis j'ai mis les deux agents dans la confidence, frappé les trois coups de mon petit spectacle, et j'ai bien failli vous donner à vous des cheveux blancs. Le jeu en valait la chandelle. C'était fou de ma part et c'est la pire épreuve que mes nerfs aient jamais dû endurer... faire claquer mon fouet sous le nez d'un véritable déséquilibré simulant la folie...

» Mais enfin...

Il prit une profonde inspiration.

Le *Daily Trumpeter* déclarait : *Une fois encore l'efficacité des gardiens de l'ordre public aura été singulièrement démontrée, même si ces derniers n'ont plus aucun lien avec une institution qu'ils respectent, alors qu'ils sont en retraite. Seule la Grande-Bretagne peut sans doute s'enorgueillir qu'une telle...*

– Hé oui, nom d'un chien ! s'exclama Fell. C'était la seule façon de sauver la face. Reprenez donc une bière !

Remarque

De crainte que l'on accuse l'auteur (Plût à Dieu que non !) d'enjoliver à plaisir, le lecteur doit savoir que la montre-tête de mort décrite dans le Chapitre 13 n'est pas imaginaire. Elle existe bel et bien ; on en trouvera une description dans le remarquable ouvrage de F.J. Britten, « Old Clocks and Watches and their Makers », Les Montres et Horloges Anciennes et leurs Créateurs, et appartient aujourd'hui à un collectionneur privé. Elle porte la signature, « Moyse, Blois » ; mais, par souci de simplification, elle a été attribuée à un horloger vivant à une époque plus récente. Toutefois, est-il besoin de préciser qu'elle a seulement servi à l'intrigue, et qu'il n'est fait aucune allusion à toute personne réelle, vivante ou ayant existé.

Février 1935 J.D.C.

Les Maîtres du Roman Policier

Première des collections policières en France, Le Masque se devait de rééditer les écrivains qu'il a lancés et qui ont fait sa gloire.

ALEXANDER David
2099 La tour prends garde...
ANDREOTA Paul
1935 La pieuvre
1975 Zigzags
BALL J.
2091 Dans la chaleur de la nuit
BARDIN John F.
2025 Qui veut la peau de Philip Banter?
BAXT George
2049 Le meurtre d'Alfred Hitchcock
2085 Crime et sentiment
2030 Par élimination
BERKELEY Anthony
1911 Le gibet imprévu
2008 Sans remords
2116 Le meurtre de Piccadilly
BOILEAU Pierre
2114 Les rendez-vous de Passy
1938 La pierre qui tremble
1774 Six crimes sans assassin
BOILEAU-NARCEJAC
1748 L'ombre et la proie
BONETT J. & E.
1916 Mort d'un lion
BRETT Simon
1972 Les gens de Smithy's
2102 Salades grecques
BURLEY W. J.
1762 On vous mène en bateau
CARR John Dickson
1274 Impossible n'est pas anglais
1785 Le sphinx endormi
1794 Le juge Ireton est accusé
1802 Le marié perd la tête
1843 Les yeux en bandoulière
1850 Satan vaut bien une messe
1863 La maison du bourreau
1883 Je préfère mourir
1891 Le naufragé du Titanic
1906 Meurtre après la pluie
1910 La maison de la terreur
1917 L'homme en or
1934 La flèche peinte
1991 Hier, vous tuerez
2001 Capitaine Coupe-gorge
2005 Le mort frappe à la porte
2007 Il n'aurait pas tué Patience
2012 Celui qui murmure
2016 Le secret du gibet
2018 L'habit fait le moine
2024 Ils étaient quatre à table
2027 A la vie, à la mort
2033 Un coup sur la tabatière
2041 Les meurtres de la licorne
2045 Les démoniaques
2053 Le manoir de la mort
2056 Les neuf mauvaises réponses
2065 La mort sous un crâne
2078 La fiancée du pendu
2087 La maison de la peste
2096 La mort dans le miroir
2104 Le squelette dans l'horloge
2108 Le chapelier fou
2125 Le fantôme du cavalier
COLLINS Max Allan
2113 Le barbier aveugle
2017 Pas de pitié pour ceux qu'on aime
CRISPIN Edmund
1839 Un corbillard chasse l'autre
1935 Prélude et mort d'Isolde
DELTEIL Gérard
2030 Votre argent m'intéresse
DIDELOT Francis
1784 Le coq en pâte

DUCHATEAU A.P.
1984 La 139e victime
2020 Palmarès pour cinq crimes

ELLIN Stanley
1670 Le compagnon du fou
1682 La puce de Beidenbauer
1702 La douzième statue
1729 La dernière bouteille

FAIR A.A.
1745 Bousculez pas le magot
2013 Une belle jambe
2028 Dans le bain
2062 Meurtre légal
2072 La piste effacée
2081 Une affaire en or
2089 Le dessus du panier
2101 Les femmes sont friponnes
2107 Un colt dans le corsage
2117 Qui rira le dernier?
2134 Cousu de fil blanc

FAST Julius
1901 Crime en blanc

FREEMAN Austin
2127 Les jeux sont faits

GASPAR José da Natividade
457 Les corps sans âme
597 Congrès gastronomique

GERRARD Paul
1945 La chasse au dahu
1964 La javanaise
1985 Les incandescentes
2003 Le masque de verre
2019 La tournée du bourreau
2031 Le 36e dessous
2052 La porsche jaune
2066 Le pas des lanciers
2105 Le train du Mardi-gras

GOODIS David
1823 La police est accusée

GRISOLIA Michel
1847 La madone noire
1874 La promenade des anglaises
1890 650 calories pour mourir

HALTER Paul
2035 La tête du tigre
2059 La septième hypothèse
2100 La lettre qui tue
2124 Le diable de Dartmoor

HARDWICK M. ET M.
2068 La vie privée de Sherlock Holmes

HAUSER Thomas
1853 Agathe et ses hommes

HILL Reginald
2055 Un amour d'enfant
(Prix du Roman d'Aventures 1991)
2080 Le partage des os
2090 C'est veuve et ça ne sait pas
2121 La vie en roses

JEFFERS H. Paul
1807 Irrégulier, mon cher Morgan

KAMINSKY Stuart
2011 Le flic qui venait du froid
(Prix du Roman d'Aventures 1990)
2021 Quand Moscou fait la bombe
2042 Quand Moscou fait son cirque
2057 Qui a peur du grand méchant ours?
2086 Entre la faucille et le marteau
2128 Le caméléon rouge

KASSAK Fred
1943 Nocturne pour assassin
1981 Une chaumière et un meurtre
2004 Plus amer que la mort
2022 Crêpe-Suzette
2054 Bonne vie et meurtres
2061 Voulez-vous tuer avec moi?
2112 Carambolages

LEBRUN Michel
1970 Un revolver, c'est comme un portefeuille
1993 Les ogres

LECAYE Alexis
2047 Chronique d'un juge ordinaire
2060 Meurtres en trente-six poses
2098 Julie Lescaut
2132 Les deux justiciers

LE MARREC Philippe
2123 Tout abus sera puni
(Prix du Festival de Cognac 1993)

LOVESEY Peter
2014 Pour le meilleur et pour la mort
2026 Tourne et tais-toi
2046 Abracadavra
2076 Le prince et les sept cadavres

MÉNARD Emmanuel
2084 La dernière victime
(Prix du Festival de Cognac 1992)

MILNE A.A.
1527 Le mystère de la maison rouge

NARCEJAC Thomas
2115 La police est dans l'escalier

POSLANIEC Christian
1998 Les fous de Scarron
(Prix du Festival de Cognac 1990)

QUENTIN Patrick
251 L'assassin est à bord
1947 La mort fait l'appel

RAWSON Clayton
2082 Les pieds au plafond

RICE Craig
1835 Maman déteste la police

ROSS Keeley
2110 L'ombre d'une chance

SÉCHAN O. et MASLOWSKI I.
395 Vous qui n'avez jamais été tués
(Prix du Roman d'Aventures 1951)

SINIAC Pierre
1983 Sombres soirées chez Mme Glauque
2023 Mystères en coup de vent
2071 Aime le Maudit
2106 Monsieur Cauchemar

STAGGE Jonathan
1789 Du sang sur les étoiles
1809 La mort et les chères petites
1833 Pas de pitié pour la divine Daphné

STEEMAN Stanislas-André
84 Six hommes morts
284 L'assassin habite au 21
1772 Quai des Orfèvres (Légitime défense)
1864 Le condamné meurt à 5 heures
1955 Madame la mort
2006 La maison des veilles
2029 Feu lady Anne (L'adorable spectre)
2040 Haute Tension
2063 Impasse des boîteux
2077 Virage dangereux
2122 Faisons les fous

STERLING Thomas
1992 Le tricheur de Venise

SYMONS Julian
2048 Un manuscrit en or massif

TERREL Alexandre
1757 La morte à la fenêtre
1777 L'homme qui ne voulait pas tuer
1792 Le croque-mort de ma vie
1867 Le croque-mort et sa veuve
1925 Le croque-mort a croqué la pomme

THOMAS Louis C.
1780 Poison d'avril
1969 La mort au cœur
2032 Les trente deniers
2051 Coup de sang
2073 Malencontre

UNDERWOOD Michael
1817 Trop mort pour être honnête
1842 A ne pas tuer avec des pincettes

VANCE Louis-Joseph
2118 Le loup solitaire

VERY Pierre
1987 L'inconnue du terrain vague
2009 M. Marcel, des Pompes funèbres
2034 Le thé des vieilles dames
2038 M. Malbrough est mort
2069 Les veillées de la tour pointue
2135 Le réglo

VICKERS Roy
2083 Et la servante est rousse

WALSH Thomas
1872 Midi, gare centrale

WAUGH Hillary
1814 Cherchez l'homme
1840 On recherche...
1884 Carcasse

Composition réalisée par COMPOFAC - PARIS

IMPRIMÉ EN FRANCE PAR BRODARD ET TAUPIN
Usine de La Flèche (Sarthe).
ISBN : 2 - 7024 - 2462 - 7
ISSN : 0768 - 1089

H 52/0633/9